Michael Connelly

À GENOUX

ROMAN

Traduit de l'anglais (États-Unis)
par Robert Pépin

Éditions du Seuil

TEXTE INTÉGRAL

TITRE ORIGINAL
The Overlook
ÉDITEUR ORIGINAL
Little, Brown and Company, New York
ISBN original : 978-0-316-01895-1
© 2006, 2007, by Hieronymus, Inc.

ISBN 978-2-7578-1379-9
(ISBN 978-2-02-096201-8, 1ʳᵉ publication)

Les droits français ont été négociés avec Little,
Brown and Company, New York.

© Éditions du Seuil, mai 2008, pour la traduction française

Au bibliothécaire qui me donna à lire
Ne tirez pas sur l'oiseau moqueur

1

L'appel arriva à minuit. Réveillé, Harry Bosch était assis dans la salle de séjour, dans le noir. Il aimait se raconter qu'il faisait ça parce que ça lui permettait d'entendre mieux le saxophone. En s'interdisant un sens, il en exacerbait un autre.

Mais, tout au fond de lui-même, il savait la vérité. Il attendait.

L'appel était de Larry Gandle, son patron à la section Homicide Special. C'était le premier qu'il recevait dans ses nouvelles fonctions. Et c'était ce qu'il attendait.

– Harry, vous êtes debout ?

– Oui.

– C'est quoi, la musique ?

– Frank Morgan, en direct du Jazz Standard de New York. Le type qu'on entend au piano est George Cables.

– On dirait *All Blues*.

– En plein dans le mille.

– C'est grand. Et je n'ai pas envie de vous en arracher, mais...

Bosch prit la télécommande pour arrêter le son.

– De quoi s'agit-il, lieutenant ?

– Les types du commissariat d'Hollywood veulent que vous passiez prendre une affaire avec Iggy. Ils en ont déjà trois en route et ne peuvent pas se charger d'une quatrième. Sans compter que celle-là pourrait prendre des allures de hobby. Ça ressemble à une exécution.

Le Los Angeles Police Department comprenait dix-sept secteurs géographiques, chacun avec son commissariat, son bureau des inspecteurs et sa brigade des Homicides. Cela dit, les brigades de division étaient en première ligne et ne pouvaient pas s'enliser dans des affaires de longue durée. Dès qu'il s'y produirait un meurtre avec le moindre tenant ou aboutissant politique ou médiatique, on le refilait en général à la section Homicide Special, qui officiait dans les bureaux de la division Vols et Homicides de Parker Center. Tout dossier qui promettait d'être particulièrement difficile ou de longue durée – et, tel un hobby auquel on revient sans cesse, resterait interminablement ouvert – était, lui aussi, immédiatement candidat à la descente en Homicide Special. Et celui-là était du nombre.

– Où est-ce ? demanda Bosch.

– Au belvédère qui domine le barrage de Mulholland. Vous connaissez ?

– Oui, j'y suis déjà allé.

Bosch se leva et gagna la table de la salle à manger. Il ouvrit un tiroir à argenterie et en sortit un stylo et un petit bloc-notes. Où, sur la première page, il inscrivit la date et le lieu de la scène de crime.

– D'autres détails que je devrais connaître ? demanda-t-il.

– Pas énormément, non, répondit Gandle. Comme je vous l'ai déjà dit, on m'a parlé d'exécution. Deux balles dans la nuque. Quelqu'un a emmené la victime à cet endroit et lui a projeté la cervelle tout partout dans ce joli paysage.

Bosch se donna le temps d'enregistrer avant de poser la question suivante :

– On connaît le nom du mort ?

– Les types de la division y bossent. Ils auront peut-être une identité quand vous arriverez. C'est pratiquement dans votre quartier, non ?

– Ce n'est pas très loin, en effet.

Gandle lui donna d'autres précisions sur le lieu de la scène de crime et lui demanda s'il allait appeler son coéquipier. Bosch lui répondit qu'il s'en occuperait.

– Bien, Harry, conclut Gandle. Vous y montez, vous voyez de quoi il retourne et vous m'appelez pour me dire. Vous me réveillez, quoi. Comme tout le monde.

Bosch songea que c'était caractéristique d'un patron de se plaindre qu'on le réveille à quelqu'un qu'il passait, lui, tout son temps à réveiller.

– C'est entendu, dit-il.

Il raccrocha et appela aussitôt Ignacio Ferras, son nouveau coéquipier. Ils en étaient encore à faire connaissance. Ferras avait vingt ans de moins que Bosch et sortait d'un autre univers. Le lien s'établirait, il en était sûr, mais cela prendrait du temps. Comme toujours.

Le coup de fil le réveilla, mais Ferras fut vite pleinement conscient et apparemment désireux de réagir, ce qui était une bonne chose. Le seul problème était qu'il habitait à Diamond Bar, soit au diable, et ne pourrait pas arriver sur la scène de crime avant une bonne heure. Bosch avait évoqué le problème avec lui dès le premier jour où ils avaient fait équipe, mais Ferras n'avait pas envie de déménager. C'était à Diamond Bar qu'il avait son réseau de soutien familial et il avait la ferme intention de le garder.

Bosch savait qu'il serait sur les lieux bien avant Ferras et ne pourrait compter sur personne pour se débrouiller de toutes les frictions intra division. Piquer une affaire à une brigade de la division était toujours délicat. La décision était généralement prise par les grands patrons, et pas par les inspecteurs des Homicides présents sur les lieux du crime. Pour mériter l'or sur son écusson, aucun de ces derniers ne voulait céder son affaire à quiconque. Ça n'était tout simplement pas dans la nature de la mission.

– À tout à l'heure là-bas, Ignacio.

– Je te l'ai déjà dit, Harry, lui renvoya Ferras. Appellemoi Iggy. Comme tout le monde.

Bosch garda le silence. Il n'avait pas envie de l'appeler Iggy. Pour lui, ce n'était pas un prénom à la hauteur de la mission et de la tâche. Il espérait que son coéquipier finirait par le comprendre et cesserait de lui demander ça.

Il songea à quelque chose d'autre et précisa un point : Ferras devait passer par Parker Center en y allant et prendre la voiture banalisée qu'on leur avait assignée. Ça rallongerait le voyage, mais Bosch pensait utiliser sa voiture personnelle pour se rendre sur la scène de crime et savait qu'il n'avait plus beaucoup d'essence.

– D'accord, à tout à l'heure, dit-il sans ajouter de prénom.

Il raccrocha et prit son manteau dans la penderie. Enfila ses bras dans les manches en se regardant dans la glace de la porte. Encore mince et en forme à cinquante-six ans, Bosch aurait pu prendre quelques kilos, alors que d'aucuns de son âge avaient déjà du ventre. À la section Homicide Special, il y en avait même deux qui avaient droit aux surnoms de «Fût» et de «Baril» à cause de leur taille en constante expansion. Bosch, lui, n'avait pas à s'inquiéter de ce côté-là.

Le gris n'avait pas encore entièrement chassé le brun de ses cheveux, mais touchait presque au but. Dans ses yeux foncés le regard était encore clair et vif, prêt à affronter le défi qui l'attendait au belvédère. Pour lui, comprendre les fondamentaux du travail d'inspecteur des Homicides signifiait que dès qu'il sortait de chez lui, il était prêt à aller jusqu'au bout, et ce quelles que soient les conséquences, pour que le boulot soit fait. Il en arrivait même à se croire à l'épreuve des balles.

Il tendit la main gauche pour sortir son arme de l'étui qu'il portait au côté droit. Un Kimber Ultra Carry. Il vérifia vite la chambre et le mécanisme, et remit l'arme en place.

Il était prêt. Il ouvrit la porte.

Le lieutenant ne savait pas grand-chose de l'affaire, mais avait raison sur un point : la scène de crime n'était pas loin de chez Bosch. Il descendit jusqu'à Cahuenga Boulevard et prit Barham Boulevard de l'autre côté de la 101. De là remonter Lake Hollywood Drive vers un quartier de maisons serrées dans les collines qui entouraient le réservoir et le barrage de Mulholland fut vite expédié. Chères, ces maisons.

Il fit le tour du réservoir ceint d'une barrière et ne s'arrêta qu'un bref instant en tombant sur un coyote au milieu de la route. L'animal prit le faisceau des phares en plein dans les yeux, ceux-ci se teintant alors d'un vif éclat. Puis il tourna, traversa lentement la chaussée d'un pas sautillant et disparut dans les buissons. On n'était pas pressé de dégager, on mettait presque Bosch au défi de faire quelque chose. Bosch se rappela l'époque où il était de patrouille et découvrait le même défi dans les yeux de la plupart des jeunes gens qu'il rencontrait en chemin.

Après le réservoir, il remonta Tahoe Drive encore plus haut dans les collines et arriva à l'extrémité est de Mulholland Drive. Il y avait là un belvédère naturel, d'où l'on voyait toute la ville. Des panneaux « Stationnement interdit » et « Fermé la nuit » y étaient clairement visibles. Mais y étaient régulièrement ignorés à toutes les heures du jour et de la nuit.

Bosch se rangea derrière le groupe de véhicules officiels – le van des services du légiste, la camionnette du coroner, plus quelques véhicules de police banalisés ou pas. La scène de crime était déjà entourée d'un ruban jaune, une Porsche Carrera couleur argent avec le capot ouvert se trouvant au milieu du périmètre ainsi délimité. On l'avait entourée d'un deuxième ruban jaune, Bosch se disant aussitôt que c'était très vraisemblablement la voiture de la victime.

Il se gara et descendit de son véhicule. Un officier de la patrouille chargée de surveiller le périmètre extérieur nota ses nom et numéro de badge – le 2997 –, et l'autorisa à passer sous le ruban. Bosch s'approcha de la scène de crime. Une rangée de projecteurs mobiles avait été disposée de chaque côté du corps qui se trouvait au milieu du petit espace dégagé dominant la ville. En s'approchant encore, il vit les techniciens du labo et les gars des services du coroner s'affairer autour du cadavre. Sans oublier un technicien équipé d'une caméra vidéo qui filmait la scène.

– Par ici, Harry !

Bosch se tourna et découvrit l'inspecteur Jerry Edgar adossé au capot d'une voiture de service banalisée. Il tenait une tasse de café dans sa main et semblait se contenter d'attendre. Il s'écarta de la voiture au moment où Bosch se portait à sa rencontre.

Edgar avait été le coéquipier de Bosch à l'époque où ce dernier travaillait à la division d'Hollywood. Bosch était alors le patron de la brigade des Homicides. C'était maintenant Edgar qui occupait ce poste.

– J'attendais un type des Vols et Homicides, dit ce dernier. Je ne savais pas que ce serait toi, mec.

– Ouais, c'est moi.

– Tu bosses en solo ?

– Non, mon coéquipier est en route.

– Le nouveau, c'est ça ? J'ai plus de nouvelles de toi depuis le merdier d'Echo Park [1] l'année dernière.

– Ouais, bon. Et donc, qu'est-ce qu'on a ?

Bosch n'avait pas envie de parler de l'histoire d'Echo Park avec lui. D'ailleurs, il n'avait envie de le faire avec personne. Il voulait rester concentré sur l'affaire en cours. C'était le premier appel qu'il recevait depuis son transfert à la section Homicide Special et il savait qu'il y aurait beaucoup de gens pour éplucher ses faits et gestes. Dont certains dans l'espoir de le voir échouer.

Edgar se tourna de façon que Bosch découvre ce qui s'étalait sur le coffre de la voiture de patrouille. Bosch sortit ses lunettes, les chaussa et se pencha en avant pour regarder. Il n'y avait pas beaucoup de lumière, mais il aperçut tout un étalage de sacs à mise sous scellés, chacun contenant des éléments de preuve pris sur le corps. À leur nombre : un portefeuille, un porte-clés et un badge-agrafe. Il y avait aussi une pince à billets avec une grosse liasse et un BlackBerry toujours branché – avec son témoin vert qui clignotait, l'appareil était prêt à transmettre des appels que son propriétaire ne pourrait plus jamais passer ou recevoir.

– C'est le type des services du coroner qui m'a passé tout ça, reprit Edgar. Ils devraient en avoir fini avec le corps dans une dizaine de minutes.

Bosch prit le sac contenant le badge-agrafe et le tourna vers la lumière. On y voyait l'inscription « Clinique Sainte-Agathe pour femmes », la photo d'un homme aux cheveux et aux yeux foncés et un nom : Dr Stanley Kent.

---

1. Cf. *Echo Park*, paru dans cette même collection *(NdT)*.

Celui-ci souriait à l'appareil photo. Bosch remarqua que le badge faisait aussi office de carte-clé pour ouvrir certaines portes.

– Tu parles beaucoup à Kiz ? demanda Edgar.

Il faisait référence à l'ancienne coéquipière de Bosch ; après l'affaire d'Echo Park, elle s'était fait transférer à un poste administratif au BCP, soit au Bureau du Chef de Police.

– Pas beaucoup, non. Mais elle va bien.

Bosch s'approcha des autres sacs à mise sous scellés ; il voulait qu'on cesse de parler de Kiz Rider et passer à l'affaire en cours.

– Jerry, lança-t-il, et si tu me disais tout ce que tu as pour moi ?

– Avec joie. Le macchab a été trouvé il y a environ une heure. Comme tu le vois sur les panneaux de signalisation, on n'a pas le droit de se garer à cet endroit, ni d'y traîner après la tombée de la nuit. Le commissariat d'Hollywood y envoie régulièrement une patrouille plusieurs fois par nuit pour virer les petits mateurs. Ça plaît beaucoup aux riches du coin. On m'a dit que la maison, là-bas, est celle de Madonna. Ou l'a été.

Il lui montra une énorme propriété à une centaine de mètres du petit espace dégagé. Le clair de lune y découpait une tour au milieu du bâtiment. La façade était peinte de bandes alternées aux teintes rouille et jaune comme les églises de Toscane. La maison se trouvait sur un promontoire qui offrait à tout individu regardant aux fenêtres une vue panoramique absolument magnifique de la ville en dessous. Bosch se représenta la star debout dans sa tour et contemplant la ville littéralement à ses pieds.

Puis il se retourna vers son ancien coéquipier et attendit la suite de son rapport.

– La patrouille passe aux environs de onze heures et les types voient la Porsche avec le capot ouvert. Dans ces voitures le moteur est à l'arrière, Harry. Ce qui veut dire que c'est le coffre qui est ouvert.

– Pigé.

– Bon, ça, tu le savais déjà. Toujours est-il que la patrouille s'arrête, que les flics ne voient personne dans la bagnole ou autour et que deux d'entre eux descendent. L'un d'eux s'approche du petit espace dégagé et tombe sur le type. Il est face contre terre et en a deux dans la nuque. Donc exécution pure et simple.

Bosch hocha la tête en regardant le badge-agrafe dans le sac à mise sous scellés.

– Et c'est notre homme ? Ce… Stanley Kent ?

– On dirait bien. Le badge et le portefeuille sont d'accord pour nous dire qu'il s'agit bien de Stanley Kent, quarante-deux ans, et qu'il habite juste au coin de la rue, dans Arrowhead Drive. On a passé l'immatriculation de la Porsche à l'ordinateur et ça nous renvoie à une entreprise du nom de « K and K Medical Physicists ». Je viens de passer Kent à la moulinette et il est super-clean. Il a récolté quelques contraventions avec sa Porsche, mais c'est tout. Le monsieur est impeccable.

Bosch enregistra en hochant à nouveau la tête.

– Je vais pas te faire suer si tu me prends l'affaire, enchaîna Edgar. J'ai un coéquipier au tribunal tout ce mois-ci et j'ai laissé l'autre sur la première affaire qu'on a récoltée aujourd'hui… un truc à trois sacs à viande avec la quatrième victime en réa au Queen of Angels.

Bosch se rappela que la brigade des Homicides d'Hollywood fonctionnait par équipes de trois bonshommes au lieu des deux habituels.

– La moindre possibilité que ce truc à trois sacs ait un rapport avec ça ?

17

– Non. C'est une banale histoire de tuerie entre gangs, répondit Edgar. Pour moi, cette affaire-ci est d'une tout autre nature et je suis content que tu en hérites.

– Bon, dit Harry. Je te libère dès que je peux. On a jeté un œil à l'intérieur de la voiture ?

– Pas vraiment, non. On t'attendait.

– D'accord. Quelqu'un est allé voir à la maison de la victime, dans Arrowhead Drive ?

– Encore non.

– L'enquête de voisinage a débuté ?

– Toujours pas. On a commencé par bosser sur la scène de crime.

Edgar avait manifestement très tôt décidé que l'affaire serait confiée aux Vols et Homicides. Bosch n'appréciait pas que rien n'ait été fait, mais savait aussi que ce serait à lui et à Ferras de partir de zéro, et ça, ce n'était pas une mauvaise chose. Le département avait une longue histoire d'affaires bousillées ou fortement compromises au moment où elles passaient de la division aux équipes d'inspecteurs du centre-ville.

Bosch regarda l'espace bien éclairé et y dénombra un total de cinq hommes en train de s'affairer autour du cadavre pour le compte du légiste et du coroner.

– Bien, dit-il, puisque vous avez décidé de commencer par la scène de crime, quelqu'un a-t-il relevé des empreintes de chaussures autour du corps avant d'autoriser les techniciens du labo à s'en approcher ?

Ce disant, il n'avait pas pu cacher son agacement.

– Bon sang, Harry, lui renvoya Edgar, agacé de cet agacement, il y a au moins deux cents personnes qui passent ici tous les jours ! Des empreintes de chaussures, on aurait pu en relever jusqu'à Noël. Il aurait suffi de vouloir en prendre le temps. Et du temps, je ne pensais pas en avoir. On avait un cadavre dans un lieu public et il fallait s'y attaquer rapidement. En plus de quoi, ça ressemble sacrément à un contrat. Ce qui signifie qu'il y a beau temps que les chaussures, l'arme, la voiture et le reste ont disparu.

Bosch acquiesça d'un signe de tête. Il avait envie de laisser tomber et de passer à autre chose.

– Bien, dit-il d'un ton égal. Pour moi, tu es libre.

Edgar acquiesça à son tour, Bosch se disant qu'il était peut-être gêné.

– C'est comme je t'ai dit, Harry, reprit Edgar. Je ne m'attendais pas à ce que ce soit toi qui prennes l'affaire.

Ce qui voulait dire qu'il n'aurait pas bâclé le boulot pour Harry, seulement pour quelqu'un d'autre des Vols et Homicides.

– D'accord, dit Bosch, je comprends.

Après le départ d'Edgar, Bosch regagna sa voiture et sortit sa Maglite du coffre. Il revint à la Porsche, enfila des gants et ouvrit la portière côté conducteur. Se pencha à l'intérieur de l'habitacle et regarda tout autour. Sur le siège du passager, il aperçut une mallette. Elle n'était pas fermée à clé et lorsqu'il en fit sauter les fermoirs, elle s'ouvrit en révélant la présence de plusieurs dossiers, d'une calculatrice et de divers blocs-notes, stylos et documents. Il la referma et la laissa à sa place. La position qu'elle occupait sur le siège lui disait que la victime était très vraisemblablement arrivée au belvédère toute seule. Et que c'était à cet endroit qu'elle avait rencontré son assassin. Elle n'avait pas amené son meurtrier avec elle. Bosch se dit que cela pouvait avoir son importance.

Il ouvrit ensuite la boîte à gants, plusieurs badges-agrafes semblables à celui qu'on avait trouvé sur le corps en tombant aussitôt sur le plancher de la voiture.

Il les ramassa un par un et s'aperçut que tous avaient été émis par un hôpital différent. Cela dit, toutes ces cartes-clés portaient les mêmes nom et photo. Ceux de Stanley Kent, l'homme (Bosch le pensait) qui gisait mort dans le petit espace dégagé.

Il remarqua qu'au dos de plusieurs de ces badges se trouvaient des annotations portées à la main. Il les examina un instant. Il s'agissait pour la plupart de nombres suivis des lettres L ou R – il en conclut qu'il avait affaire à des combinaisons de cadenas.

Il regarda au fond de la boîte à gants et trouva encore d'autres badges et cartes-clés. À vue de nez, la victime – si c'était bien Stanley Kent – avait un permis d'accès à pratiquement tous les hôpitaux du comté de Los Angeles. L'homme détenait aussi les combinaisons de toutes les serrures de sûreté de ces établissements. Bosch se demanda un instant si tous ces badges et toutes ces cartes-clés n'étaient pas des faux dont se servait la victime pour truander ces hôpitaux.

Il remit tout dans la boîte à gants et la referma. Il examina ensuite ce qu'il y avait entre et sous les sièges et n'y trouva rien d'intéressant. Il ressortit de l'habitacle et gagna le coffre ouvert.

Celui-ci était de petite taille, et vide. Mais dans le faisceau de sa lampe torche, Bosch découvrit quatre marques en creux dans le tapis de sol. Il était clair qu'un objet carré, lourd et muni de quatre pieds ou roulettes avait été transporté dans ce coffre. Et comme ce dernier avait été trouvé ouvert, il était assez vraisemblable que l'objet ait été dérobé pendant que la victime se faisait assassiner.

– Inspecteur ?

Bosch se retourna et braqua le faisceau de sa lampe sur le visage d'un flic de la patrouille. C'était celui qui lui avait pris ses nom et numéro de badge au périmètre de sécurité. Bosch abaissa sa lampe.

– Oui, qu'est-ce qu'il y a ?

– Un agent du FBI vient d'arriver. Elle demande l'autorisation de passer sous le ruban.

– Où est-elle ?

Le flic amena Bosch au ruban jaune. En s'approchant, celui-ci vit une femme debout près de la portière ouverte d'une voiture. Elle était seule et ne souriait pas. Bosch sentit son cœur battre sourdement lorsque, embarrassé, il reconnut la dame.

– Bonjour, Harry, dit-elle en le voyant.

– Bonjour, Rachel, lui renvoya-t-il.

2

Cela faisait presque six mois qu'il n'avait plus revu l'agent spécial du Federal Bureau of Investigation Rachel Walling. Il s'approcha d'elle et songea que de tout ce temps, pas un jour ne s'était écoulé qu'il n'ait pensé à elle. Cela étant, il n'aurait jamais cru qu'ils seraient à nouveau ensemble – si jamais ils devaient l'être – sur une scène de crime et de surcroît en pleine nuit. Elle portait un jean, une chemise Oxford et un blazer bleu foncé. Elle avait les cheveux en bataille, mais n'en était pas moins belle. On l'avait manifestement fait venir de chez elle, exactement comme lui. Elle ne souriait pas et Bosch se rappela à quel point les choses s'étaient mal terminées entre eux la dernière fois.

– Écoute, dit-il. Je sais que je t'ai ignorée, mais toi, tu n'avais pas à te donner la peine de me chercher jusque sur une scène de crime simplement pour me…

– Ce n'est pas vraiment le moment de faire de l'humour, lui renvoya-t-elle en l'interrompant. Si du moins il s'agit bien de ce que je crois.

Leur dernier contact remontait à l'affaire d'Echo Park. Il s'était alors aperçu qu'elle travaillait pour une unité à l'intitulé assez vague de « Tactical Intelligence [1] ». Elle

---

1. Soit Renseignement tactique (NdT).

ne lui avait jamais expliqué ce que fabriquait ladite unité et Bosch ne l'avait pas vraiment pressée de le lui dire, cette information n'étant pas importante pour l'enquête sur l'assassinat d'Echo Park. Il avait fait appel à elle à cause de son passé de profileuse – et de leurs relations personnelles. L'enquête avait mal tourné et avec elle toutes les chances qu'ils auraient pu avoir de renouer. Il la regarda, vit qu'elle n'était plus que boulot-boulot, et eut le sentiment de bientôt savoir ce que cachait ce titre de « Tactical Intelligence Unit ».

– De quoi crois-tu qu'il s'agisse ? lui demanda-t-il.

– Je te le dirai quand je pourrai. Est-ce que je peux voir la scène de crime, s'il te plaît ?

À regret, Bosch souleva le ruban et la gratifia de son air indifférent et de son sarcasme standard.

– Mais faites donc, agent spécial Walling, lança-t-il. Faites comme chez vous, je vous en prie.

Elle passa sous le ruban et s'arrêta pour respecter, au moins ça, le droit qu'il avait de la conduire à la scène de crime.

– De fait, il se pourrait bien que je puisse t'aider, dit-elle. Si je pouvais voir le corps, je pourrais peut-être te donner une identification officielle.

Elle leva un dossier qu'elle portait à son côté.

– Par ici donc, dit-il.

Il la conduisit au petit espace dégagé où la victime était maintenant éclairée par les fluos stérilisants des unités mobiles. Étendu dans une poussière orangée, le corps se trouvait à environ un mètre cinquante de l'à-pic du belvédère. Au-delà, par-dessus le rebord, le clair de lune se reflétait à la surface du réservoir en dessous. De l'autre côté du barrage, la ville se répandait en une nappe de millions de lumières. L'air froid de la nuit les faisait chatoyer comme autant de rêves flottants.

Bosch tendit le bras pour arrêter Walling au bord du cercle de lumière. La victime avait été mise sur le dos par le légiste et leur montrait maintenant son visage. On y découvrait des écorchures jusque sur le front, mais Bosch crut reconnaître l'homme des photos reproduites sur les badges d'hôpital retrouvés dans la boîte à gants. Stanley Kent. Sa chemise ouverte révélait une poitrine glabre, à la peau d'un blanc pâle. Il avait une incision sur le côté droit du torse, à l'endroit où le légiste lui avait inséré le thermomètre dans le foie.

– Bonsoir, Harry, lança ce dernier, Joe Felton. Ou plutôt… bonjour. Qui est votre amie ? Je croyais qu'ils vous avaient mis en équipe avec Iggy Ferras.

– Je suis effectivement avec lui, répondit Bosch. Cette dame est l'agent spécial Rachel Walling, de la Tactical Intelligence Unit du FBI.

– La Tactical Intelligence ? répéta-t-il. Qu'est-ce qu'ils vont encore nous trouver ?

– Je crois que c'est un des organismes montés par l'Homeland Security [1]. Vous savez bien… motus et bouche cousue, ce genre de trucs. Elle dit pouvoir nous donner une identification officielle.

Walling lui décocha un coup d'œil pour lui signifier qu'il jouait un peu trop les potaches.

– On peut entrer, docteur ? demanda Bosch.

– Bien sûr, Harry, on a pratiquement terminé.

Bosch se mit en devoir d'avancer, mais Walling se plaça vite devant lui et entra dans le cercle de lumière étincelante. Et sans aucune hésitation se positionna au-dessus du corps. Ouvrit son dossier et en sortit une

1. Nom donné à l'agence fédérale qui regroupe tous les organismes de la sécurité du territoire américain depuis les attentats du 11 septembre 2001 *(NdT)*.

photo d'identité format 18 × 24. Se pencha en avant et la posa à côté du visage du mort. Bosch se posta tout à côté d'elle pour procéder lui aussi à la comparaison.

– C'est lui, dit-elle. Stanley Kent.

Bosch acquiesça d'un signe de tête, puis lui tendit la main pour qu'elle puisse revenir en arrière en enjambant le corps. Elle ignora son geste et recula sans son aide. Bosch baissa les yeux sur Felton qui s'était agenouillé près du corps.

– Alors, docteur, vous voulez bien nous dire à quoi on a affaire ?

Bosch s'agenouilla de l'autre côté du corps pour mieux voir.

– Nous avons affaire à quelqu'un qui a été amené ou est venu ici pour une raison x ou y et a été forcé de se mettre à genoux.

Felton leur montra le pantalon de la victime. On y voyait des taches de poussière orangée aux deux genoux.

– Après quoi, quelqu'un lui a tiré deux balles dans la nuque, ce qui l'a projeté face contre terre. Les blessures qu'il a au visage sont celles qu'il s'est faites en touchant le sol. À ce moment-là, il était déjà mort.

Bosch hocha la tête.

– Pas de blessures de sortie, reprit Felton. Sans doute un projectile de petit calibre, du genre .22, avec effet de ricochet à l'intérieur du crâne. C'est très efficace.

Bosch comprit alors que le lieutenant Gandle parlait de façon figurative lorsqu'il avait déclaré que la victime avait eu la cervelle projetée tout partout dans le paysage. À l'avenir, il allait falloir se rappeler cette tendance à l'hyperbole chez son patron.

– Heure du décès ? demanda-t-il à Felton.

– Vu la température du foie, je dirais il y a quatre ou cinq heures. Soit aux environs de huit heures.

26

Cette dernière précision troubla profondément Bosch. Il savait qu'à huit heures il aurait fait déjà nuit et que tous les fanas du coucher de soleil auraient disparu depuis longtemps. Sauf que les deux coups de feu auraient résonné en écho du haut du belvédère et sur les maisons des promontoires. Et que personne n'avait appelé la police et que le corps n'avait pas été trouvé avant qu'une patrouille ne passe par là par hasard quelque trois heures plus tard.

– Je sais ce que tu te dis, lança Felton. Et le bruit, hein ? Il y a une explication possible. Vous m'aidez à retourner le bonhomme ?

Bosch se releva et s'écarta tandis que Felton et l'un de ses assistants retournaient le corps. Bosch jeta un coup d'œil à Walling. Leurs regards se croisèrent un instant, puis elle revint sur le cadavre.

La manœuvre avait fait apparaître les blessures d'entrée à la nuque. Les cheveux noirs de la victime étaient gluants de sang et le dos de sa chemise blanche couvert du fin brouillard d'une substance marron qui attira tout de suite l'attention de Bosch. Il s'était trouvé sur bien trop de scènes de crime pour s'en souvenir ou les compter. Mais non, il ne pensait vraiment pas que c'était du sang qu'on voyait sur la chemise du mort.

– Ce n'est pas du sang, si ? demanda-t-il.

– Non, ce n'en est pas, répondit Felton. À mon avis, les types du labo devraient nous dire qu'il s'agit d'un bon jus de Coca-Cola. Soit le résidu qu'on trouve au fond d'une canette ou d'une bouteille vide.

Walling réagit avant même que Bosch n'ait pu le faire :

– Un silencieux de fortune pour atténuer les détonations, dit-elle. On scotche une vieille bouteille de Coca d'un litre autour du canon de l'arme et le bruit du coup de feu s'en trouve fortement réduit lorsque les ondes sonores se répandent dans la bouteille plutôt qu'à l'air libre. Qu'il y ait un résidu de Coca au fond de la bouteille et le liquide éclaboussera la cible.

Felton regarda Bosch et acquiesça d'un hochement de tête.

– Où tu as trouvé cette dame, Harry ? Vaudrait mieux te la garder.

Bosch regarda Walling. Lui aussi était impressionné.

– Sur le Web, répondit-elle.

Felton fit oui de la tête sans en croire un mot.

– Il y a encore un truc à prendre en compte, reprit Felton en attirant à nouveau leur attention sur le corps.

Bosch s'agenouilla une deuxième fois. Felton tendit le bras par-dessus le corps pour lui montrer la main à côté de lui.

– On a ce truc sur les deux mains, dit-il.

Il lui indiqua un anneau en plastique rouge autour du majeur. Bosch le regarda et vérifia l'autre main. Il s'y trouvait bien un anneau similaire. À l'intérieur de chaque main, l'anneau était muni d'un pan blanc qui ressemblait à une espèce de ruban.

– C'est quoi ? demanda Bosch.

– Je ne sais pas encore, répondit Felton. Mais je crois…

– Moi, je sais, dit Walling.

Bosch leva la tête vers elle. Et acquiesça. Bien sûr qu'elle savait.

– Il s'agit de bagues DTL, soit à dosimétrie de thermoluminescence. C'est un système d'alarme. Ça lit le degré d'exposition aux radiations.

La nouvelle suscita un étrange silence dans l'assemblée. Jusqu'à ce que Walling reprenne la parole :

– Et je vais vous donner un tuyau. Quand les bagues

sont tournées en dedans comme celles-ci, avec l'écran de thermoluminescence vers l'intérieur de la main, cela signifie généralement que celui qui porte la bague manipule des matières radioactives.

Bosch se releva.

– Bon, lança-t-il, tout le monde s'éloigne du corps. Tout le monde recule !

Les techniciens de scènes de crime, ceux des services du coroner et Bosch lui-même, tous s'écartèrent du cadavre. Sauf Walling, qui ne bougea pas. Qui leva les mains en l'air comme si elle était à l'église et demandait à l'assemblée des fidèles de lui prêter attention.

– Une seconde, dit-elle, une seconde. Il n'y a pas besoin de reculer. Tout va bien ! Il n'y a aucun danger.

Tout le monde marqua une pause, mais personne ne revint à sa place.

– S'il y avait un risque d'exposition, l'écran des bagues serait noir, expliqua-t-elle. C'est le premier signal d'alarme. Et là, les écrans n'ont pas viré au noir et nous sommes tous en sécurité. En plus de quoi, j'ai ceci.

Elle ouvrit sa veste et leur montra un petit boîtier noir agrafé à sa ceinture comme un bipeur.

– Moniteur de rayonnements, dit-elle. Si nous avions un problème, croyez-moi, ce truc pousserait des cris d'orfraie et c'est moi qui serais la première à courir. Mais il n'y a pas de problème. Tout est cool, d'accord ?

Tous ceux qui s'affairaient autour de la scène de crime commencèrent à regagner leur place d'un pas hésitant. Bosch s'approcha de Walling et la prit par le coude.

– On pourrait causer là-bas une minute ? lui demanda-t-il.

Ils quittèrent l'espace dégagé et s'approchèrent du trottoir de Mulholland Drive. Bosch sentait bien que la situation évoluait, mais tentait de n'en rien montrer.

Il était inquiet. Il ne voulait pas perdre le contrôle de la scène de crime et c'était exactement cela que ce genre d'information risquait d'induire.

– Rachel, dit-il, qu'est-ce que tu fous ici ? Qu'est-ce qui se passe ?

– Même chose que toi, on m'a appelée en pleine nuit. Et on m'a dit d'y aller.

– Ça ne répond pas à ma question.

– Je t'assure que je suis ici pour donner un coup de main.

– Alors, commence par me dire exactement ce que tu fabriques et qui t'a envoyée. C'est ça qui m'aiderait.

Elle jeta un coup d'œil autour d'elle, puis revint sur Bosch. Et lui montra l'extérieur du périmètre.

– On peut ?

Bosch tendit la main en avant pour lui dire d'ouvrir le chemin. Ils passèrent sous le ruban et rejoignirent la rue. Lorsqu'il estima que personne ne pouvait les entendre de la scène de crime, Bosch s'arrêta et la regarda.

– Bon, dit-il, on est assez loin. Qu'est-ce qui se passe ? Qui t'a demandé de venir ici ?

Elle le regarda à nouveau dans les yeux.

– Écoute, ce que je vais te dire devra rester confidentiel. Pour l'instant.

– Dis donc, Rachel, je n'ai pas de temps à…

– Stanley Kent est sur une liste. Quand toi ou un de tes collègucs avez passé son nom sur l'ordinateur du *National Crime Index* cette nuit, un signal s'est allumé à Washington DC et j'ai reçu un appel à la Tactical Intelligence.

– Quoi ? C'était un terroriste ?

– Non, un médecin. Et pour ce que j'en sais, un citoyen respectueux des lois.

– Alors c'est quoi tout ce bazar avec les bagues à

radiations et le FBI qui se pointe en pleine nuit ? Sur quelle liste était ce Stanley ?

Elle ignora sa question.

– Laisse-moi te demander un truc, Harry. Quelqu'un est-il allé voir sa femme ou jeter un coup d'œil chez lui ?

– Pas encore, non. On a commencé par l'analyse de la scène de crime. J'ai l'intention de…

– Alors je pense que c'est ça qu'il faut faire tout de suite, dit-elle d'un ton pressant. Tu pourras me poser tes questions en route. Prends les clés du type au cas où on aurait besoin d'entrer chez lui. Je vais à ma voiture.

Elle commençait à s'éloigner lorsqu'il l'attrapa par le bras.

– C'est moi qui conduis, dit-il.

Il lui montra sa Mustang, laissa Walling et se dirigea vers la voiture de patrouille où les sacs à mise sous scellés étaient toujours étalés sur le coffre. Et chemin faisant regretta d'avoir déjà libéré Edgar. Il fit signe au sergent de ronde.

– Écoutez, dit-il, il faut que je quitte la scène de crime pour aller vérifier quelque chose chez la victime. Ça ne prendra pas longtemps et l'inspecteur Ferras devrait arriver d'un instant à l'autre. Veillez à ce que la scène de crime ne soit pas altérée jusqu'à ce que l'un de nous deux revienne.

– Entendu.

Il sortit son portable et appela son coéquipier.

– Où es-tu ?

– Je viens juste de quitter Parker Center. Je suis à vingt minutes de la scène de crime.

Bosch lui expliqua qu'il allait s'absenter et que Ferras devait se dépêcher. Puis il raccrocha, prit le sac à mise sous scellés contenant le porte-clés sur le coffre de la

31

voiture de patrouille et le fourra dans la poche de sa veste.

Il arrivait à sa voiture lorsqu'il vit Walling déjà assise sur le siège passager. Elle finissait de téléphoner et refermait son portable.

– Qui c'était? demanda-t-il en montant. Le Président?

– Mon coéquipier. Je lui ai dit de me retrouver à la maison. Où est le tien?

– Il arrive.

Bosch démarra. Et commença à poser ses questions dès qu'ils roulèrent.

– Si ce n'était pas un terroriste, sur quelle liste était Stanley?

– En sa qualité de médecin, il avait accès à des matières radioactives. C'est pour ça qu'il était sur une liste.

Bosch repensa à tous les badges d'hôpitaux qu'il avait trouvés dans la Porsche du mort.

– Accès à quoi? Dans des hôpitaux?

– Exactement. C'est là qu'on les stocke. Ce sont des matières dont on se sert surtout dans le traitement du cancer.

Il acquiesça d'un signe de tête. Il voyait le tableau, mais n'avait pas encore assez de renseignements.

– Bon, et donc, qu'est-ce qu'il me manque, Rachel? Dis-moi tout.

– Stanley Kent avait un accès direct à des matières sur lesquelles certains aimeraient bien mettre la main. Parce qu'elles pourraient être d'une très, très grande valeur pour d'autres. Et pas pour le traitement du cancer.

– Des terroristes.

– Exactement.

– Et tu es en train de me dire que ce type pouvait débarquer dans un hôpital et y prendre ces trucs? Il n'y a pas des règles à respecter?

Walling fit signe que si.

– Des règles, il y en a toujours, Harry. Mais qu'il y en ait ne suffit pas. La répétition, la routine… voilà les failles de tout système de sécurité. Autrefois, on laissait les portes des cockpits ouvertes dans les avions de ligne. Aujourd'hui, c'est fini. Il faut des événements qui changent tout dans la vie pour qu'on modifie les procédures et qu'on renforce les précautions. Tu comprends ce que je suis en train de te dire ?

Il repensa aux annotations portées au dos de certains badges d'identité retrouvés dans la Porsche. Se pouvait-il que Stanley Kent ait été assez léger sur la sécurité de ces matières pour inscrire les combinaisons au dos de ces cartes ? Bosch se dit que la réponse à cette question était probablement oui. L'instinct du policier.

– Je comprends, oui, dit-il.

– Bref, si tu voulais circonvenir un système de sécurité existant, et ce qu'il soit bon ou mauvais, à qui t'adresserais-tu ?

Bosch hocha la tête.

– À quelqu'un qui le connaît de l'intérieur.

– Voilà.

Bosch tourna dans Arrowhead Drive et commença à regarder les numéros des maisons.

– Tu es donc en train de me dire que cet incident pourrait être un événement aux conséquences incalculables.

– Non, ce n'est pas ce que je te dis. Pas encore.

– Connaissais-tu ce Kent ?

Bosch l'avait fixée des yeux en posant sa question, elle en eut l'air surprise. C'était osé, mais il avait lancé ça plus pour voir sa réaction que pour obtenir vraiment une réponse. Walling se détourna et regarda par la vitre avant de répondre. Bosch connaissait la manœuvre. C'était un classique. Il sut tout de suite qu'elle allait lui mentir.

– Non, dit-elle, je ne l'ai jamais rencontré.

Bosch entra dans l'allée suivante et arrêta la voiture.

– Qu'est-ce que tu fais? demanda-t-elle.

– On y est, dit-il. C'est la maison de Kent.

Ils se trouvaient devant une bâtisse sans lumière, ni dedans ni dehors. Comme si personne n'y habitait.

– Mais non, ce n'est pas là! dit Walling. Sa maison se trouve une rue plus bas et…

Elle s'interrompit en comprenant que Bosch l'avait piégée. Il la regarda un instant dans l'habitacle plongé dans l'obscurité avant de parler.

– Tu veux être honnête avec moi ou tu veux descendre de voiture?

– Écoute, Harry, je te l'ai dit: il y a des choses que je ne peux pas…

– Descendez, agent spécial Walling. Je réglerai ça tout seul.

– Écoute, tu dois comprend…

– Il s'agit d'un homicide. Et cet homicide m'appartient. Descends de la voiture.

Elle refusa de bouger.

– Il suffira que je passe un coup de fil pour qu'on te vire de cette enquête avant même que tu reviennes sur la scène de crime, dit-elle.

– Eh bien, vas-y. Je préfère qu'on me vire tout de suite plutôt que d'être une espèce de champignon pour les fédéraux. Dis, c'est pas un des slogans du Bureau, ça? On maintient les mecs du coin dans le noir, comme les champignons, voire on les enterre dans la bouse de vache? Eh bien, non, pas avec moi, pas ce soir et pas dans une affaire qui m'appartient.

– Bon, d'accord, d'accord, dit-elle. Qu'est-ce que tu veux savoir ?

– Ce coup-ci, je veux la vérité. Toute la vérité.

3

Bosch pivota sur son siège pour la regarder. Pas question de démarrer tant qu'elle n'aurait pas commencé à parler.

– Il est évident que tu savais qui était Stanley Kent et où il habitait, reprit-il. Tu m'as menti. Bon et maintenant, c'était un terroriste, oui ou non ?

– Je t'ai déjà dit que non, et c'est la vérité. C'était un honnête citoyen. Un médecin. Il était sur une liste de personnes à surveiller parce qu'il manipulait des matériaux radioactifs qui, dans de mauvaises mains, peuvent être utilisés pour faire du mal.

– Qu'est-ce que tu racontes ? Comment est-ce possible ?

– Par exposition à des rayons. Ce qui peut se faire de tas de manières. Par agression sur des individus... Tu te rappelles la dernière fête de Thanksgiving ? Le Russe qui a reçu une dose de polonium à Londres ? Il s'agissait d'une attaque ciblée, mais il y a eu d'autres victimes. Ce à quoi Kent avait accès pouvait être aussi utilisé sur une bien plus grande échelle... dans un centre commercial, dans le métro, tout ce qu'on veut. Tout cela est une question de quantité et, bien sûr, de moyen de livraison.

– De moyen de livraison ? Tu veux dire... une bombe ?

Quelqu'un aurait pu faire une bombe sale avec le truc qu'il manipulait ?

– Dans certaines applications, oui.

– Je croyais que c'était une légende, que de fait il n'y avait jamais eu de bombe sale.

– Le terme exact est EEI, « engin explosif improvisé ». Et dit comme ça, oui, c'est une légende. Jusqu'au moment précis où explose le premier.

Bosch acquiesça d'un signe de tête et revint sur terre. Il montra la maison qu'ils avaient devant eux.

– Comment sais-tu que ce n'était pas la maison de Kent ?

– Parce que je suis déjà allée chez lui. D'accord ? Au début de l'année dernière, mon coéquipier et moi sommes venus le voir pour les briefer, lui et sa femme, sur les dangers de sa profession. On a vérifié la sécurité de la maison et on leur a dit de prendre des précautions. C'était l'Homeland Security qui nous avait demandé de le faire. D'accord ?

– Oui, d'accord. Et c'était un truc de routine pour la Tactical Intelligence et l'Homeland Security ou bien était-ce parce que Stanley avait été déjà menacé ?

– Il n'avait pas reçu de menaces précises, non. Écoute, on est en train de perdre notre…

– S'il n'en avait pas reçu, qui en avait reçu ? Qui ?

Elle se redressa sur son siège et poussa un soupir d'exaspération.

– Personne n'avait reçu de menaces particulières. On prenait simplement des précautions. Il y a seize mois de ça, un type est entré dans un centre de cancérologie de Greensboro, en Caroline du Nord, a déjoué les mesures de sécurité et volé vingt-deux petits tubes d'un radio-isotope, le césium 137. L'usage médical légal de ce produit dans ce cadre précis était le traitement du cancer de l'utérus. Nous ne savons pas qui s'est introduit dans le centre et pourquoi, mais le césium a disparu. Lorsque la nouvelle du vol est passée dans les tuyaux, quelqu'un de la branche L. A. de la Joint Terrorism Task Force a trouvé que ce serait une bonne idée de vérifier le degré de sécurité de ces produits dans les hôpitaux du coin et d'avertir tous les gens qui y ont accès et les manipulent de prendre des précautions et de rester vigilants. Bon, et maintenant on peut y aller ?

– Et ce quelqu'un, c'était toi.

– Oui. T'as tout pigé. Le credo fédéral des bienfaits en cascade en pleine action. C'est à moi et à mon coéquipier qu'il est revenu d'aller parler à des gens du type Stanley Kent. Nous les avons retrouvés, lui et sa femme, chez eux, de façon à pouvoir vérifier la sécurité des lieux en même temps qu'on l'informait qu'il allait devoir surveiller ses arrières. C'est pour cette même raison que j'ai reçu l'appel lorsque son nom a commencé à clignoter sur mon écran.

Bosch passa en marche arrière et sortit vite de l'allée.

– Et pourquoi tu ne m'as pas dit tout ça d'entrée de jeu ?

Il repassa en marche avant et la voiture bondit.

– Parce qu'à Greensboro personne ne s'est fait tuer, répondit-elle sur le ton du défi. Là, tout pourrait être assez différent. On m'a dit d'y aller avec précaution et discrétion. Je suis désolée de t'avoir menti.

– Ça vient un peu tard, Rachel. Tes gens ont-ils récupéré le césium de Greensboro ?

Walling garda le silence.

– Toi ?

– Non, pas encore. Il aurait été vendu au marché noir. D'un simple point de vue financier, le césium a beaucoup de valeur, même à ne s'en servir que dans le cadre médical. C'est pour ça qu'on ne sait pas trop à quoi on a affaire ici. Et c'est aussi pour ça qu'on m'a envoyée voir.

Dix secondes plus tard ils arrivaient à Arrowhead Drive, où Bosch recommença à regarder les numéros jusqu'à ce que Walling lui dise où c'était.

– Là, celle à gauche, je crois. Celle avec les volets noirs. Pas facile à dire dans le noir.

Bosch se gara et mit en prise avant que la voiture ne soit complètement arrêtée. Puis il bondit hors du véhicule et gagna la porte d'entrée. La maison était plongée dans l'obscurité. Jusqu'à la lumière de la porte d'entrée qu'on n'avait pas allumée. Il s'approcha et s'aperçut que cette dernière était entrebâillée.

– C'est ouvert, dit-il.

Ils dégainèrent tous les deux. Bosch posa la main sur la porte et la poussa doucement. L'arme levée, ils entrèrent dans la maison silencieuse, Bosch passant vite la main sur le mur pour trouver un interrupteur.

La lumière s'alluma, révélant une salle de séjour bien propre mais vide et où rien ne disait qu'il y aurait eu un problème.

– Mme Kent ? lança Walling d'une voix forte.

Puis, plus bas, elle dit à Bosch :

– Il n'y a que sa femme. Ils n'ont pas d'enfants.

Elle appela encore une fois, mais encore une fois ce fut le silence. Il y avait un couloir à droite, Bosch s'en approcha. Trouva un autre interrupteur et éclaira un couloir sur lequel donnaient quatre portes et une alcôve.

Vide elle aussi, celle-ci faisait office de bureau. Bosch aperçut le reflet bleu d'un écran d'ordinateur dans la fenêtre. Ils dépassèrent l'alcôve et, une porte après l'autre, inspectèrent ce qui ressemblait à une chambre d'amis, puis une salle de gym privée avec des tapis de marche et d'exercices accrochés au mur. La troisième porte était celle d'une chambre d'amis, vide également, la quatrième donnant sur une grande chambre.

Ils entrèrent dans la pièce, Bosch allumant encore une fois la lumière. C'est là qu'ils découvrirent Mme Kent.

Nue sur le lit, les mains attachées dans le dos et bâillonnée. Elle avait les yeux fermés. Walling se précipita vers elle pour voir si elle était encore vivante, tandis que Bosch vérifiait la salle de bains et la penderie attenantes. Il n'y avait personne.

En revenant vers le lit, il vit que Walling avait ôté le bâillon de Mme Kent et s'était servie d'un canif pour couper les menottes en plastique noir avec lesquelles on lui avait attaché ensemble les chevilles et les poignets. Elle était en train de ramener les draps sur le corps de la femme qui ne bougeait plus. Une odeur d'urine se faisait très distinctement sentir dans la pièce.

– Elle est vivante ? demanda-t-il.

– Oui. Je crois qu'elle est juste évanouie. C'est comme ça qu'ils l'ont laissée.

Elle commença à masser les mains et les poignets de Mme Kent. Le sang n'y circulant plus, ils avaient déjà foncé jusqu'à être pratiquement violets.

– Va vite chercher de l'aide, dit-elle à Bosch.

Agacé de n'avoir pas réagi avant qu'on lui en ait donné l'ordre, Bosch sortit son portable, passa dans le couloir et appela le centre des communications pour qu'on lui envoie des infirmiers.

– Ils seront là dans dix minutes, dit-il après avoir raccroché et regagné la chambre.

Il sentit l'excitation monter en lui. Ils avaient un témoin

vivant. La femme allongée sur le lit pourrait au moins leur dire quelque chose sur ce qui s'était passé. Il savait qu'il serait d'une importance vitale de la faire parler aussi vite que possible.

Un fort grognement se fit entendre lorsqu'elle revint à elle.

– Ça va aller, Mme Kent, lui dit Walling. Tout va bien. Vous êtes en sécurité maintenant.

La femme se tendit, ses yeux s'ouvrant tout grands lorsqu'elle découvrit les deux inconnus devant elle. Walling lui montra ses papiers d'identité.

– Je suis du FBI, Mme Kent. Vous souvenez-vous de moi ?

– Quoi ? Qu'est-ce que… Où est mon mari ?

Elle commença à se lever, mais se rendit compte qu'elle était nue sous les couvertures et tenta de les serrer autour d'elle. Elle devait avoir les doigts encore engourdis car elle n'arriva pas à les refermer sur le tissu. Walling l'aida à remonter le couvre-lit.

– Où est Stanley ? répéta Mme Kent.

Walling s'agenouilla au pied du lit pour être au même niveau qu'elle. Puis elle regarda Bosch comme si elle cherchait un conseil sur la manière de répondre à sa question.

– Mme Kent, dit celui-ci, votre mari n'est pas ici. Je suis l'inspecteur Bosch du LAPD et je vous présente l'agent spécial Walling du FBI. Nous essayons de savoir ce qui est arrivé à votre mari.

La femme regarda Bosch puis Walling, son regard se fixant enfin sur l'agent fédéral.

– Je me souviens de vous, dit-elle. Vous êtes venue ici pour nous mettre en garde. C'est ça qui est en train de se produire ? Les types qui sont venus tiennent Stanley ?

Rachel se pencha vers elle et lui parla sur un ton apaisant.

– Mme Kent, dit-elle, nous… Vous vous appelez bien Alicia, n'est-ce pas ? Alicia, il faut que vous vous calmiez un peu pour que nous puissions parler et vous aider. Voulez-vous vous habiller ?

Alicia Kent fit signe que oui.

– Bien, on va vous laisser un instant. Vous vous habillez, nous vous attendrons dans la salle de séjour. Mais d'abord une question : êtes-vous blessée de quelque manière que ce soit ?

Alicia Kent fit signe que non.

– Vous êtes sûre de ne pas avoir été… ?

Elle ne finit pas sa question tant celle-ci lui faisait peur. Au contraire de Bosch. Il savait qu'ils avaient besoin d'être parfaitement au clair sur ce qui s'était passé.

– Mme Kent, dit-il, avez-vous été victime d'une agression sexuelle ?

Elle fit à nouveau signe que non.

– Ils m'ont obligée à me déshabiller. Mais c'est tout ce qu'ils ont fait.

Bosch scruta son regard pour essayer de voir si elle lui mentait.

– Bien, lança Walling en mettant fin à cet instant. Nous allons vous laisser pour que vous puissiez vous habiller. Mais dès qu'ils seront là, nous voulons que les infirmiers vous examinent afin de savoir si vous avez été blessée.

– Non, ça ira, dit Alicia Kent. Qu'est-il arrivé à mon mari ?

– Nous n'en sommes pas certains, répondit Bosch. Habillez-vous, venez nous rejoindre dans le séjour et nous vous dirons ce que nous savons.

Alicia Kent serra le couvre-lit autour d'elle en essayant

de se lever. Bosch aperçut la tache sur le matelas et comprit qu'elle avait eu tellement peur pendant son calvaire qu'elle avait fini par uriner, ou alors qu'elle avait attendu trop longtemps les secours.

Elle fit un pas vers la penderie et sembla partir en avant. Bosch la rattrapa avant qu'elle ne tombe.

– Ça va ?

– Ça va, oui. J'ai un peu le vertige. Quelle heure est-il ?

Bosch jeta un coup d'œil à la pendule numérique posée sur la table de nuit de droite, mais l'écran était vide. L'appareil avait été éteint ou débranché. Il tourna le poignet droit sans lâcher Alicia et consulta sa montre.

– Il est presque une heure du matin, dit-il.

Alicia Kent parut se raidir à son contact.

– Ah, mon Dieu ! s'écria-t-elle. Ça fait des heures et des heu… Où est Stanley ?

Bosch remonta les mains jusqu'à ses épaules et l'aida à se redresser.

– Habillez-vous et nous parlerons de tout ça, dit-il.

Elle gagna la penderie d'un pas mal assuré et en ouvrit la porte. Une glace en pied y était fixée. Bosch y découvrit son reflet. Sur le coup, il crut voir quelque chose de nouveau dans son propre regard. Quelque chose qui ne s'y trouvait pas lorsqu'il s'était regardé dans la glace avant de partir de chez lui. Comme un malaise, peut-être même même une peur de l'inconnu. Il se dit que cela se comprenait. S'il avait travaillé sur des milliers d'affaires, jamais encore il n'était parti dans la direction où celle-ci l'emmenait. Oui, c'était peut-être bien le terme «peur» qui convenait.

Alicia Kent décrocha un peignoir blanc en tissu-éponge d'un mur de la penderie et l'emporta à la salle de bains. Elle avait laissé la porte de la penderie ouverte, et Bosch ne put s'empêcher de se détourner de son reflet dans la glace.

Walling quitta la chambre, Bosch derrière elle.

– Qu'est-ce que tu en penses ? lui demanda-t-elle en descendant le couloir.

– J'en pense que nous avons de la chance d'avoir un témoin, répondit-il. Elle pourra nous dire ce qui est arrivé.

– Espérons-le.

Bosch décida de vérifier encore une fois la maison en attendant qu'Alicia ait fini de s'habiller. Cette fois, en plus de toutes les pièces, il alla voir du côté du garage et du jardin de derrière. Il n'y trouva rien de suspect, mais remarqua quand même que le garage à deux voitures était vide. Si les Kent avaient effectivement un véhicule en plus de la Porsche, il n'y était pas garé.

En continuant son examen, il s'arrêta dans le jardin de derrière et regarda le panneau d'Hollywood en rappelant le centre des communications pour demander qu'on lui envoie une deuxième équipe de scène de crime pour s'occuper de la maison des Kent. Il s'enquit aussi du moment où les infirmiers allaient arriver pour examiner Alicia Kent et apprit qu'ils n'étaient plus qu'à cinq minutes. Cela, dix minutes après qu'on lui avait dit qu'ils arriveraient dans dix minutes.

Il appela ensuite le lieutenant Gandle et le réveilla chez lui. Celui-ci l'écouta lui donner les dernières nouvelles sans l'interrompre. L'implication du FBI et la possibilité de plus en plus forte qu'il s'agisse d'une affaire de terrorisme l'avaient mis sur ses gardes.

– Bon…, dit-il lorsque Bosch en eut terminé. Tout semble indiquer que je vais avoir des gens à réveiller.

Par là il voulait dire qu'il allait devoir répercuter dans les hautes sphères et la nouvelle et les dimensions que prenait l'affaire. La dernière chose dont avait besoin un lieutenant des Vols et Homicides était bien de recevoir un appel du Bureau du Chef de Police dans le courant de la matinée et de s'entendre demander pourquoi il n'avait pas encore averti le commandement de toutes les conséquences possibles de ce meurtre. Bosch comprit que Gandle allait tout de suite faire ce qu'il fallait pour se protéger et solliciter les directives d'en haut. Mais cela le fit réfléchir, lui aussi : le LAPD avait sa propre antenne de l'Homeland Security. Elle avait pour chef un type que les trois quarts des membres de la police prenaient pour un dingue absolument pas qualifié pour ce travail.

– Un de ces appels ira-t-il au capitaine Hadley ? demanda-t-il.

Le capitaine Don Hadley était le frère jumeau de James Hadley, qui, tiens donc, faisait partie d'une commission spéciale de la police qui, nommée par le politique, surveillait le LAPD et avait autorité pour nommer et engager le chef de police. Moins d'un an après que James Hadley avait, avec l'approbation du conseil municipal, été nommé à cette commission par le maire, son frère jumeau passait de sous-directeur de la division Circulation de la Valley à grand patron de l'antenne de l'Homeland Security. À l'époque, on y avait vu le coup politique d'un chef de police qui essayait désespérément de conserver son boulot. Mais la manœuvre n'avait pas marché. Il avait été viré et un nouveau chef avait été nommé à sa place. En attendant Hadley, lui, gardait son poste de patron de l'antenne.

La mission de cette antenne ? Maintenir le contact avec les agences fédérales et favoriser la circulation des infos du Renseignement. Durant les six années précédentes, Los Angeles avait été la cible de groupes terroristes à au moins deux reprises avérées. Et chaque fois le LAPD n'avait découvert la menace qu'après que le FBI l'avait déjouée. D'où l'embarras de la police et la création de l'antenne de l'Homeland Security de façon que le LAPD puisse améliorer la qualité du Renseignement et découvrir ce que les fédéraux savaient sur ce qui se passait chez lui.

Le problème était que dans la pratique on soupçonnait fort le LAPD d'être tenu à l'écart des informations par lesdits fédéraux. Et que pour masquer cet échec et justifier et son poste et l'existence de son service, le capitaine Hadley avait pris l'habitude de tenir des conférences de presse tapageuses et de se pointer, avec son unité de l'Homeland Security toute de noir vêtue, sur toutes les scènes de crime qui, de près ou de loin, pouvaient avoir un lien avec le terrorisme. Un camion d'essence qui s'était renversé sur l'Hollywood Freeway avait ainsi fait débarquer le service en force avant qu'on découvre que de fait il ne s'agissait que d'un camion rempli de lait. L'assassinat d'un rabbin dans une synagogue de Westwood avait donné lieu au même scénario, jusqu'au moment où l'on avait compris qu'il y avait eu triangle amoureux.

Etc., etc. Au quatrième raté, le patron de l'antenne avait été rebaptisé, Don Hadley devenant Done Badly[1]. Il n'en était pas moins resté en poste grâce au fin voile de politique qui avait couvert sa nomination. La dernière chose que Bosch avait apprise par le téléphone arabe ? Que le capitaine Hadley avait renvoyé toute sa brigade à l'Académie de police afin qu'on l'y entraîne aux tactiques de résistance aux agressions urbaines.

– Pour Hadley, je ne sais pas, répondit Gandle. On va

1. Soit « Mal fait » *(NdT)*.

probablement le mettre au courant. Je vais commencer par avertir mon capitaine et c'est lui qui passera les coups de fil à partir de là. Mais ça, ça ne vous concerne pas, Harry. Vous faites votre boulot et vous ne vous occupez pas d'Hadley. Les gens auxquels vous devez faire attention, ce sont les fédéraux.

– Compris.

– N'oubliez pas : avec eux, il faut toujours s'inquiéter quand ils commencent à vous dire ce que vous avez envie d'entendre.

Bosch acquiesça. Le conseil reprenait la longue tradition de méfiance du LAPD par rapport au FBI. Et, bien sûr, la tradition était tout aussi respectée par les membres du FBI. C'était même cela qui avait été à l'origine de la création de l'antenne de l'Homeland Security.

Bosch revint dans la maison et tomba sur Walling en train de parler dans son portable, et sur un type qu'il n'avait jamais vu et qui se tenait dans la salle de séjour. Grand, la quarantaine, il respirait l'indéniable assurance FBI que Bosch avait déjà vue plus d'une fois. L'homme lui tendit la main.

– Vous devez être l'inspecteur Bosch, dit-il. Jack Brenner. Rachel est ma coéquipière.

Bosch lui serra la main. La manière dont Brenner l'avait informé que Rachel était sa coéquipière n'était qu'un détail, mais lui en dit long. Le ton qu'avait pris l'agent du FBI avait quelque chose de possessif. On faisait comprendre à l'inspecteur Bosch que c'était le patron qui venait de s'emparer de l'affaire, et ce, que Rachel le pense ou pas.

– Ça y est, vous avez fait connaissance ?

Bosch se retourna. Walling avait terminé sa conversation téléphonique.

– Désolée, dit-elle. Je mettais au courant l'agent spécial

en charge du dossier. Il a décidé de mettre toute l'unité dessus. Il a déjà formé trois équipes pour aller voir dans les hôpitaux si Kent n'était pas passé dans un labo sensible dans le courant de la journée.

– Un labo sensible étant un labo où on garde les matériaux radioactifs, c'est ça ? demanda Bosch.

– C'est ça, répondit Brenner. Kent avait accès à tous les hôpitaux du comté ou à peu près. Il faut que nous sachions s'il est allé dans l'un d'eux aujourd'hui.

Bosch savait qu'il aurait très probablement pu réduire le champ de ses recherches à un seul établissement: la clinique Sainte-Agathe pour femmes. Kent en portait le badge lorsqu'on l'avait assassiné. Walling et Brenner l'ignoraient, mais Bosch décida de ne pas le leur dire tout de suite. Il sentait que l'enquête commençait à lui échapper et voulait garder pour lui ce qui avait toutes les chances d'être le seul renseignement en interne qui lui restait.

– Et le LAPD là-dedans ? demanda-t-il à la place.

– Le LAPD ? répéta Brenner en sautant sur la question avant Walling. Vous voulez dire... et vous, Bosch ? C'est ça que vous voulez savoir ?

– Voilà, c'est ça même. Je suis où, moi, dans tout ça ?

Brenner écarta les mains en un geste d'ouverture.

– Ne vous inquiétez pas, dit-il, vous êtes tout ce qu'il y a de plus dans le coup. Vous serez avec nous jusqu'au bout.

L'agent fédéral avait hoché la tête comme si sa promesse valait de l'or.

– Bien, dit Bosch. C'est exactement ce que j'avais envie d'entendre.

Il jeta un coup d'œil à Walling pour avoir confirmation de ce que venait de déclarer son coéquipier, mais elle détourna les yeux.

4

Lorsqu'elle sortit enfin de la grande chambre, Alicia Kent s'était brossé les cheveux et lavé la figure, mais n'avait mis que son peignoir blanc. Bosch découvrit alors à quel point elle était séduisante. Petite, brune, un rien exotique. Il songea que prendre le nom de son époux lui avait permis de cacher une ascendance qui disait un pays lointain. Ses cheveux sombres avaient quelque chose de lumineux. Ils encadraient un visage au teint mat tout à la fois beau et douloureux.

Elle remarqua la présence de Brenner, qui hocha la tête et se présenta. Alicia Kent semblait tellement hébétée par ce qui se passait qu'elle ne montra aucun signe de l'avoir reconnu, au contraire de Walling. Brenner la conduisit jusqu'au canapé et lui dit de s'y asseoir.

– Où est mon mari ? demanda-t-elle, cette fois d'une voix plus forte et plus calme. J'exige de savoir ce qui se passe.

Prête à la consoler si nécessaire, Rachel s'assit à côté d'elle, Brenner prenant une chaise près de la cheminée. Bosch resta debout. Il n'aimait pas être confortablement assis lorsqu'il lui fallait donner ce genre de nouvelles à un proche de la victime.

– Mme Kent, dit-il en essayant de prendre le commandement des opérations afin de garder la mainmise sur cette affaire, je travaille à la section Homicides et si je suis ici, c'est parce qu'un peu plus tôt dans la soirée, nous avons découvert le corps d'un homme que nous pensons être votre mari. Je suis désolé de devoir vous dire ça.

Dès qu'elle apprit la nouvelle, elle piqua du nez, puis couvrit son visage de ses mains, un frisson lui parcourant tout le corps, tandis qu'un gémissement désespéré montait de derrière ses mains. Puis elle se mit à pleurer, à grands sanglots qui lui secouèrent tellement les épaules qu'elle dut baisser les mains pour empêcher son peignoir de s'ouvrir. Walling se pencha vers elle et lui posa une main sur la nuque.

Brenner proposa d'aller lui chercher un verre d'eau, elle acquiesça d'un signe de tête. Pendant qu'il était parti, Bosch étudia Alicia Kent et vit les larmes qui lui striaient le visage. Dire à quelqu'un qu'il vient de perdre l'être cher est un sale travail. Il l'avait fait des centaines de fois, mais ce n'était pas quelque chose à quoi on s'habitue ou qu'on peut faire bien. Sans compter qu'on le lui avait fait, à lui aussi. Lorsque sa mère avait été assassinée plus de quarante ans auparavant, il avait appris la nouvelle de la bouche d'un flic juste après être ressorti de la piscine de son foyer pour jeunes. Sa réaction avait été de resauter aussitôt dans la piscine et d'essayer de ne plus jamais remonter à la surface.

Brenner tendit le verre d'eau à la jeune veuve, qui en avala la moitié d'un coup. Avant que quiconque ne puisse poser la moindre question, quelqu'un frappa à la porte, Bosch allant ouvrir pour faire entrer deux infirmiers porteurs de grosses trousses de secours. Bosch s'écarta lorsqu'ils s'avancèrent pour évaluer l'état de Mme Kent. Il fit signe à Walling et Brenner de le rejoindre à la cuisine où ils pourraient conférer en chuchotant. Et s'aperçut qu'ils auraient dû parler de ça avant.

– Alors, comment voulez-vous gérer le truc ? demanda-t-il.

Brenner écarta encore une fois les mains comme s'il était ouvert à toutes les suggestions. Il semblait que ce geste soit sa marque distinctive.

– Pour moi, c'est vous qui continuez à mener les opérations, dit-il. Nous n'interviendrons que quand ce sera nécessaire. Si ça ne vous plaît pas, nous pourrions…

– Non, non, ça me va. Je garde le commandement.

Il jeta un coup d'œil à Walling en s'attendant à une objection de sa part, mais elle aussi, ça lui allait. Il se tournait pour quitter la cuisine lorsque Brenner l'arrêta.

– Bosch, je tiens à être honnête avec vous, dit-il.

Bosch se retourna.

– Ce qui signifie ?

– Ce qui signifie que j'ai fait faire une petite enquête sur vous. Et qu'on raconte que vous…

– Comment ça, vous avez fait faire une petite enquête sur moi ? Vous avez interrogé des gens… sur moi ?

– J'avais besoin de savoir avec qui nous allions travailler. Tout ce que je savais de vous jusque-là se réduisait à ce que j'avais entendu dire sur l'affaire d'Echo Park. Et je voulais…

– Si vous aviez des questions, vous pouviez me les poser, à moi.

Brenner leva encore une fois les mains, paumes en l'air.

– D'accord, très bien, dit-il.

Bosch quitta la cuisine et s'arrêta sur le seuil de la salle de séjour pour que les infirmiers puissent finir leur travail avec Alicia Kent. L'un d'eux était en train de passer une espèce de crème sur les marques qu'elle avait aux poignets et aux chevilles. L'autre lui prenait sa tension. Bosch vit qu'on lui avait mis un pansement au cou et autour d'un poignet afin, semblait-il, de couvrir des blessures qu'il n'avait pas remarquées.

Son portable se mettant à vibrer, il regagna la cuisine pour prendre l'appel. Il s'aperçut que Walling et Brenner n'y étaient plus et paraissaient avoir filé dans une autre partie de la maison. Cela l'inquiéta. Il ne savait pas ce qu'ils cherchaient ou avaient en tête.

L'appel émanait de son coéquipier. Ferras était enfin arrivé à la scène de crime.

– Le corps y est toujours ? lui demanda Bosch.

– Non, le légiste vient juste de partir. Je crois que le technicien de scène de crime est lui aussi en train de finir.

Implication des fédéraux et danger des matières auxquelles Stanley Kent avait eu accès, Bosch le mit au courant de la direction que semblait prendre l'enquête. Puis il lui demanda de commencer à aller frapper aux portes et chercher des témoins qui auraient pu voir ou entendre des choses ayant un lien avec l'assassinat de Stanley Kent. Il savait qu'il était peu probable que ça marche étant donné que personne n'avait appelé le 911 [1] après la fusillade.

– Tu veux que je le fasse tout de suite ? demanda Ferras. On est en pleine nuit et les gens dor…

– Oui, Ignacio, il faut faire ça tout de suite.

Bosch ne se souciait pas de réveiller les gens. Il y avait beaucoup de chances pour que le générateur d'électricité destiné à éclairer la scène de crime ait réveillé tout le quartier de toute façon. Cela dit, l'enquête de proximité devait être faite et il valait toujours mieux trouver des témoins plus tôt que plus tard.

1. Équivalent américain de notre Police-Secours *(NdT)*.

Lorsque Bosch ressortit de la cuisine, les infirmiers avaient remballé leur matériel et s'en allaient. Ils lui affirmèrent qu'Alicia Kent était en bonne santé et n'avait que des blessures légères et des meurtrissures. Ils lui dirent aussi lui avoir donné un calmant et une crème qu'elle devrait continuer à se passer sur les poignets et les chevilles.

Walling s'était rassise à côté d'elle sur le canapé, Brenner ayant retrouvé son siège près de la cheminée.

Bosch s'assit sur la chaise devant la table basse en verre, juste en face d'Alicia.

– Mme Kent, lança-t-il, nous sommes désolés de ce qui vous arrive et du traumatisme que vous venez de subir. Mais il est important que nous enquêtions au plus vite. Dans un monde parfait, nous attendrions que vous soyez prête à nous parler. Mais ce monde n'a rien de parfait et vous le savez mieux que nous maintenant. Nous avons donc besoin de vous poser des questions sur ce qui s'est passé ce soir.

Elle croisa les bras sur sa poitrine et fit signe qu'elle comprenait.

– Alors allons-y, dit-il. Pouvez-vous nous dire ce qui s'est passé ?

– Deux hommes, répondit-elle, les larmes aux yeux. Je ne les avais jamais vus. Je veux dire… leurs visages. On a frappé à la porte et je suis allée ouvrir. Il n'y avait personne. Puis, juste au moment où je commençais à refermer la porte, ils sont apparus. Et ont bondi. Ils portaient des cagoules et des capuches, disons… un sweat-shirt avec une capuche. Ils sont entrés en force et se sont emparés de moi. Ils avaient un couteau et l'un d'eux m'a attrapée et me l'a tenu sur la gorge. Il m'a dit qu'il me trancherait le cou si je ne faisais pas exactement ce qu'il me dirait.

Elle toucha très légèrement le pansement qu'elle avait au cou.

– Vous souvenez-vous de l'heure qu'il était ?

– Presque six heures du soir. Il faisait déjà nuit depuis un petit moment et je m'apprêtais à préparer le dîner. La plupart du temps, Stanley rentre à sept heures. À moins qu'il ne travaille dans le South County ou ne soit monté dans le désert.

Se rappeler ainsi les habitudes de son mari déclencha une nouvelle montée de larmes dans ses yeux et de sanglots dans sa voix. Bosch essaya de ne pas lui faire perdre le fil en lui posant très vite la question suivante. Il avait déjà l'impression de déceler un ralentissement dans son débit. Le cachet que lui avaient donné les infirmiers commençait à agir.

– Qu'ont fait ces hommes, Mme Kent ? demanda-t-il.

– Ils m'ont conduite à la chambre. Ils m'ont forcée à m'asseoir sur le lit et à ôter tous mes habits. Et après ils… l'un d'eux… s'est mis à me poser des questions. J'ai pris peur. J'ai dû devenir hystérique parce qu'il m'a giflée et hurlé dessus. Il m'a ordonné de me calmer et de répondre à ses questions.

– Que vous a-t-il demandé ?

– Je ne me rappelle pas tout. J'avais tellement peur que…

– Essayez, Mme Kent. C'est important. Cela nous aidera à retrouver les assassins de votre mari.

– Il m'a demandé si nous avions une arme et où elle…

– Une minute, Mme Kent. Une chose à la fois. Il vous a demandé si vous aviez une arme. Que lui avez-vous répondu ?

– J'avais peur. Je lui ai répondu que oui, nous en

avions une. Il m'a demandé où elle était et je lui ai dit qu'elle était dans le tiroir de la table de nuit de mon mari. C'est l'arme qu'on avait achetée après que vous nous aviez avertis des dangers que courait Stanley dans son travail.

Elle avait dit ces derniers mots en regardant Walling dans les yeux.

– Vous n'aviez pas peur qu'ils vous tuent avec ? reprit Bosch. Pourquoi leur avez-vous dit où elle se trouvait ?

Alicia Kent baissa la tête et regarda ses mains.

– J'étais assise ici, et j'étais nue. J'étais déjà sûre qu'ils allaient me violer et me tuer. J'ai dû croire que ça n'avait plus d'importance.

Bosch hocha la tête comme s'il comprenait.

– Que vous ont-ils demandé d'autre, Mme Kent ?

– Ils voulaient savoir où se trouvaient les clés de la voiture. Je le leur ai dit. Je leur ai dit tout ce qu'ils voulaient savoir.

– C'était de votre voiture qu'ils parlaient ?

– De ma voiture, oui. Dans le garage. Je garde les clés sur le comptoir de la cuisine.

– J'ai vérifié le garage. Il est vide.

– J'ai entendu la porte du garage… après leur départ. Ils ont dû prendre la voiture.

Brusquement, Brenner se leva.

– Il faut qu'on diffuse le renseignement, lança-t-il. Pouvez-vous nous dire de quel genre de véhicule il s'agit et nous donner son numéro d'immatriculation ?

– C'est une Chrysler 300. Je ne me rappelle pas le numéro. Je pourrais regarder dans le dossier d'assurance.

Brenner agita la main en l'air pour lui signifier de ne pas se lever.

– Ce ne sera pas nécessaire. Je le trouverai. Et je vais le communiquer au central tout de suite.

Il se mit debout pour gagner la cuisine et passer son appel sans déranger personne. Bosch reprit ses questions :

– Que vous ont-ils demandé d'autre, Mme Kent ?

– Ils voulaient notre appareil photo. Celui qui marche avec l'ordinateur de mon mari. Je leur ai dit que Stanley avait un appareil qui devait être dans son bureau. Chaque fois que je répondais à une question, l'un d'eux… celui qui les posait… traduisait pour l'autre et là, ce type a quitté la pièce. Je pense qu'il est allé chercher l'appareil.

Ce fut au tour de Walling de se lever et de se diriger vers le couloir qui conduisait aux chambres.

– Rachel, lui lança Bosch, ne touche à rien. J'ai une équipe de techniciens de scène de crime qui arrive.

Walling agita la main en disparaissant dans le couloir. Puis Brenner revint dans la pièce et fit un signe de tête à Bosch.

– L'AVR est passé, dit-il.

Alicia Kent voulut savoir de quoi il s'agissait.

– D'un avis de recherche, lui expliqua Bosch. Tout le monde va chercher votre voiture. Bien, Mme Kent, que s'est-il passé après avec ces deux hommes ?

Elle eut à nouveau les yeux pleins de larmes en répondant :

– Ils… ils m'ont attachée de cette façon horrible et m'ont bâillonnée avec une cravate de mon mari. Après, quand le type est revenu avec l'appareil, l'autre m'a prise en photo… comme ça.

Bosch vit l'humiliation lui brûler le visage.

– Il a pris une photo ?

– Oui, c'est tout. Après, ils ont tous les deux quitté la pièce. Celui qui parlait anglais s'est penché vers moi et m'a chuchoté que mon mari viendrait me sauver. Et il est parti.

Il y eut un long silence avant que Bosch ne reprenne ses questions.

– Sont-ils partis tout de suite après avoir quitté la chambre ? demanda-t-il.

Elle fit non de la tête.

– Je les ai entendus parler un petit moment et après j'ai entendu la porte du garage. Elle fait un bruit de tremblement de terre dans toute la maison. Je l'ai senti deux fois. Après ça, je me suis dit qu'ils étaient partis.

Brenner entra à nouveau en scène.

– Quand j'étais dans la cuisine, je crois vous avoir entendue dire qu'un de ces hommes traduisait pour l'autre. Savez-vous quelle langue ils parlaient ?

Cette interruption agaça beaucoup Bosch. Il avait lui aussi prévu de demander quelle langue parlaient les intrus, mais il entendait d'abord couvrir complètement tous les aspects de l'interrogatoire les uns après les autres. Pour avoir travaillé sur d'autres affaires, il savait que c'était la meilleure méthode avec des victimes traumatisées.

– Je n'en suis pas sûre, répondit-elle. Celui qui parlait anglais avait un accent, mais je ne sais pas d'où. Du Moyen-Orient, je pense. Je crois que lorsqu'ils se parlaient, ils le faisaient en arabe. C'était une langue… très gutturale. Mais je ne m'y connais pas en langues étrangères.

Brenner hocha la tête comme si sa réponse lui confirmait quelque chose.

– Vous rappelez-vous quoi que ce soit d'autre sur ce que ces hommes pourraient vous avoir demandé ou dit en anglais ? reprit Bosch.

– Non, c'est tout.

– Vous avez dit qu'ils portaient des cagoules. Quel genre de cagoules ?

Elle réfléchit un instant avant de répondre.

– Le genre passe-montagnes. Comme pour faire du ski ou comme les braqueurs en mettent dans les films.

– Des passe-montagnes en laine donc.

Elle acquiesça d'un signe de tête.

– Voilà, c'est ça, dit-elle.

– Bien. Ces cagoules étaient-elles munies d'un seul ou de deux trous pour les yeux ?

– Hmm... de deux trous séparés, je crois. Oui, de deux trous séparés.

– Y en avait-il un pour la bouche ?

– Euh... oui, il y en avait un. Je me rappelle avoir regardé la bouche du type qui parlait l'autre langue. J'essayais de comprendre ce qu'il disait.

– Très bien, Mme Kent. Ça nous aide beaucoup. Qu'est-ce que je ne vous ai pas encore demandé ?

– Pardon ? Je ne comprends pas.

– De quel détail vous souvenez-vous sur lequel je ne vous aurais pas posé de questions ?

Elle réfléchit, puis fit non de la tête.

– Je ne sais pas. Je crois vous avoir dit tout ce que je me rappelle.

Bosch n'était pas convaincu. Il commença à reprendre toute l'histoire avec elle, à en réexaminer chaque détail sous un autre éclairage. C'était une technique éprouvée propre à faire surgir d'autres renseignements, et cela ne faillit pas à la règle. Le nouveau détail intéressant qui surgit à l'occasion de cette deuxième narration fut que l'homme qui parlait anglais lui avait aussi demandé le mot de passe de son e-mail.

– Pourquoi pensez-vous qu'il en ait eu besoin ? s'enquit Bosch.

– Je n'en sais rien, répondit-elle. Je ne lui ai pas posé la question. Je leur ai donné tout ce qu'ils voulaient, c'est tout.

Elle avait presque fini de raconter son calvaire pour la deuxième fois lorsque, les techniciens de scène de crime arrivant, Bosch décida de marquer une pause dans l'interrogatoire. Alicia Kent restant assise sur le canapé, il accompagna les techniciens à l'arrière de la maison pour qu'ils puissent y commencer leur travail. Après quoi, il se mit dans un coin de la pièce et appela son coéquipier. Ferras l'informa qu'il n'avait toujours personne qui ait vu ou entendu des choses au belvédère. Bosch lui répliqua que lorsqu'il voudrait marquer une pause dans son porte-à-porte, il devrait vérifier si Stanley Kent possédait effectivement une arme. Et si oui, de quelle marque et de quel modèle. Tout semblait indiquer que c'était avec elle qu'il avait été tué.

Bosch refermait son portable lorsque Walling l'appela de l'alcôve. Harry la trouva derrière le bureau avec Brenner. Ils contemplaient l'écran de l'ordinateur.

– Regarde ça, dit-elle à Bosch.

– Je t'ai déjà dit de ne toucher à rien pour l'instant, lui renvoya-t-il.

– On ne peut plus se payer le luxe d'attendre, dit Brenner. Regardez ça.

Bosch fit le tour du bureau.

– Ils ont laissé sa boîte de réception ouverte, dit Walling. Je suis allée voir dans la boîte envois. Et voici ce qui a été envoyé à son mari hier soir à six heures vingt et une.

Elle cliqua dans une case et ouvrit le mail envoyé du serveur d'Alicia Kent à son mari. L'objet en était intitulé :

Urgence maison : à lire immédiatement !

Enchâssée dans le corps de l'e-mail se trouvait une photo d'Alicia Kent entièrement nue, pieds et poings liés sur le lit. L'impact de ce cliché ne pouvait échapper à personne, et pas seulement à son mari.

Sous la photo on pouvait lire :

> Nous tenons votre femme. Récupérez pour nous tout le césium dont vous disposez. Apportez-le dans un conditionnement sûr au belvédère de Mulholland près de chez vous à huit heures du soir au plus tard. Nous vous surveillerons. Si vous parlez à quiconque ou passez un coup de fil, nous saurons. Les conséquences en seront que votre femme sera violée, torturée et laissée en pièses que vous aurez loisir à compter. Prenez toutes les précautions utiles dans la manipulation des matières. Ne soyez pas en retard ou nous la tuerons.

Bosch relut le message et crut éprouver l'effroi qu'avait dû ressentir Stanley.

– « Nous vous surveillerons… nous saurons… nous la tuerons », dit Walling. Aucune tournure familière. Il y a une faute d'orthographe à « pièces » et certaines phrases sont bizarrement tournées. Je ne crois pas que ce message ait été rédigé par quelqu'un dont la langue maternelle est l'anglais.

Elle avait à peine fini de parler que Bosch le remarquait à son tour. Elle avait raison, il le sut tout de suite.

– C'est d'ici qu'ils ont envoyé le message, dit Brenner. Le mari le reçoit au boulot ou sur son PDA… est-ce qu'il en avait un ?

Bosch n'avait aucune expertise dans ce domaine. Il hésita.

– Un organiseur numérique, lui souffla Walling. Tu sais bien… comme un Palm Pilot ou un portable avec tous les gadgets.

Bosch hocha la tête.

– Je crois, oui, dit-il. On a retrouvé un BlackBerry. Il y a comme un mini-clavier dessus.

– Parfait, dit Brenner. Bref, où qu'il soit, il reçoit le message et peut sûrement visionner aussi la photo.

Ils gardèrent tous les trois le silence, le temps de comprendre tout l'impact de l'e-mail. Pour finir, Bosch, qui se sentait coupable d'avoir gardé un renseignement pour lui, reprit la parole :

– Je viens de me rappeler quelque chose, dit-il. Il y avait un badge sur le cadavre. Un badge de Saint Aggy's, en haut dans la Valley.

Le regard de Brenner se fit plus perçant.

– Quoi ?! Ce n'est que maintenant que vous vous rappelez un truc aussi important ? demanda-t-il d'un ton coléreux.

– C'est exact. J'ai oubli…

– Ça n'a plus d'importance maintenant. Saint Aggy's est un centre de cancérologie pour femmes. On se sert presque exclusivement du césium pour traiter le cancer de l'utérus et du col.

Bosch hocha la tête.

– Bon, eh bien, on ferait mieux d'y aller, dit-il.

5

La clinique Sainte-Agathe se trouvait à Sylmar, à l'extrémité nord de la San Fernando Valley. Parce qu'on était en pleine nuit, ils roulèrent vite sur le Freeway 170. Au volant de sa Mustang, Bosch gardait un œil sur la jauge d'essence. Il savait qu'il allait devoir en prendre avant de redescendre en ville. Il était seul avec Brenner. Il avait été décidé – par ce dernier – que Walling resterait avec Alicia Kent pour continuer l'interrogatoire et la calmer. Walling n'avait pas eu l'air d'apprécier, mais Brenner avait invoqué son ancienneté et ne lui avait laissé aucune latitude pour discuter.

Brenner passa l'essentiel du trajet à donner et recevoir des coups de fil de ses collègues et supérieurs. D'après ce qu'il en entendait, Bosch comprit que l'énorme machine fédérale était en train de se préparer au combat. On avait donné l'alarme et l'alarme était bien plus sérieuse. L'e-mail envoyé à Stanley Kent avait tout remis en perspective et ce qui n'avait été au début que curiosité des autorités fédérales avait maintenant complètement dégénéré.

Lorsqu'il eut enfin refermé et rangé son portable dans la poche de sa veste, Brenner se tourna légèrement sur son siège et jeta un regard à Bosch.

– J'ai une équipe de la RAT en route pour Saint Aggy's,

dit-il. Ils vont aller voir au coffre des produits sensibles.

– Une équipe de la quoi ?

– De la Radiological Attack [1].

– Ils devraient y arriver quand ?

– Je n'ai pas demandé, mais ils pourraient nous coiffer sur le poteau. Ils ont un hélico.

Bosch fut impressionné. Cela signifiait qu'il y avait quelque part une équipe de réaction rapide de service en pleine nuit. Il repensa à la façon dont ce soir-là il était resté éveillé en attendant qu'on l'appelle. Les membres de la RAT, eux, devaient attendre l'appel qu'ils espéraient ne jamais recevoir. Il se rappela ce qu'il avait entendu dire d'une unité de l'Homeland Security du LAPD qui, elle, s'entraînait aux techniques de résistance aux agressions urbaines. Il se demanda si le capitaine Hadley avait une équipe de la RAT à sa disposition.

– Ils y vont à fond, reprit Brenner. C'est l'Homeland Security de Washington DC qui supervise l'opération. Ce matin à neuf heures, il y aura des réunions sur les côtes Est et Ouest de façon à ce que tout le monde soit sur le coup.

– Et c'est qui, ce tout le monde ?

– Il y a un protocole à respecter. Il y aura les gars de l'Homeland et de la JTTF, tout le monde, quoi. Y aura toutes les lettres de l'alphabet. La NRC, le DOE, la RAT [2]... Qui sait ? Peut-être même qu'avant qu'on maîtrise l'affaire, on verra les gars de la FEMA [3] planter

1. Soit de réaction aux attaques radioactives *(NdT)*.

2. Soit respectivement la Joint Terrorist Task Force, la Nuclear Regulatory Commission, le Department of Energy, la Radiological Attack Team *(NdT)*.

3. Soit la Federal Emergency Management Agency, agence fédérale chargée de gérer les catastrophes nationales du genre ouragan Katrina *(NdT)*

leur tente au milieu. Ça va être un vrai pandémonium fédéral.

Bosch ignorait ce que recouvraient tous ces acronymes, mais n'avait pas besoin de le savoir. Tous lui disaient « fédéraux » à l'oreille.

– Et qui tire les ficelles ?

Brenner lui coula un deuxième regard.

– Tout le monde et personne. Comme je l'ai déjà dit, ce sera un vrai pandémonium. Si jamais nous ouvrons le coffre de Saint Aggy's et découvrons que le césium s'est envolé, notre meilleure chance de le retrouver et de l'y rapporter sera de le faire avant que tout ne se déclenche à neuf heures et que nous soyons gérés à mort par les types de Washington.

Bosch hocha la tête. Il se dit qu'il avait peut-être méjugé ce Brenner. L'agent spécial semblait vouloir que ça avance au lieu de se traîner dans les vases de la bureaucratie.

– Et le LAPD là-dedans ? Qu'est-ce qu'il va bien pouvoir faire dans cette enquête à fond ?

– Je vous l'ai déjà dit : le LAPD reste dans la course. Rien n'a changé sur ce point. Vous êtes toujours dans le coup, Harry. Pour moi, on est déjà en train d'établir des passerelles entre vos gens et les nôtres. Je sais que le LAPD a sa propre antenne de l'Homeland Security et je suis sûr qu'on la mettra dans le coup, elle aussi. Il est clair que nous allons avoir besoin de toutes les compétences dans cette affaire.

Bosch le regarda. Brenner n'avait pas l'air de plaisanter.

– Vous avez déjà travaillé avec l'Homeland Security ? demanda Bosch.

– De temps en temps. Nous avons partagé des renseignements à l'occasion.

Bosch acquiesça d'un signe de tête, mais sentit que Brenner n'était pas sincère ou qu'il était complètement naïf sur le fossé qui séparait les fédéraux des forces de l'ordre locales. Cela dit, il remarqua que Brenner l'avait appelé par son prénom et se demanda s'il s'agissait d'une de ces passerelles qu'on était en train d'établir.

– Vous dites avoir enquêté sur moi, reprit-il. À qui vous êtes-vous adressé ?

– Écoutez, Harry. On travaille bien tous les deux, pourquoi remuer tout ça ? Si j'ai commis une erreur, je vous prie de m'excuser.

– Parfait. Mais auprès de qui avez-vous enquêté ?

– Écoutez, tout ce que je vais vous dire, c'est que j'ai demandé à l'agent Walling à qui on aurait affaire côté LAPD et elle m'a donné votre nom. J'ai passé quelques coups de fil en venant. On m'a dit que vous étiez très capable. Que vous aviez plus de trente ans de maison, qu'il y a quelques années de ça vous aviez pris votre retraite, que ça ne vous avait pas vraiment plu, que vous aviez repris du service et que maintenant vous travaillez sur des affaires non résolues. Que ça a pas mal dérapé pour Echo Park… petit truc dans lequel vous avez entraîné l'agent Walling, suite à quoi on vous a mis à l'écart pendant quelques mois, histoire de euh… tout régler, et maintenant vous êtes de retour et détaché à la section Homicide Special.

– Quoi d'autre ?

– Harr…

– Quoi d'autre ?

– Bon, d'accord. On dit qu'il n'est parfois pas facile de s'entendre avec vous… surtout quand ce sont les fédéraux qui veulent le faire. Cela étant, je dois reconnaître que pour l'instant je n'ai rien constaté de tel.

Bosch se doutait que l'essentiel de ces renseignements

lui avait été fourni par Rachel… il se souvint de l'avoir vue téléphoner et se rappela l'avoir entendue déclarer qu'elle parlait avec son coéquipier. Qu'elle ait pu lui dire ce genre de choses le déçut. Il savait aussi que Brenner était loin de lui avoir tout rapporté. La vérité était qu'il s'était tellement bagarré avec les fédéraux, et ce bien avant de faire la connaissance de Rachel Walling, qu'ils devaient avoir un énorme dossier sur lui.

Au bout d'une bonne minute de silence, il décida de passer à autre chose et reprit la parole :

– Parlez-moi du césium, lança-t-il.

– Que vous en a dit l'agent Walling ?

– Pas grand-chose.

– C'est un sous-produit de la fission de l'uranium et du plutonium. Quand il y a eu explosion du réacteur à Tchernobyl, c'est du césium qui a été rejeté dans l'air. Ça se présente sous forme de poudre ou de métal gris argent. Les tests effectués dans le Pacifique-Sud ont…

– Non, pas le côté scientifique. Ça, ça ne m'intéresse pas. Dites-moi ce à quoi nous sommes confrontés.

Brenner réfléchit un instant.

– Bien, dit-il enfin. Ici, ça se présente en petits morceaux de la taille d'une gomme de crayon. Ils sont enfermés dans des tubes scellés en acier inoxydable à peu près aussi gros qu'une douille de .45. Dans le traitement des cancers gynécologiques, ces cartouches sont insérées dans le corps de la femme… dans l'utérus… pendant un temps déterminé à l'avance afin que le césium irradie la zone ciblée. C'est censé être d'une grande efficacité en traitement rapide. Et c'est le boulot de types comme Stanley Kent d'effectuer les calculs de physique et de déterminer les durées d'exposition au produit. Ils vont ensuite chercher le césium dans les coffres des hôpitaux et le livrent en mains propres à l'oncologue en salle d'op. Tout le système est conçu pour que le médecin qui administre le traitement soit le moins long-temps en contact avec ce truc. Dans la mesure où il ne peut pas porter de protection au moment où il opère, le chirurgien doit réduire au maximum son temps d'expo-sition au produit. Vous voyez ce que je veux dire ?

Bosch fit signe que oui.

– Ces tubes protègent-ils les gens qui les manipulent ?

– Non, la seule chose qui bloque les rayons gamma du césium est le plomb. C'est pour ça que l'intérieur des coffres où on range ces cartouches est recouvert de plomb. Et l'engin dans lequel on les transporte est lui aussi en plomb.

– Bon, d'accord. Et donc, quel genre de dégâts peut faire ce truc s'il se trouve à l'air libre ?

Brenner réfléchit un instant avant de répondre :

– Tout est une question de quantité, de moyen de livraison et de lieu. Telles sont les variables du pro-blème. Le césium a une demi-vie de trente ans. En général, on considère que la marge de sécurité se situe aux environs de dix demi-vies.

– J'ai du mal à suivre. Au final, ça donne quoi ?

– Que le danger diminue de moitié tous les trente ans. Mettez une bonne quantité de ce truc dans un lieu clos… disons une station de métro ou un immeuble de bureaux… et il faudra fermer le lieu pendant trois cents ans.

Bosch en resta bouche bée.

– Et les gens ? demanda-t-il.

– Là encore, ça dépend du type de dispersion et de conditionnement. Une exposition à haute dose peut tuer en quelques heures. Mais si le produit était dispersé dans une station de métro par un engin explosif improvisé, à mon avis le risque de pertes humaines immédiates serait très faible. Sauf que ce n'est pas le nombre de victimes qui compte. L'important pour ces types serait le facteur peur. L'important, s'ils faisaient pêter un truc comme ça dans le pays, serait la vague de terreur qui en résulterait. Faire ça ici, à Los Angeles ? Plus rien ne serait jamais pareil.

Bosch se contenta de hocher la tête. Il n'y avait rien à ajouter.

6

Arrivés à Saint Aggy's, ils traversèrent le grand hall d'entrée et demandèrent à la réceptionniste d'appeler le chef de la sécurité. Elle leur répondit qu'il travaillait le jour, mais qu'elle allait contacter le responsable de service de nuit. Ils attendaient encore lorsqu'ils entendirent l'hélicoptère atterrir sur la grande pelouse de devant, les quatre membres de l'équipe radiologique entrant peu après dans la salle, tous en combinaison anti-radiations et masque. Le chef du groupe – un certain Kyle Reid d'après son badge – portait un détecteur de radiations à la main.

La réceptionniste ayant été rappelée à l'ordre à deux reprises, un type qui donnait l'impression d'avoir été viré de son lit quelque part dans une chambre de patient les retrouva enfin dans l'entrée. Il leur dit s'appeler Ed Romo et semblait avoir du mal à détacher les yeux des tenues protectrices portées par les membres de l'équipe. Brenner lui montra son badge et prit le commandement des opérations. Bosch n'éleva aucune objection. Ils se trouvaient maintenant sur un territoire où, il le savait, les agents fédéraux étaient plus à même de maintenir le cap et de garantir la rapidité de l'enquête.

– Il faut que nous nous rendions au labo pour vérifier l'inventaire des produits, dit Brenner. Nous avons aussi besoin de voir tout ce qui pourra nous montrer, que ce soit dans les registres ou les données des cartes-clés, qui y est entré et en est sorti au cours des dernières vingt-quatre heures.

Romo ne bougea pas. À croire qu'il cherchait encore à comprendre la scène qui se déroulait sous ses yeux.

– C'est quoi, tout ça ? finit-il par demander.

Brenner s'avança d'un pas et envahit son espace.

– Je viens de vous le dire. Nous avons besoin d'entrer au labo du service d'oncologie. Si vous ne pouvez pas nous y introduire, trouvez quelqu'un qui le pourra. Tout de suite.

– Faut d'abord que je donne un coup de fil.

– Bien. Allez-y. Je vous accorde deux minutes avant qu'on ne vous passe dessus.

Et pendant tout ce temps qu'il le menaçait, Brenner n'arrêtait pas de sourire et de hocher la tête.

Romo sortit un portable et s'écarta du groupe pour téléphoner. Brenner lui laissa tout l'espace qu'il voulait. Et regarda Bosch avec un sourire sardonique.

– L'année dernière, je suis venu inspecter leur sécurité, dit-il. Ils avaient une serrure à clé pour le labo et le coffre, et basta. Ils ont beaucoup amélioré les choses après mon passage. Sauf que concevez un meilleur piège à souris et les souris seront simplement plus rusées.

Bosch acquiesça.

Dix minutes plus tard, Bosch, Brenner, Romo et le reste de l'équipe sortaient de l'ascenseur au sous-sol de la clinique. Le patron de Romo allait arriver, mais Brenner avait refusé d'attendre. Romo se servit d'une carte-clé pour entrer dans le labo d'oncologie.

La pièce était déserte. Brenner trouva un inventaire et un journal de bord sur un bureau à l'entrée et commença à lire. Un petit moniteur vidéo posé sur le bureau donnait une vue panoramique du coffre.

– Il est venu, dit Brenner.

– À quelle heure ? demanda Bosch.

– À sept heures d'après ça, dit Reid en leur montrant le moniteur.

– Ça enregistre ? demanda Bosch à Romo. On pourrait voir ce qu'il a fait quand il est passé ?

Romo regarda le moniteur comme si c'était la première fois qu'il le voyait.

– Euh, non, c'est juste un moniteur, répondit-il enfin. Le garde qui est au bureau est censé surveiller tout ce qu'on sort du coffre.

Romo leur indiqua le fond de la salle où l'on voyait une grande porte en acier. Le symbole en forme de feuilles de trèfle signalant le danger atomique y était apposé au niveau de l'œil, en plus de cet avertissement :

ATTENTION !
DANGER D'IRRADIATION

PORTER UNE TENUE
DE PROTECTION

CUIDADO !
PELIGRO DE RADIACIÓN

SE DEBE USAR
EQUIPO DE PROTECCIÓN

Bosch remarqua que la porte était équipée d'une serrure à combinaison poussoir, en plus d'un dispositif de lecture de cartes-clés magnétiques.

– Ça dit qu'il a pris une unité de césium, lança Brenner en continuant sa lecture. Un tube. Transfert. Il devait l'emporter au Medical Center de Burbank pour une opération. Y a le nom de la malade. Une certaine Hanover. Il resterait trente et un tubes de césium à l'inventaire.

– C'est tout ce qu'il vous faut, non ? demanda Romo.

– Non, lui répondit Brenner. Il va falloir vérifier l'inventaire. Et donc entrer dans la salle du coffre et l'ouvrir. C'est quoi, la combinaison ?

– Je l'ai pas.

– Qui l'a ?

– Les médecins. Le chef du labo. Le patron de la sécurité.

– Et où est ce patron de la sécurité ?

– Je vous l'ai déjà dit. Il arrive.

– Mettez-le sur haut-parleur, dit Brenner en montrant le téléphone posé sur le bureau.

Romo s'assit. Mit l'appareil sur haut-parleur et tapa un numéro de mémoire. La réponse fut immédiate.

– Richard Romo à l'appareil.

Ed Romo se pencha sur le téléphone, l'air passablement gêné que ce cas de népotisme patent soit ainsi découvert.

– Euh, oui, papa ? C'est moi, Ed. Le type du FBI…

– Monsieur Romo, lança Brenner. John Brenner, agent spécial du FBI à l'appareil. Je crois vous avoir déjà rencontré et parlé des problèmes de sécurité, il y a un an de ça. Êtes-vous encore loin ?

– Je suis à vingt-vingt-cinq minutes du labo. Je me rappelle…

– C'est beaucoup trop loin, monsieur. Nous devons ouvrir le coffre du labo tout de suite afin de vérifier son contenu.

– Vous ne pouvez pas le faire sans le feu vert de l'hôpital. Je me moque de savoir qui…

– Monsieur Romo, nous avons des raisons de croire

que le contenu du coffre a été confié à des individus qui ne s'intéressent guère à la sécurité du peuple américain. Nous avons donc besoin d'ouvrir ce coffre pour savoir exactement ce qui s'y trouve et ce qu'il y manque. Et nous ne pouvons pas nous permettre d'attendre vingt-vingt-cinq minutes pour le faire. Bien, je me suis très clairement identifié à votre fils et j'ai une équipe anti-radiations dans le labo. Nous devons agir, et tout de suite, monsieur. Comment ouvre-t-on le coffre ?

Le haut-parleur resta silencieux quelques instants. Enfin Richard Romo se laissa fléchir.

– Ed, tu appelles bien du bureau du labo, n'est-ce pas ?

– Oui.

– Bon, d'accord. Tu déverrouilles le bureau et tu en ouvres le tiroir inférieur gauche.

Ed Romo écarta son fauteuil à roulettes d'une poussée et examina le bureau. Sur le tiroir supérieur gauche il y avait une serrure à clé qui semblait déverrouiller les trois tiroirs.

– Quelle clé ? demanda-t-il.

– Une seconde.

Le haut-parleur laissa entendre un bruit de porte-clés qu'on remue.

– Essaie la 14-14.

Ed Romo ôta un porte-clés de sa ceinture et passa toutes les clés en revue jusqu'à ce qu'il trouve la 14-14. Il la glissa dans la serrure et la tourna. Le tiroir du bas ayant été aussitôt déverrouillé, il l'ouvrit.

– Ça y est, dit-il.

– Bon, dans ce tiroir il y a un classeur. Ouvre-le, cherche la page des listes de combinaisons pour la salle du coffre. Elles changent toutes les semaines.

Le classeur dans ses mains, Romo se mit en devoir de l'ouvrir selon un angle qui ne permettrait à personne d'autre d'en voir le contenu. Brenner tendit le bras en travers du bureau et le lui arracha brutalement des mains. Puis il l'ouvrit sur le bureau et commença à feuilleter les pages de procédures de sécurité.

– Où est-ce ? demanda-t-il, impatient.

– Ça devrait se trouver dans la dernière partie. Ça sera très clairement indiqué. Mais il y a un truc. Nous nous servons de la combinaison de la semaine précédente. La combinaison de cette semaine est fausse. Donc prenez celle de la semaine dernière.

Brenner trouva la page, parcourut la liste avec son doigt et trouva.

– Bon, je l'ai, dit-il. Et le coffre ?

Richard Romo lui répondit de sa voiture :

– Il va falloir que vous vous serviez encore une fois de la carte-clé et que vous entriez une autre combinaison. Mais celle-là, je la connais. Elle ne change pas. C'est 6-6-6.

– Original.

Brenner tendit la main à Ed Romo.

– Passez-moi votre carte-clé, dit-il.

Romo obéit, Brenner lui prit sa carte et la passa à Reid.

– Bien, Kyle, on y va, dit-il. La combinaison est 5-6-1-8-4, et le reste, vous l'avez entendu.

Reid se tourna et lui montra un des types en tenue anti-radiations.

– Ça va faire beaucoup de monde là-bas dedans. Seuls Miller et moi allons entrer.

Le chef et le second qu'il venait de choisir tapèrent sur leurs masques et ouvrirent la porte de la salle du coffre avec la carte-clé et la combinaison adéquate.

Miller portant le détecteur, ils entrèrent et refermèrent la porte derrière eux.

– Vous savez, y a des gens qui entrent et sortent de là-dedans tout le temps, dit Ed Romo. Et ils portent pas des combinaisons d'astronautes.

– J'en suis très heureux pour eux, lui renvoya Brenner. Mais là, la situation est un peu différente, vous ne trouvez pas ? Nous ne savons pas ce qui a pu être lâché dans cet environnement.

– C'était juste pour dire, répondit Romo sur la défensive.

– Bon, alors faites-moi le plaisir de ne plus rien dire, fiston. Laissez-nous faire notre boulot.

Bosch contempla le moniteur et découvrit vite une faille dans le système de sécurité. La caméra était bien montée en hauteur, mais dès qu'il se pencha en avant pour entrer la combinaison du coffre, Reid masqua la vue de ce qu'il faisait. Bosch comprit que même si quelqu'un l'avait surveillé au moment où il ouvrait le coffre à sept heures la veille au soir, Kent n'aurait eu aucun mal à cacher ce qu'il prenait.

Moins d'une minute s'était écoulée depuis qu'ils étaient entrés dans la salle du coffre lorsque les deux hommes en combinaison anti-radiations ressortirent de la pièce. Brenner se leva. Les deux hommes ôtèrent leurs masques de protection et Reid regarda Brenner. Et hocha la tête.

– Le coffre est vide, dit-il.

Brenner sortit son portable de sa poche. Mais avant même qu'il ait pu composer un numéro, Reid avançait vers lui pour lui tendre une feuille de papier arrachée à un carnet à spirale.

– C'est tout ce qu'il reste, dit-il.

Bosch regarda la note par-dessus l'épaule de Brenner.

Griffonnée à l'encre, elle était difficile à déchiffrer. Brenner lut à haute voix :

– « On me surveille. Si je ne fais pas ça, ils tueront ma femme. Trente-deux tubes, césium. Que Dieu me pardonne. Pas le choix. »

7

Figés sur place, Bosch et les agents fédéraux gardaient le silence. Il y avait une impression presque palpable de peur dans l'air. Il venait de leur être confirmé que Stanley Kent avait bien pris trente-deux tubes de césium dans le coffre de Sainte-Agathe et qu'il les avait ensuite très probablement donnés à des inconnus. Lesquels inconnus l'avaient alors exécuté au belvédère de Mulholland Drive.

– Trente-deux tubes de césium, dit Bosch. Quels dégâts cela pourrait-il faire ?

Brenner lui jeta un regard noir.

– Il faudrait demander aux scientifiques, mais je dirais que c'est bien assez. Si quelqu'un a envie de nous envoyer un message, on devrait l'entendre haut et fort.

Bosch songea brusquement à quelque chose qui ne cadrait pas avec ce qu'on savait des faits.

– Minute, dit-il. Les bagues de Stanley Kent ne témoignaient d'aucune exposition aux rayons. Comment aurait-il pu sortir tout ce césium d'ici sans qu'elles s'allument comme des sapins de Noël ?

Brenner rejeta l'objection d'un signe de tête.

– Il s'est sûrement servi d'un *pig*.

– D'un quoi ?

– D'un *pig*. C'est le nom donné à un engin de transport.

En gros, ça ressemble à un seau en plomb à roulettes. Avec un couvercle sécurisé, bien sûr. C'est lourd et bas sur pattes... comme un cochon. D'où le nom.

– Et il aurait pu débarquer ici et se barrer avec un engin pareil comme ça ?

Brenner lui montra l'écritoire posée sur le bureau.

– Les transferts inter-hôpitaux de matériaux radioactifs pour le traitement du cancer n'ont rien d'inhabituel, dit-il. Il a signé pour un tube, mais les a tous pris. C'est ça qui est inhabituel, sauf que... qui allait donc ouvrir le *pig* pour vérifier ?

Bosch repensa aux marques en creux qu'il avait aperçues dans le coffre de la Porsche. Quelque chose de lourd y avait été transporté, puis ôté. Bosch savait maintenant de quoi il s'agissait et cela présageait encore plus le pire scénario.

Il hocha la tête, Brenner croyant qu'il jaugeait la sécurité du labo.

– Que je vous dise un truc, lança-t-il. Avant qu'ils n'améliorent la sécurité après notre passage l'année dernière, il suffisait de porter une blouse blanche pour avoir le droit d'entrer ici et de prendre tout ce qu'on voulait dans le coffre. La sécurité était absolument nulle.

– Ce n'était pas à ça que je pensais. Je...

– Il faut que je donne un coup de fil.

Brenner s'écarta et sortit son portable. Bosch décida lui aussi de passer un appel. Il sortit son portable à son tour, trouva un coin tranquille et téléphona à son coéquipier.

– Ignacio, c'est moi. Je voulais juste savoir...

– Appelle-moi Iggy, Harry. Qu'est-ce qui se passe de ton côté ?

– Rien de bon. Kent a vidé le coffre. Tout le césium a disparu.

– Tu rigoles ? C'est pas le truc dont on peut se servir pour faire une bombe sale ?

– Si, et on dirait bien qu'il leur en a donné assez pour ça. Tu es toujours sur la scène de crime ?

– Oui, et écoute un peu… J'ai un gamin qui pourrait avoir vu quelque chose.

– Comment ça, « qui pourrait avoir vu quelque chose » ? C'est qui ? Un voisin ?

– Non, c'est une histoire assez bizarre. Tu te rappelles la maison qui aurait appartenu à Madonna ?

– Oui.

– Bon, elle lui a effectivement appartenu, mais maintenant elle est à quelqu'un d'autre. J'y suis donc monté pour frapper à la porte et le type qui y habite m'a dit n'avoir rien vu ou entendu… C'est d'ailleurs ce qu'on me dit partout où je frappe. Bon, bref, je suis en train de repartir quand je vois un type caché derrière un des grands arbres en pot de la cour. Je le mets en joue et demande des renforts, tu vois ? Je me dis que c'est peut-être le type qui a tiré au belvédère. En fait, c'est juste un gamin… vingt ans et ça vient à peine d'arriver du Canada en bus… il croyait que Madonna habitait encore là. Il a une carte des endroits où vivent les stars et comme sa carte dit qu'elle y habite, il essaie de la voir… comme quelqu'un qui la harcèlerait. Il est entré dans la cour en passant par-dessus un mur…

– A-t-il assisté à la fusillade ?

– Il prétend n'avoir rien vu ni entendu, mais je sais pas, Harry. Je me dis qu'il peut très bien avoir essayé de voir Madonna pendant que ça pétait au belvédère. Il se cache, il essaie d'attendre que ça passe, sauf que je le trouve avant…

Pour Bosch, il manquait quelque chose dans cette histoire.

– Pourquoi se serait-il caché ? Pourquoi ne pas filer à toutes jambes ? On n'a découvert le corps que trois heures après la fusillade.

– Oui, je sais. Cette partie-là n'a pas de sens. Peut-être qu'il était terrorisé, tout simplement. Ou alors, il aura cru que si quelqu'un le voyait dans le coin, il pourrait être considéré comme un suspect, je sais pas.

Bosch hocha la tête. Ce n'était pas impossible.

– Tu l'as arrêté pour harcèlement et violation de domicile ?

– Oui. J'ai parlé au type qui a acheté la maison à Madonna et il est prêt à coopérer. Il portera plainte si nous en avons besoin. Bref, t'inquiète pas, on peut le garder et le travailler au corps.

– Bien. Emmène-le en centre-ville, mets-le dans une salle d'interrogatoire et commence à le chauffer.

– C'est d'accord, Harry.

– Et, Ignacio… tu ne parles du césium à personne.

– C'est entendu. Je n'en parlerai pas.

Bosch referma son portable avant que Ferras ne lui redemande de l'appeler Iggy et écouta la fin de la conversation que menait Brenner. Il était clair que celui-ci ne parlait pas avec Walling. Le ton et les manières étaient pleins de déférence. On parlait à un grand chef.

– À sept heures d'après le journal de bord, dit-il. Ça nous donne un transfert au belvédère vers huit heures, et une avance de six heures et demie.

Brenner écouta, puis recommença à parler plusieurs fois, mais la personne à l'autre bout du fil n'arrêtait pas de l'interrompre.

– Oui, chef, dit-il enfin. Oui, chef. On est sur le point de rentrer.

Il referma son portable et regarda Bosch.

– Je rentre en hélicoptère. Il faut que j'anime une

téléconférence de débriefing avec Washington. Je vous prendrais bien avec moi, mais je pense qu'il vaut mieux que vous restiez sur le terrain pour enquêter. J'enverrai quelqu'un récupérer ma voiture.

– Pas de problème.

– Votre coéquipier a trouvé un témoin ? C'est bien ça que j'ai compris ?

Bosch se demanda comment il avait fait son compte pour comprendre ce qu'il disait tout en menant sa propre conversation téléphonique.

– Peut-être, mais ça ne semble pas très prometteur. Je descends voir de quoi il s'agit.

Brenner hocha la tête d'un air solennel, puis il lui tendit sa carte de visite professionnelle.

– Si vous trouvez quelque chose, appelez-moi. Y a tous les renseignements dessus. Dans tous les cas, appelez-moi.

Bosch prit la carte et la glissa dans sa poche. Puis il sortit du labo avec les agents fédéraux et, quelques instants plus tard, regarda l'hélico s'envoler dans le ciel noir. Il monta dans sa voiture et quitta le parking pour partir vers le sud. Avant de s'engager sur l'autoroute, il prit de l'essence dans une station-service de San Fernando Road.

La circulation était si fluide qu'il roula à cent trente sans discontinuer. Il alluma la stéréo et prit un CD dans la console centrale sans regarder. Au bout de cinq notes, il sut que c'était un disque du bassiste Ron Carter importé du Japon. De la bonne musique pour conduire, il monta le son.

Cela l'aida à faire le tri dans ses pensées. L'affaire changeait de registre, il le sentait. Les fédéraux s'étaient mis à traquer le césium au lieu des assassins et c'était déjà ça. Il y avait là une différence subtile qu'il trouvait importante. Il savait qu'il devait rester concentré sur ce qui s'était passé au belvédère et ne jamais oublier qu'il s'agissait d'enquêter sur un meurtre.

– Tu trouves les assassins et tu auras le césium, dit-il tout haut.

En arrivant en ville, il prit la sortie Los Angeles Street et se gara devant le quartier général de la police. À cette heure-là tout le monde se foutrait de savoir qu'il n'était pas VIP et ne faisait pas partie du haut commandement.

Parker Center était au bord de l'effondrement. Cela faisait maintenant presque dix ans que la construction d'un nouveau quartier général avait été entérinée, mais vu les restrictions budgétaires et retards politiques à répétition, le projet n'avançait que très lentement. En attendant, rien ou presque n'avait été fait pour empêcher l'ancien bâtiment de sombrer dans la décrépitude. Le nouveau était certes commencé, mais on estimait qu'il faudrait encore quatre ans pour en achever la construction. Et beaucoup de ceux qui travaillaient dans l'ancien se demandaient s'il tiendrait jusque-là.

La salle des Vols et Homicides du troisième étage était déserte lorsqu'il y arriva. Il ouvrit son portable et appela son coéquipier.

– Où es-tu ?

– Hé, Harry ! Je suis à la Scientifique. J'essaie d'avoir tout ce que je peux pour ouvrir le dossier. Tu es au bureau ?

– Je viens d'arriver. Où t'as mis le témoin ?

– Au chaud à la 2. Tu veux commencer ?

– Ça serait peut-être bien de lui coller quelqu'un qu'il n'a encore jamais vu. Quelqu'un de plus vieux.

La suggestion était délicate. C'était Ferras qui avait trouvé ce témoin potentiel. Bosch ne pouvait pas commencer à l'interroger sans avoir au moins l'approbation tacite de son coéquipier. Cela dit, la situation exigeait que ce soit quelqu'un d'aussi expérimenté que Bosch qui mène un interrogatoire aussi important.

– Défonce-le, Harry. Dès que je rentre, je regarde de la salle des médias. Si t'as besoin de moi, tu me fais signe.

– Entendu.

– J'ai fait du café dans le bureau du capitaine. Si tu en veux…

– Parfait. J'en ai besoin. Mais, d'abord, parle-moi un peu de ce témoin.

– Il s'appelle Jesse Mitford. Il est d'Halifax. Il est un peu à la dérive. Il m'a dit qu'il était descendu en stop, qu'il dort dans des abris et que parfois il monte dans les collines… quand il fait assez chaud pour ça. Voilà, c'est à peu près tout.

C'était plutôt maigre, mais c'était un début.

– Peut-être qu'il avait l'intention de dormir dans le jardin de Madonna. C'est pour ça qu'il ne s'est pas barré.

– Je n'y avais pas pensé, Harry. T'as peut-être raison.

– C'est sûr que je vais le lui demander.

Bosch mit fin à l'entretien, sortit son mug du tiroir de son bureau et se dirigea vers l'antre du capitaine. Il y avait une antichambre où se trouvaient le bureau de sa secrétaire et une table sur laquelle était posée la machine à café. L'odeur du café frais lui chatouilla les narines dès qu'il entra et cela suffit presque à lui donner la dose de caféine dont il avait besoin. Il s'en versa néanmoins une tasse, déposa un dollar dans la corbeille et regagna son bureau.

La salle de la brigade était équipée de longues rangées

de bureaux disposés de manière à ce que les coéquipiers s'y assoient l'un en face de l'autre. Cela interdisait toute intimité ou tranquillité professionnelle. Dans la plupart des autres bureaux d'inspecteurs de la ville on avait opté pour les alcôves avec murs anti-bruit, mais à Parker Center, à cause de la démolition des lieux qui était pour bientôt, on ne dépensait aucun argent pour améliorer les choses.

Et comme Bosch et Ferras étaient les derniers arrivés dans la brigade, on les avait mis à des bureaux situés tout au fond de la salle, dans un coin sans fenêtres où l'air circulait mal et où ils étaient très loin d'une issue de secours en cas de tremblement de terre.

L'espace de travail de Bosch était propre et net, exactement comme il l'avait laissé. Il remarqua un sac à dos et un sac à scellés sur le bureau de son coéquipier, en face de lui. Il tendit la main et s'empara du sac à dos. L'ouvrit et y trouva surtout des habits et des objets personnels appartenant au témoin potentiel. Il y avait un livre de Stephen King, *Le Fléau*, et un sac contenant un tube de pâte dentifrice et une brosse à dents. Maigres biens pour une existence tout aussi maigre.

Il remit le sac à dos à sa place et prit la sac à scellés. Il y trouva quelques pièces et billets américains, un jeu de clés, un portefeuille tout mince et un passeport canadien. Il contenait aussi une carte des «Demeures des stars», comme celles qu'on vendait à tous les coins de rue d'Hollywood. Il la déplia et y localisa le belvédère en retrait de Mulholland Drive, au-dessus de Lake Hollywood. Juste à côté, à gauche, il vit une étoile noire marquée du nombre 23 et entourée d'un rond tracé à l'encre noire. Il se reporta à l'index et oui, l'étoile numéro 23 renvoyait bien à la «demeure de Madonna à Hollywood».

La carte n'avait manifestement pas été réactualisée pour tenir compte des dernières allées et venues de Madonna, et Bosch se douta que bien des adresses données dans cette liste étaient périmées. Ce qui expliquait sans doute pourquoi Jesse Mitford surveillait une maison où Madonna avait cessé d'habiter.

Il replia la carte, remit le tout dans le sac à scellés et reposa celui-ci sur le bureau de Ferras. Puis il sortit de son tiroir un bloc-notes grand format et un formulaire de renonciation à tout recours juridique et se leva pour gagner la salle d'interrogatoire numéro 2 qui se trouvait dans un couloir près du fond de la salle des inspecteurs.

Jesse Mitford paraissait plus jeune qu'il ne l'était. Il avait des cheveux noirs et bouclés, une peau d'un blanc ivoire, deux ou trois poils au menton qu'il avait dû mettre toute sa vie à faire pousser et des anneaux en argent piqués dans une narine et un sourcil. L'air vif et inquiet, il était assis à une petite table. La pièce exhalait une forte odeur de sueur. Mitford s'était mis à transpirer, ce qui, bien sûr, était le but recherché. Bosch avait vérifié la température avant d'entrer, Ferras avait monté le thermostat à 28.

— Ça va, Jesse ? lança Bosch en s'asseyant sur la chaise en face de lui.

— Euh, pas très bien. Il fait chaud ici.

— Vraiment ?

— Vous êtes mon avocat ?

— Non, Jesse, je suis ton inspecteur. Je m'appelle Harry Bosch. Je travaille aux Homicides et je dirige l'enquête sur l'affaire du belvédère.

Il posa son bloc-notes et son mug sur la table et remarqua que Mitford était toujours menotté. Bien vu de la part d'un Ferras qui entendait que le gamin soit perdu et surtout apeuré.

– J'ai dit à l'inspecteur mexicain que je ne voulais plus parler. Je veux un avocat.

Bosch hocha la tête.

– Il n'est pas mexicain. C'est un Américain d'origine cubaine. Et non, Jesse, pas d'avocat pour toi. Les avocats sont réservés aux citoyens américains.

C'était un mensonge, mais Bosch escomptait qu'un petit jeune de vingt ans n'en sache rien.

– Tu es dans la merde, gamin, reprit-il. Une chose est de harceler une vieille copine ou son amoureuse. Mais s'attaquer à une vedette, c'est pas du tout pareil. Parce qu'ici, on est dans une ville de stars au milieu d'un pays de stars, Jesse, et les stars, on veille sur elles. Je ne sais pas comment ça se passe là-bas au Canada, mais ici on ne rigole pas avec le délit de harcèlement.

Mitford hocha la tête comme si cela suffisait à écarter ses problèmes.

– Mais on m'a dit qu'elle n'y habitait plus ! Madonna, je veux dire. Donc je ne la harcelais pas vraiment. Mon affaire se réduit à une violation de domicile.

Ce fut au tour de Bosch de hocher la tête.

– Non, Jesse, dans ce cas il y a préméditation. Tu croyais qu'elle y habitait. Tu avais une carte qui te le disait. Cette maison, tu l'avais même entourée d'un rond. Bref, en droit, tu étais bel et bien en train de harceler une star et ça, c'est un délit.

– Bon, mais alors… pourquoi vend-on des cartes où sont indiquées leurs maisons ?

– Et pourquoi les bars ont-ils des parkings alors qu'il est interdit de conduire en état d'ivresse, hein ? Non, non, Jesse, pas de ces petits jeux-là avec moi ! Ce qu'il faut bien comprendre, c'est que nulle part sur ces cartes il n'est marqué que c'est bien d'escalader un mur et de harceler quiconque. Tu vois ce que je veux dire ?

Mitford baissa les yeux sur ses poignets menottés et hocha tristement la tête.

– Mais que je te dise, reprit Bosch. Tu peux reprendre espoir parce que la situation n'est pas aussi mauvaise qu'il y paraît. Tu as certes un délit de viol de domicile et de harcèlement à ton actif, mais je crois qu'on pourra arranger tout ça si tu acceptes de coopérer avec nous.

Mitford se pencha en avant.

– Mais comme je l'ai dit à l'inspecteur mexi… d'origine cubaine, je n'ai rien vu.

Bosch attendit un bon moment avant de répondre :

– Je me fous de ce que tu lui as dit. C'est à moi que tu as affaire maintenant, fiston. Et je crois que tu ne m'as pas tout dit.

– Mais si ! Je le jure devant Dieu.

Il ouvrit les mains et les écarta aussi fort que ses menottes le lui permettaient en un geste de supplication. Mais Bosch ne marchait pas. Côté mensonges, le gamin était bien jeune pour le convaincre. Bosch décida de l'attaquer de front.

– Que je te dise un truc, Jesse. Mon coéquipier est bon et il va monter en grade. Pas de doute là-dessus. Mais pour l'instant ce n'est encore qu'un bébé. Il est inspecteur depuis à peu près aussi longtemps que tu as mis à te faire pousser ce petit duvet sur le menton. Moi, je suis un vieux de la vieille et ça veut dire que les menteurs, j'en ai vu des tonnes. Même que, des fois, je me dis que je n'ai vu que ça. Et tu sais quoi, Jesse ? Je le sens. Et là, je sens que tu me mens et moi, personne ne me ment.

– Mais non ! Je…

– Bref, il te reste à peu près trente secondes pour commencer à causer sinon je vais te boucler à la prison du comté. Et je suis sûr qu'on y trouvera un type qui saura te faire chanter *Ô Canada !* dans un micro avant le lever du soleil. Tu vois ? C'est ce que je voulais te dire quand je t'informais qu'ici on n'est pas tendre avec le délit de harcèlement de star.

Mitford regarda fixement ses mains sur la table. Bosch attendit pendant vingt secondes. Puis il se leva.

– Bien, Jesse, debout, dit-il. On y va.

– Attendez, attendez, attendez !

– Attendez quoi ? J'ai dit qu'on se levait ! Allons-y. C'est une enquête pour meurtre que je mène et je n'ai pas de temps à perdre avec…

– Bon, d'accord, d'accord, je vais vous dire. J'ai tout vu, d'accord ? J'ai tout vu.

Bosch scruta son visage un instant.

– C'est bien de ce qui s'est passé au belvédère que tu me parles, hein ? Tu as assisté à la fusillade ?

– Oui, j'ai tout vu, *man*.

Bosch tira sa chaise et se rassit.

8

Bosch empêcha Jesse Mitford de parler jusqu'à ce que celui-ci ait renoncé à tout recours juridique. Peu importait qu'il soit maintenant un témoin officiel de ce qui s'était passé au belvédère de Mulholland Drive. Qu'il ait vu ceci ou cela n'avait guère d'importance dans la mesure où il l'avait fait en commettant deux délits – soit viol de domicile et harcèlement. Bosch devait absolument veiller à ce qu'il n'y ait pas d'erreurs dans le dossier. Il ne fallait pas qu'on puisse faire appel en invoquant la clause du fruit de l'arbre empoisonné [1]. Pas question de se taper un retour de flamme. Les enjeux étaient bien trop élevés, côté anticipation les fédéraux s'y connaissaient et il savait qu'il fallait faire tout ça dans les règles.

– Bien, dit-il lorsque Jesse eut signé le papier. Tu vas me dire ce que tu as vu et entendu au belvédère. Si tu ne me mens pas et que ça m'aide, je suis prêt à laisser tomber toutes les charges et à te laisser partir d'ici en homme libre.

Techniquement parlant, Bosch exagérait beaucoup ses prérogatives. Il n'avait aucune autorité pour laisser

---

1. En droit américain, tout renseignement recueilli suite à un vice de procédure peut entraîner la nullité *(NdT)*.

tomber des charges ou passer des marchés avec des suspects dans une affaire criminelle. Cela dit, il n'en avait nul besoin dans la mesure où officiellement Mitford n'était toujours pas accusé de quoi que ce soit. Et c'était justement là que résidait sa force. Tout était affaire de vocabulaire. De fait, il n'offrait jamais au jeune Canadien qu'une non-inculpation en échange de sa coopération pleine et entière.

– Je comprends, dit Mitford.

– Surtout n'oublie pas : uniquement la vérité. Uniquement ce que tu as vu et entendu. Rien d'autre.

– Je comprends.

– Lève les mains en l'air.

Mitford leva les poignets, Bosch prenant sa clé pour lui ôter les menottes de son coéquipier. Mitford se massa aussitôt les poignets pour y rétablir la circulation. Bosch revit Rachel en train de masser ceux d'Alicia Kent un peu plus tôt.

– Ça va mieux ?

– Oui, ça fait du bien, répondit Mitford.

– Bon, on reprend du début. Tu me dis d'où tu arrivais, où tu allais et tout ce que tu as vu au belvédère.

Mitford acquiesça d'un signe de tête et vingt minutes durant lui raconta son périple : celui-ci avait démarré avec l'achat de la carte à un vendeur à la sauvette d'Hollywood Boulevard, le jeune homme entamant ensuite sa longue montée dans les collines. L'affaire lui avait pris presque trois heures et expliquait sans doute la forte odeur qui émanait de sa personne. Il informa Harry que, lorsqu'il était enfin arrivé à Mulholland Drive, il commençait à faire nuit et qu'il était fatigué. La maison où, d'après la carte, habitait Madonna était plongée dans le noir. Il avait eu l'impression qu'il n'y avait personne. Déçu, il avait décidé de se reposer et d'attendre : qui sait si la star de la pop qu'il voulait rencontrer ne rentrerait pas plus tard dans la soirée ? Il avait trouvé un endroit derrière des buissons où il pouvait s'appuyer au mur qui entourait la demeure de sa proie (terme qu'il n'avait pas utilisé) et s'était mis à attendre. Et avait dormi jusqu'à ce que quelque chose le réveille.

– Qu'est-ce qui t'a réveillé ? lui demanda Bosch.

– Des voix. J'ai entendu des voix.

– Qui disaient ?

– Je ne sais pas. C'est juste que c'est ça qui m'a réveillé.

– À quelle distance étais-tu du belvédère ?

– Je ne sais pas. Environ cinquante mètres, je crois. Quand même assez loin.

– Qu'est-ce qui s'est dit après que tu t'es réveillé ?

– Rien. Ils ont arrêté de parler.

– Bien, qu'est-ce que tu as vu en te réveillant ?

– J'ai vu trois voitures garées près du terre-plein. Une Porsche et deux autres plus grosses. Je ne sais pas de quelle marque, mais elles étaient à peu près pareilles.

– As-tu vu les types au belvédère ?

– Non, je n'ai vu personne. Il faisait trop sombre. Mais après, j'ai entendu encore une voix et ça venait de là-bas. Dans le noir. On aurait dit un cri. Et juste au moment où j'ai regardé, il y a eu deux éclairs très brefs et des coups de feu. Comme étouffés, ces coups de feu. J'ai vu un type à genoux dans l'espace dégagé. Vous savez bien, dans l'éclat de lumière. Mais ç'a été tellement rapide que c'est tout ce que j'ai vu.

Bosch hocha la tête.

– C'est bien, Jesse. Tu fais du bon boulot. Reprenons cette partie-là pour qu'on comprenne bien. Tu dors, il y a des voix qui te réveillent, tu regardes et tu vois les trois voitures. Je ne me trompe pas ?

– Non, non.

– Bon, d'accord. Après, tu entends encore une voix et tu regardes du côté du belvédère. Et c'est pile à ce moment-là que les coups de feu sont tirés. C'est bien ça ?

– C'est bien ça.

Bosch hocha à nouveau la tête. Cela dit, il savait aussi que Mitford pouvait très bien être en train de lui raconter ce qu'il avait envie d'entendre. Il fallait qu'il le teste pour être certain que ce n'était pas le cas.

– Bon, tu dis qu'à la lumière des coups de feu tu as vu le type tomber à genoux, c'est ça ?

– Non, pas exactement.

– Bon, dis-moi exactement ce que tu as vu.

– Je crois qu'il était déjà à genoux. Ça s'est passé tellement vite que j'aurais pas pu le voir tomber à genoux comme vous l'avez dit. Je crois qu'il s'était déjà agenouillé.

Bosch acquiesça. Mitford venait de passer le premier test avec succès.

– OK, c'est bien vu. Et maintenant parlons de ce que tu as entendu. Tu dis avoir entendu crier quelqu'un juste avant les coups de feu, d'accord ?

– Voilà.

– Bien. Et il a crié quoi, ce quelqu'un ?

Le jeune homme réfléchit un instant, puis il hocha la tête.

– Je n'en suis pas sûr.

– Bon, c'est pas grave. On n'a aucune envie de dire des trucs dont on n'est pas sûr. Essayons un petit exercice et voyons si ça t'aide. Ferme les yeux.

– Quoi ?

– Ferme les yeux, c'est tout. Et pense à ce que tu as vu. Essaie de faire remonter le souvenir visuel et l'audio suivra. Tu es en train de regarder les trois voitures et une voix attire ton attention du côté du belvédère. Qu'est-ce que dit cette voix ?

Bosch s'était mis à parler doucement et d'un ton apaisant. Mitford suivit ses instructions et ferma les yeux. Bosch attendit.

– Je n'en suis pas sûr, répéta enfin le jeune homme. Je ne me rappelle pas tout. Je crois qu'il disait quelque chose sur Allah et qu'après il a abattu le type.

Bosch se tint parfaitement immobile avant de réagir.

– Allah ? Tu veux dire le mot arabe *Allah* ?

– Je n'en suis pas sûr. Mais je crois que oui.

– Qu'est-ce que tu as entendu d'autre ?

– Rien. Les coups de feu ont tout arrêté, vous voyez ? Il a commencé à crier des trucs sur Allah et les coups de feu ont noyé le reste.

– Tu veux dire qu'il a crié «*Allah Akbar !*» ? C'est ça ?

– Je ne sais pas. J'ai juste entendu «Allah».

– Peux-tu me dire s'il avait un accent ?

– Un accent ? Non, je pourrais pas dire. J'ai juste entendu ça.

– Anglais ? Arabe, l'accent ?

– Je peux vraiment pas dire. J'étais trop loin et j'ai juste entendu ce mot-là.

Bosch réfléchit quelques instants. Il se rappela ce qu'il avait lu sur les paroles enregistrées dans le cockpit des avions détournés lors des attaques du 11 septembre. Les terroristes avaient crié «*Allah Akbar !*» («Dieu est grand !») au tout dernier moment. Un des assassins de Stanley Kent avait-il fait la même chose ?

Encore une fois il savait qu'il devait se montrer prudent autant qu'exhaustif. Une grosse partie de l'enquête risquait de tourner autour de ce seul mot que Mitford avait cru entendre.

– Jesse, que t'a dit l'inspecteur Ferras de cette affaire avant de te mettre dans cette pièce ?

Le témoin haussa les épaules.

– Rien, en fait.

– Il ne t'a pas dit ce à quoi nous pensions avoir affaire ou dans quelle direction tout ça semblait aller ?

– Non, il ne m'a rien dit de tout ça.

Bosch le regarda quelques instants.

– OK, Jesse, dit-il enfin. Qu'est-ce qui s'est passé après ?

– Après les coups de feu, y a un type qui a quitté l'espace dégagé et qui est parti rejoindre les voitures en courant. Il y a un réverbère et je l'ai vu. Il est monté dans une des voitures et l'a approchée de la Porsche en marche arrière. Après, il a ouvert le coffre et il est descendu. Le coffre de la Porsche était déjà ouvert.

– Où était l'autre homme pendant qu'il faisait tout ça ?

Mitford eut l'air perdu.

– Ben, il devait être mort.

– Non, je veux dire : l'autre méchant. Il y en avait deux plus la victime. Trois voitures, tu te rappelles, Jesse ? dit-il en lui montrant trois doigts.

– Moi, j'en ai vu qu'un. Celui qui a tiré. Il y avait quelqu'un d'autre qui est resté dans la voiture derrière la Porsche. Mais lui n'est pas descendu.

– Il est resté dans la voiture pendant tout ce temps ?

– Voilà. En fait, juste après les coups de feu, cette voiture-là a fait demi-tour et a filé.

– Et le chauffeur n'en est jamais descendu pendant tout le temps qu'il est resté au belvédère ?

– En tout cas, pas pendant que je regardais.

Bosch réfléchit un instant. Ce que Mitford venait de lui décrire disait une vraie division du travail entre les deux suspects. Cela s'accordait parfaitement avec la relation de l'incident qu'Alicia Kent lui avait faite un peu plus tôt : un homme qui l'interroge, traduit et donne des ordres à l'autre. Bosch songea que ce devait être celui qui parlait anglais qui était resté dans la voiture.

– Bien, dit-il enfin, revenons à notre histoire. Tu dis que juste après la fusillade un des deux types est parti en voiture pendant que l'autre approchait son véhicule de la Porsche en marche arrière et ouvrait son coffre. Et après ?

– Après, il est descendu de sa voiture, a sorti quelque chose de la Porsche et l'a mis dans le coffre de l'autre voiture. C'était vraiment lourd et il a eu du mal à s'en débrouiller. Vu la façon dont il le tenait, ce truc devait avoir des poignées sur les côtés.

Bosch comprit qu'il lui décrivait le *pig* qui servait au transport des matériaux radioactifs.

– Et après ?

– Il est juste remonté dans sa voiture et il est parti. En laissant le coffre de la Porsche ouvert.

– Et tu n'as vu personne d'autre ?

– Non, personne d'autre. Je le jure.

– Décris-moi le type que tu as effectivement vu.

– Je peux pas vraiment. Il portait un sweat-shirt avec la capuche relevée. Je n'ai jamais vraiment vu son visage ni rien. Et en plus, je crois que sous sa capuche il portait une cagoule de ski.

– Pourquoi le crois-tu ?

Mitford haussa encore une fois les épaules.

– Je ne sais pas. C'est juste l'impression que j'ai eue. Je pourrais me tromper.

– Était-il grand ? Petit ?

– Moyen, je crois. Peut-être un peu petit.

– À quoi ressemblait-il ?

Il fallait bien que Bosch réessaie. C'était important. Mais Mitford se contenta de hocher la tête.

– Je ne pouvais pas le voir, insista-t-il. Mais je suis assez sûr qu'il portait une cagoule.

Bosch ne renonça pas.

– C'était un Blanc ? Un Noir ? Un type du Moyen-Orient ?

– Je peux pas dire. Il avait la capuche et la cagoule, et moi, j'étais vraiment loin.

– Pense à ses mains, Jesse. Tu as dit qu'il y avait des poignées sur le truc qu'il a fait passer d'une voiture à l'autre. As-tu vu ses mains ? De quelle couleur étaient-elles ?

Mitford réfléchit un instant, puis ses yeux s'illuminèrent.

– Non, il portait des gants ! dit-il. Je m'en souviens parce qu'ils étaient très gros, comme ceux dont se servent les mecs qui travaillent dans les trains à Halifax. Ce sont des gants de travail avec de gros poignets pour pas que les mecs se brûlent.

Bosch acquiesça d'un signe de tête. Il cherchait un renseignement précis et avait récolté tout autre chose. Des gants de protection. Il se demanda s'ils étaient spécialement conçus pour le maniement des matériaux radioactifs. Et se rendit compte qu'il avait oublié de demander à Alicia si les types qui étaient entrés chez elle portaient des gants. Il espéra que Rachel Walling avait revu tous les détails de l'affaire avec Alicia après qu'ils l'avaient laissée.

Il marqua une pause. Parfois, les silences sont les moments les plus difficiles à vivre par le témoin, qui essaie presque toujours de remplir les blancs.

Mitford, lui, ne dit rien de plus. Au bout d'un long moment, Bosch enchaîna :

– Bien, on a donc deux voitures en plus de la Porsche. Décris-moi celle qui s'est rapprochée de la Porsche en marche arrière.

– Je peux pas, non vraiment. Je sais à quoi ressemble une Porsche, mais les autres voitures, je sais pas. Elles étaient bien plus grosses toutes les deux, et elles avaient quatre portes.

– Parlons de celle qui se trouvait devant la Porsche. C'était une berline ?

– Je connais pas les marques.

– Non, une berline, c'est un type de voiture, pas une marque. Quatre portes, un coffre… comme une voiture de police.

– Oui, elle était comme ça.

Bosch repensa à la description qu'Alicia Kent lui avait faite de son auto.

– Sais-tu à quoi ressemble une Chrysler 300 ?

– Non.

– De quelle couleur était la voiture que tu as vue ?

– Je n'en suis pas sûr, mais elle était foncée. Noire ou bleu foncé.

– Et l'autre ? Celle derrière la Porsche.

– Même chose. C'était une berline de couleur foncée. Différente de celle de devant… peut-être un peu plus petite, euh… mais je ne sais pas de quel type elle était. Désolé.

Il fronça les sourcils, comme si ne pas savoir les marques et les types de voitures était un défaut.

– Ne t'inquiète pas, Jesse, tu te débrouilles bien, dit Bosch. Tu nous as beaucoup aidés. Crois-tu que, si je te montrais des photos de berlines, tu pourrais trouver celles que tu as vues ?

– Non, je ne les ai pas vues assez longtemps. L'éclairage de la rue n'était pas génial et j'étais trop loin.

Bosch acquiesça, mais il était déçu. Il étudia la situation un instant. Ce que Mitford venait de lui raconter collait parfaitement avec les renseignements fournis par Alicia Kent. Les deux hommes qui s'étaient introduits chez elle avaient forcément un moyen de locomotion pour y arriver. Le premier avait dû prendre le véhicule d'origine, tandis que le second s'emparait de la Chrysler pour y transporter le césium. Cela semblait évident.

Ces pensées lui donnèrent l'idée de poser une autre question à Mitford :

– De quel côté est partie la deuxième voiture quand elle a filé ?

– Elle aussi a fait demi-tour et a commencé à descendre la colline.

– Et… c'est tout ?

– C'est tout.

– Qu'est-ce que tu as fait après ?

– Moi ? Rien. Je suis resté où j'étais.

– Pourquoi ?

– Parce que j'avais peur. J'étais à peu près sûr d'avoir vu un type se faire assassiner.

– Tu n'es pas allé voir s'il était vivant et s'il avait besoin d'aide ?

Mitford se détourna et fit non de la tête.

– Non, j'avais peur. Je suis désolé.

– Pas de problème, Jesse. Tu n'as pas besoin de t'inquiéter pour ça. Il était déjà mort. Il est mort avant de toucher terre. Mais ce que j'aimerais savoir, c'est pourquoi tu es resté caché si longtemps. Pourquoi n'es-tu pas redescendu vers la ville ? Pourquoi n'as-tu pas appelé le 911 ?

Mitford leva les bras et les laissa retomber sur la table.

– Je ne sais pas. Je devais avoir peur. J'avais suivi

l'itinéraire donné sur la carte et c'était le seul que je connaissais pour redescendre. J'aurais été obligé de passer devant le belvédère et je me demandais ce qui serait arrivé si les flics avaient débarqué juste au moment où je le faisais. Ils auraient pu m'accuser. En plus, je me disais que, si c'étaient les types de la mafia ou autre qui avaient fait le coup et qu'ils apprenaient que j'avais tout vu, ils pourraient me tuer, moi aussi.

Bosch acquiesça.

– J'ai l'impression que tu regardes un peu trop la télé américaine là-bas, au Canada. Inutile de t'inquiéter. On prendra soin de toi. Quel âge as-tu, Jesse ?

– Vingt ans.

– Eh bien, mais… qu'est-ce que tu fabriquais chez Madonna ? Elle n'est pas un peu vieille pour toi ?

– C'est pas ça. C'était pour ma mère.

– Tu harcelais Madonna pour ta mère ?

– Je ne harcèle personne, moi. Je voulais juste avoir son autographe pour ma mère ou alors voir si elle aurait pas eu une photo ou quelque chose qu'elle aurait pu me donner. Je voulais envoyer quelque chose à ma mère et là j'ai rien. Vous savez bien, pour lui montrer que ça allait. Je pensais que, si je lui disais que j'avais rencontré Madonna, j'aurais moins l'impression d'être un… enfin, vous voyez. Madonna, j'ai grandi avec parce que c'était ce qu'écoutait ma mère. Je me disais que ça serait cool de lui envoyer quelque chose. Ce sera bientôt son anniversaire et j'avais rien.

– Pourquoi es-tu descendu à L. A., Jesse ?

– Je ne sais pas. Je me disais que c'était là qu'il fallait aller. J'espérais jouer dans un groupe. Sauf qu'on dirait que presque tous les gens qui viennent ici en ont déjà un. Moi non.

Bosch se dit qu'il prenait la pose troubadour errant,

mais guitare ou autre instrument de musique transportable, il n'y avait rien de tel dans son sac à dos.

– Tu es musicien ou chanteur ?

– Je joue de la guitare, mais j'ai été obligé de la mettre au clou il y a quelques jours. Je la reprendrai.

– Où dors-tu ?

– J'ai pas vraiment d'endroit pour l'instant. Hier soir, je pensais dormir dans les collines. C'est sans doute la vraie raison qui m'a poussé à ne pas partir après avoir vu ce qui était arrivé à ce type. En fait, je n'avais pas d'endroit où aller.

Bosch comprit. Jesse Mitford n'était pas différent des milliers de gens qui chaque mois débarquaient en bus ou faisaient du stop pour venir à L. A. On avait plus de rêves que de plans ou d'argent. Plus d'espoir que d'astuce, de compétences ou d'intelligence. Cela dit, tous ceux qui échouent ne harcèlent pas forcément ceux qui réussissent. Mais tous ont un point en commun : l'énergie du désespoir. Et certains ne la perdent jamais, même lorsqu'ils s'achètent des villas en haut des collines et qu'on voit leurs noms en lettres de néon.

– Bien, on va marquer une pause, dit-il. J'ai besoin de passer quelques coups de fil et il faudra sans doute qu'on revoie tout ça encore une fois. Ça te va ? Je vais aussi essayer de te trouver une chambre d'hôtel ou un truc où dormir.

Mitford hocha la tête.

– Repense à ces voitures et au type que tu as vus, Jesse. On a besoin que tu te souviennes d'autres détails.

– J'essaie, mais je…

Il n'acheva pas sa phrase et Bosch le laissa en plan.

Une fois dans le couloir, Bosch alluma la climatisation dans la salle d'interrogatoire et régla le thermostat sur 18.

La pièce rafraîchirait vite et au lieu de transpirer, Mitford allait commencer à avoir froid… sauf qu'en venant du Canada peut-être pas. Dès qu'il se serait reposé un peu, Bosch le remettrait sur la sellette, histoire de voir s'il en sortait quelque chose de nouveau. Il consulta sa montre. Il était presque cinq heures du matin, il restait encore quatre heures avant que les fédéraux tiennent la réunion qu'ils avaient prévu d'organiser. Il y avait beaucoup de choses à faire, mais il avait encore un peu de temps pour travailler avec Mitford. Le premier round avait été productif. Il n'y avait aucune raison de penser qu'on ne gagnerait rien de plus à en lancer un autre.

Dans la salle des inspecteurs il trouva Ignacio Ferras en train de travailler à son bureau. Il s'était tourné sur son siège et tapait des choses sur son ordinateur portable installé sur une tablette coulissante. Bosch remarqua que les affaires de Mitford avaient cédé la place à d'autres dossiers et sacs à scellés sur le bureau. Il y avait là tout ce que la police scientifique avait pu récolter sur les deux scènes de crime.

– Harry, dit Ferras, excuse-moi de ne pas être revenu à temps pour regarder ce que tu faisais. Du neuf du côté du gamin ?

– Ça avance. Je fais juste une pause.

Âgé de trente ans, Ferras avait un corps d'athlète. Sur son bureau trônait le trophée qu'il avait reçu en sa qualité de premier de sa promo à l'écrit et en éducation physique. Peau couleur café et cheveux coupés court, c'était aussi un bel homme. Il avait des yeux verts au regard perçant.

Bosch gagna son bureau pour passer un coup de fil. Il allait réveiller le lieutenant Gandle une deuxième fois pour le mettre au courant des derniers développements de l'affaire.

– Et pour le flingue de la victime, on a quelque chose ? demanda-t-il à Ferras.

– Oui, je viens de le retrouver sur l'ordinateur de l'ATF[1]. Stanley Kent a acheté un revolver à canon court calibre .22 il y a six mois. Un Smith & Wesson.

Bosch hocha la tête.

– Ça correspond, dit-il. Pas de plaies de sortie.

– Les balles entrent, mais ne sortent pas.

Ferras avait prononcé sa phrase comme un vendeur à la télé et rit de sa blague[2]. Bosch pensa à ce qui se cachait sous ce trait d'humour : Stanley Kent avait été averti que sa profession le rendait vulnérable et sa réaction avait été de s'acheter une arme pour se protéger.

Et maintenant Bosch était prêt à parier que cette arme s'était retournée contre lui, qu'un terroriste s'en était servi pour le tuer en invoquant Allah. Quel était donc ce monde, se dit-il, où l'on pouvait presser la détente pour tuer quelqu'un en en appelant à Dieu ?

– Pas génial comme façon de mourir, reprit Ferras.

Bosch le regarda de l'autre côté des deux bureaux.

– Que je te dise un truc, lança-t-il. Tu sais ce qu'on finit par découvrir dans ce boulot ?

– Non, quoi ?

– Qu'il n'y a aucune bonne façon de mourir.

---

1. Bureau of Alcohol, Tobacco and Firearms, l'agence fédérale en charge des armes à feu *(NdT)*.

2. Allusion à une réclame pour un anti-cafards, le Roach Motel, où le cafard peut entrer mais pas sortir *(NdT)*.

9

Bosch gagna le bureau du capitaine pour remplir à nouveau son mug de café. En glissant la main dans sa poche pour en sortir un autre dollar à mettre dans le panier, il tomba sur la carte de visite de Brenner et se rappela que celui-ci lui avait demandé de lui dire s'il y avait un témoin potentiel. Mais il venait juste de mettre au courant le lieutenant Gandle sur ce que le jeune Canadien avait vu et entendu au belvédère, et ensemble ils avaient décidé de garder le jeune homme au chaud pour l'instant. Jusqu'à la réunion de neuf heures du matin, lorsqu'il faudrait abattre ses cartes avec les fédéraux. Si les autorités fédérales en place avaient l'intention de garder le LAPD dans le coup, c'était à cette réunion qu'on le saurait clairement. Après, ce serait du donnant donnant. Bosch pourrait partager l'histoire du témoin à condition d'être tenu au courant de l'enquête fédérale.

En attendant, Gandle avait déclaré qu'il enverrait une autre réactualisation du dossier par la voie hiérarchique. L'apparition du mot « Allah » dans l'enquête l'obligeait à s'assurer que la gravité croissante de l'affaire remontait bien en haut lieu.

Son mug plein, Bosch regagna son bureau et se mit à regarder les éléments de preuve recueillis sur la scène de

107

crime et dans la maison où Alicia Kent avait été retenue pendant que son mari obéissait à toutes les requêtes de ses ravisseurs.

Il était déjà au courant d'à peu près tout ce qui avait été trouvé sur la scène de crime. Il commença à ôter les affaires personnelles de Stanley Kent des sacs à scellés et à les examiner. Pour l'instant, ils n'avaient été vus que par la Scientifique et les manipuler ne posait pas de problèmes.

Le premier article était le BlackBerry du médecin. Bosch n'était pas un génie de l'univers numérique et le reconnaissait volontiers. Il avait certes maîtrisé son téléphone portable, mais celui-ci n'était qu'un modèle de base qui envoyait et recevait les appels, emmagasinait des numéros dans un répertoire et ne faisait rien d'autre… du moins pour ce qu'il en savait. Ce qui veut dire qu'il fut vite complètement perdu lorsqu'il essaya de faire marcher cet engin plus évolué.

– Harry, tu veux que je te donne un coup de main ?

Il leva la tête et vit Ferras en train de lui sourire. Bosch était gêné par son manque de connaissances technologiques, mais pas au point de ne pas accepter qu'on vole à son secours. Ç'aurait transformé ce défaut en quelque chose de bien plus grave.

– Tu sais faire fonctionner ce truc ?

– Évidemment.

– Ça fait e-mail, non ?

– Ça devrait.

Bosch dut se lever pour lui tendre l'engin par-dessus leurs deux bureaux.

– Aux environs de six heures hier soir Kent a reçu un e-mail marqué urgent de sa femme. Ce courrier comprenait la photo où on la voit attachée sur son lit. Je veux que tu retrouves ce mail et que tu voies s'il n'y aurait pas un moyen de l'imprimer avec la photo. Je veux la regarder en plus grand que sur ce petit écran.

Il parlait encore que Ferras faisait déjà fonctionner l'appareil.

– Pas de problème. Je vais juste transférer le mail sur mon adresse. Après, je l'ouvre et je l'imprime.

Ferras commença à se servir de ses pouces pour taper sur le minuscule clavier du BlackBerry. Bosch trouva que cela ressemblait à un jouet d'enfant. Comme ceux dont il avait vu des gamins se servir dans les avions. Il n'arrivait pas à comprendre ce qui pouvait bien pousser des gens à taper aussi fébrilement des trucs sur leurs portables. Pour lui, ce ne pouvait être qu'une manière d'avertissement, qu'un signe avant-coureur du déclin de la civilisation, voire de l'humanité. Cela dit, il aurait été bien incapable de mettre le doigt sur le pourquoi de ce qu'il ressentait vraiment. L'univers numérique était toujours considéré comme un grand progrès, mais Bosch, lui, restait sceptique.

– Bon, je l'ai trouvé et envoyé, dit Ferras. Il va arriver dans deux ou trois minutes et je l'imprimerai. Quoi d'autre ?

– Cet engin indique-t-il les appels qu'il a passés et ceux qu'il a reçus ?

Ferras garda le silence et manipula les commandes de l'appareil.

– Jusqu'où veux-tu remonter ?

– Pour l'instant, disons… jusqu'à hier midi.

– Bien, j'ai l'écran. Tu veux que je te montre comment te servir de ce truc ou seulement que je te donne les chiffres ?

Bosch se leva et fit le tour de la rangée de bureaux pour pouvoir regarder le petit écran par-dessus l'épaule de son coéquipier.

– Donne-moi juste une vue générale, on verra tout en détail plus tard. Si t'essayais de m'apprendre, on serait encore là dans une éternité.

Ferras hocha la tête en souriant.

– Bien, dit-il, s'il a passé ou reçu un appel d'un numéro enregistré dans son répertoire, on le verra au nom associé à ce numéro dans le carnet d'adresses.

– Compris.

– On a des tas d'appels vers et en provenance de son bureau, de divers hôpitaux et de noms enregistrés dans son carnet d'adresses… probablement des médecins avec lesquels il travaillait… et ça, toute l'après-midi durant. Il y a trois appels marqués « Barry », ce qui doit être le nom de son associé, enfin… j'imagine. J'ai consulté les registres d'État en ligne et la K and K Medical Physicists est la propriété de Stanley Kent et d'un certain Barry Kelber.

Bosch hocha la tête.

– Oui, dit-il, ce qui me rappelle qu'il va falloir causer audit associé ce matin à la première heure.

Il se pencha en travers du bureau de Ferras pour attraper son bloc-notes. Il y porta la mention « Barry Kelber » pendant que Ferras continuait d'éplucher le journal des appels.

– Bon, là, il est plus de six heures et il commence à appeler tantôt son fixe, tantôt le portable de sa femme. J'ai l'impression que personne n'a répondu parce que j'en vois dix de passés en trois minutes. Il n'arrêtait pas d'appeler. Et tous ces appels l'ont été après qu'il a reçu l'e-mail urgent de sa femme.

Bosch commença à se faire une idée un peu plus précise de la situation. Kent a une journée ordinaire, donne et reçoit des tas de coups de fil en provenance de gens et d'endroits qu'il connaît, et soudain il reçoit le mail de son épouse. Il voit la photo attachée à l'envoi et appelle chez lui. Elle ne répond pas, ce qui l'inquiète davantage. Pour finir, il va faire ce qui lui est enjoint dans le mail. Mais malgré tous ses efforts et bien qu'il fasse tout ce qu'ils lui demandent, les types l'abattent au belvédère.

– Et donc, qu'est-ce qui est allé de travers ? demanda-t-il tout haut.

– Que veux-tu dire, Harry ?

– En haut, au belvédère. Je ne comprends toujours pas pourquoi ils l'ont tué. Il a fait ce qu'ils voulaient. Il leur a donné le truc. Qu'est-ce qui est allé de travers ?

– Je ne sais pas. Peut-être qu'ils l'ont tué parce qu'il avait vu un de leurs visages.

– Le témoin affirme que le tireur portait un masque.

– Bon, ben, peut-être que rien n'est allé de travers. Peut-être que le plan était de l'abattre, et ce dès le début. Ne pas oublier le coup du silencieux. Et la façon dont le type a crié «*Allah !*» ne donne guère l'impression que quoi que ce soit ait tourné de travers. Pour moi, ça indiquerait plutôt que ça faisait partie du plan.

Bosch acquiesça d'un signe de tête.

– Bon, mais si ça faisait partie du plan, pourquoi le tuer, lui et pas elle ? Pourquoi laisser un témoin vivant ?

– Je ne sais pas, Harry. Mais ces musulmans purs et durs n'ont pas de règles pour le mal fait aux femmes ? Comme quoi ça les empêcherait d'atteindre le nirvana, le paradis, enfin… je sais pas comment ils appellent ça.

Bosch ne répondit pas parce qu'il ne connaissait pas les pratiques cultuelles auxquelles son coéquipier venait de faire si grossièrement allusion. Mais la question ne faisait que souligner encore plus à quel point il était hors de son élément dans cette affaire. Il avait l'habitude de traquer des tueurs motivés par l'appât du gain, le désir sexuel ou l'un ou l'autre des sept péchés capitaux. L'extrémisme religieux ne figurait pas souvent sur sa liste.

Ferras reposa le BlackBerry et revint à son ordinateur. Comme beaucoup d'inspecteurs il préférait se servir de son portable, les ordinateurs de bureau fournis par l'administration étant vieux, lents et bien plus porteurs de virus que n'importe quelle pute d'Hollywood Boulevard.

Il sauvegarda son travail et se mit sur son écran d'e-mails. Le courriel qu'il avait reçu du compte de Stanley Kent était arrivé. Il l'ouvrit et poussa un sifflement en y découvrant la photo d'Alicia Kent nue et attachée sur son lit.

– Ça, pour faire son effet ! s'exclama-t-il.

Ce qui voulait dire qu'il comprenait pourquoi Kent avait donné le césium. Ferras était marié depuis moins d'un an et il y avait un bébé en route. Bosch commençait juste à connaître son jeune coéquipier, mais savait déjà qu'il était profondément amoureux de sa femme. Sous la plaque de verre posée sur son bureau, Ferras avait un montage de photos de son épouse. Sous la plaque de verre posée sur son côté à lui du poste de travail, Bosch, lui, avait des photos des victimes dont il traquait toujours les assassins.

– Tu m'en fais un tirage, reprit Bosch. Tu l'agrandis si c'est possible. Et ne te gêne pas pour continuer de faire joujou avec ce téléphone. Vois si tu peux en sortir d'autres trucs.

Il regagna son côté du poste de travail et se rassit. Ferras agrandit et tira l'e-mail avec sa photo sur une imprimante couleur au fond de la salle. Il la sortit de l'appareil et la rapporta à Bosch.

Celui-ci avait déjà mis ses lunettes de lecture, mais en plus il sortit de son tiroir une loupe rectangulaire qu'il avait achetée en remarquant que les ordonnances qu'on lui faisait pour ses yeux n'étaient plus adaptées pour le travail de près. Il ne se servait jamais de cette loupe lorsqu'il y avait beaucoup d'inspecteurs dans la salle. Il ne voulait pas leur donner de quoi le ridiculiser, que ce soit pour rire ou non.

Il posa le tirage sur son bureau et se pencha dessus avec sa loupe. Il commença par examiner les liens qui retenaient les membres de la femme dans son dos. Les intrus s'étaient servis de six colliers, en lui mettant un anneau à chaque poignet et à chaque cheville, plus un pour relier les chevilles, le dernier ayant pour fonction de connecter les anneaux des chevilles aux anneaux des poignets.

Cela lui parut une manière hyper-compliquée de l'attacher. Ce n'était pas comme cela qu'il aurait procédé s'il avait voulu attacher une femme qui devait se débattre. Il aurait utilisé moins de colliers, ce qui lui aurait rendu le travail plus facile et plus rapide.

Il n'était pas sûr de ce que cela signifiait, voire si cela signifiait quoi que ce soit. Peut-être Alicia Kent ne s'était-elle pas débattue du tout, ses ravisseurs la remerciant de sa coopération en utilisant des anneaux supplémentaires pour lui rendre moins pénible le temps qu'elle passerait attachée sur le lit. Bosch avait en effet l'impression que la façon dont on l'avait attachée signifiait que ses bras et ses jambes n'avaient pas été tirés aussi fort en arrière qu'ils auraient pu l'être.

Il n'empêche : en se rappelant les meurtrissures qu'elle avait aux poignets, il comprit que, quoi qu'il en ait pu être, le temps qu'elle était restée attachée nue sur son lit n'avait pas dû être facile. Il décida que la seule chose dont il pouvait être sûr en regardant cette photo était qu'il avait besoin de parler à nouveau avec Alicia Kent et de revenir en détail sur tout ce qui s'était passé.

Sur une nouvelle page de son carnet il porta les questions qu'il lui poserait sur les liens. Il prévoyait d'utiliser le reste de la page pour y inscrire d'autres questions en préparation d'un éventuel entretien de suivi avec elle.

Rien d'autre ne lui vint à l'esprit tandis qu'il continuait d'examiner la photo. Lorsqu'il en eut fini, il posa la loupe de côté et se mit à feuilleter les rapports de médecine légale ayant trait à la scène de crime. Rien ne retenant son attention là non plus, il passa vite aux rapports sur la maison de Kent et aux éléments de preuve qu'on y avait recueillis. Parce que Brenner et lui l'avaient vite quittée pour rejoindre Sainte-Agathe, Bosch n'était pas sur place lorsque les techniciens de la Scientifique avaient cherché les traces laissées par les intrus. Il avait hâte de voir ce qu'ils avaient trouvé – si tant est qu'ils aient trouvé quoi que ce soit.

Mais il n'y avait qu'un sac à scellés et il contenait les colliers noirs qui avaient servi à attacher les poignets et les chevilles d'Alicia Kent, ceux que Rachel Walling avait tranchés pour la libérer.

– Une minute, dit-il en tenant le sac en plastique transparent. C'est tout ce qu'ils ont récolté chez les Kent ?

Ferras leva la tête.

– C'est le seul sac qu'ils m'ont donné, dit-il. Tu as vérifié le journal de bord ? Ça devrait y être. Ils n'ont peut-être pas encore fini.

Bosch fouilla dans les pièces dont avait hérité Ferras jusqu'à ce qu'il trouve le journal de bord. Tous les éléments de preuve découverts par les techniciens de scène de crime y étaient consignés. Cela permettait de remonter toute la chaîne du suivi.

Il remarqua qu'on avait porté sur le journal plusieurs éléments pris par les techniciens dans la maison des Kent, la plupart étant des poils, des cheveux et de petits bouts de fibre. Il fallait s'y attendre, mais il n'y avait aucun moyen d'affirmer s'ils avaient un lien quelconque avec les suspects. Cela dit, malgré toutes les années qu'il avait passées à travailler sur des affaires, jamais encore Bosch n'était tombé sur une scène de crime immaculée. La vérité pure et simple est que, loi de la nature oblige, tout crime laisse des traces, même minuscules, sur l'environnement. Il y a toujours transfert. Le seul problème est d'arriver à les retrouver.

Chaque collier avait eu droit à une entrée individuelle, l'ensemble étant suivi par de nombreuses entrées pour des poils, des cheveux et des bouts de fibres pris dans des lieux qui allaient de la grande chambre au siphon du lavabo de la chambre d'amis. Le tapis de souris de l'ordinateur du bureau se trouvait lui aussi sur la liste, au même titre que le bouchon de l'appareil photo de marque Nikon qu'on avait récupéré sous le lit dans la grande chambre. Ce fut la dernière entrée qui l'intéressa le plus : elle signalait la simple présence d'une cendre de cigarette.

Bosch se demanda bien quel pouvait être l'intérêt d'une cendre de cigarette du point de vue des éléments de preuve.

– Y a encore quelqu'un de la Scientifique qui a bossé chez les Kent au bureau ? demanda-t-il à Ferras.

– Il y avait encore des gars là-bas il y a une demi-heure, lui répondit Ferras. Buzz Yates et la femme qui s'occupe des empreintes et dont j'ai oublié le nom.

Bosch décrocha son téléphone et appela le bureau de la Scientifique.

– Police scientifique, Yates à l'appareil.

– Buzz, pile le mec à qui je voulais parler.

– À qui ai-je l'honneur ?

– Harry Bosch. Tu pourrais me parler de cette cendre de cigarette que vous avez prise quand vous avez fouillé la maison des Kent ?

– Ah oui… c'était une cigarette qui avait brûlé jusqu'au bout. L'agent du FBI qui était là m'a demandé de la prendre.

– Où était-elle ?

– Elle l'avait trouvée sur le réservoir du chiotte de la salle de bains de la chambre d'amis. Comme si quelqu'un avait posé sa clope pour pisser et l'avait oubliée. La cigarette avait brûlé jusqu'au bout avant de s'éteindre.

– Et donc il n'y avait que des cendres quand elle l'a trouvée ?

– Voilà. Une chenille grise. Mais elle voulait qu'on la prenne pour elle. Elle a dit que les types de leur labo pourraient faire quelque chose du…

– Une minute, Buzz. Tu lui as donné cet élément de preuve ?

– Eh bien, en quelque sorte… oui. Elle…

– Comment ça « en quelque sorte » ? Tu la lui as donnée, oui ou non ? As-tu donné à l'agent Walling la cendre de cigarette que tu as recueillie sur ma scène de crime ?

– Oui, reconnut Yates. Mais pas sans avoir beaucoup discuté et obtenu des assurances, Harry. Elle m'a dit que le labo du Bureau pourrait l'analyser et déterminer le type de tabac fumé, ce qui permettrait ensuite d'en découvrir le pays d'origine. Nous, on n'a absolument pas les moyens de faire un truc pareil, Harry. On peut même pas y toucher. Elle m'a dit que ce serait capital pour l'enquête parce qu'il se pourrait bien qu'on ait affaire à des terroristes étrangers. C'est là que j'ai marché.

116

Elle m'a dit qu'un jour elle avait bossé sur une histoire d'incendie volontaire où ils avaient fini par trouver une seule cendre de la cigarette qui avait foutu le feu. Ils ont pu dire de quelle marque elle était et ça lui a aussitôt fait penser à un suspect précis.

– Et tu l'as crue ?

– Ben… oui, je l'ai crue.

– Et tu lui as donné mon élément de preuve, dit Bosch d'un ton résigné.

– Harry, ce n'est pas ton élément de preuve à toi. On travaille et joue tous dans la même équipe, non ?

– Bien sûr que oui, Buzz ! s'écria Bosch en raccrochant et se mettant à jurer.

Ferras lui demanda ce qui n'allait pas, mais Bosch écarta sa question d'un geste de la main.

– Les conneries habituelles du Bureau, dit-il.

– Harry, est-ce que tu avais dormi avant de recevoir l'appel ?

Bosch regarda son coéquipier de l'autre côté du bureau. Il savait exactement où Ferras voulait en venir.

– Non, répondit-il. J'étais éveillé. Mais le manque de sommeil n'a rien à voir avec la frustration que me flanque le FBI. Le manque de sommeil, je pratique ça depuis bien plus d'années que tu n'en as jamais vécu. Je sais comment m'en accommoder, dit-il en levant son mug de café en l'air. Santé !

– Il n'empêche, lui renvoya Ferras : ce n'est pas bon. Tu vas finir par traîner les fesses.

– T'inquiète pas pour moi.

– D'accord, Harry, d'accord.

Bosch revint à ses pensées sur la cendre de cigarette.

– Et les photos ? demanda-t-il à Ferras. T'as eu des photos de la maison ?

– Oui, je les ai quelque part.

Ferras fouilla dans les papiers entassés sur son bureau, trouva la chemise contenant les photos et la lui passa. Bosch les feuilleta et tomba sur trois clichés pris dans la salle de bains de la chambre d'amis. Un cliché plein pot, un autre des W.-C. où l'on voyait la ligne des cendres sur le couvercle du réservoir, et un gros plan de la « chenille grise », pour reprendre l'expression de Buzz Yates.

Il étala les trois clichés devant lui et se servit encore une fois de sa loupe pour les examiner. Sur le gros plan de la cendre, le photographe avait mis un double décimètre sur le couvercle du réservoir pour qu'on ait l'échelle. La cendre faisait presque cinq centimètres de long, soit quasiment toute la longueur de la cigarette.

– Trouvé des trucs, Sherlock ? demanda Ferras.

Bosch leva les yeux sur lui. Son coéquipier souriait. Bosch ne lui renvoya pas son sourire en comprenant qu'il ne pouvait même plus se servir de sa loupe devant lui sans que celui-ci se paie sa tête.

– Toujours pas, Watson, lui renvoya-t-il en se disant que ça pourrait la lui boucler.

Personne n'a envie d'être Watson.

Il examina la photo des W.-C. et remarqua que le couvercle n'avait pas été baissé. Cela indiquait que c'était un homme qui avait uriné dans la salle de bains. La cendre, elle, indiquerait sans doute que la cigarette appartenait à l'un des deux intrus. Bosch regarda le mur au-dessus du siège. On y voyait une petite photo encadrée d'une scène hivernale. Les arbres sans feuilles et le ciel gris le firent penser à New York ou à un autre lieu de la côte Est.

La photo lui rappela aussi une affaire qu'il avait bouclée un an plus tôt, alors qu'il travaillait à l'unité des Affaires non résolues. Il décrocha son téléphone et rappela la Scientifique. Lorsque Yates répondit, Bosch lui demanda de lui passer la personne qui s'était occupée des empreintes chez les Kent.

– Ne quitte pas, lui dit Yates.

Apparemment encore énervé contre lui suite à la conversation précédente, Yates prit tout son temps pour faire venir la technicienne des empreintes au téléphone. Bosch finit par attendre environ quatre minutes, qu'il occupa à scruter encore une fois les photos prises dans la maison.

– Wittig à l'appareil, fit enfin une voix.

Bosch la connaissait d'affaires précédentes.

– Andrea, dit-il, c'est moi, Harry Bosch. Je voudrais te poser des questions sur la maison des Kent.

– De quoi as-tu besoin ?

– Est-ce que tu as passé au laser la salle de bains de la chambre d'amis ?

– Évidemment. Là où on a trouvé la cendre et où le couvercle était relevé ? Oui, c'est moi qui l'ai fait.

– Et… tu as trouvé quelque chose ?

– Non, rien. Tout avait été essuyé.

– Et sur le mur au-dessus du réservoir ?

– Oui, là aussi, j'ai vérifié. Il n'y avait rien.

– C'est tout ce que je voulais savoir. Merci, Andrea.

– Bonne journée à toi.

Bosch raccrocha et observa la photo de la cendre. Quelque chose le titillait, mais il ne savait pas quoi.

– Harry, t'as pas posé une question sur le mur au-dessus du réservoir ?

Bosch regarda Ferras. Que l'inspecteur expérimenté puisse former le jeunot était une des raisons pour lesquelles Ferras s'était vu assigner Bosch comme coéquipier. Celui-ci décida de mettre de côté la plaisanterie sur Sherlock Holmes et de lui raconter toute l'histoire.

– Il y a une trentaine d'années de ça, il y a eu une

affaire à Wilshire. On avait retrouvé une femme et son chien noyés dans la baignoire de la dame. Tout avait été essuyé dans la maison, mais le couvercle des W.-C. était resté relevé. On avait alors compris qu'on avait affaire à un homme. Le siège des toilettes avait lui aussi été essuyé, mais sur le mur au-dessus on avait trouvé une empreinte de paume. Le type avait pissé en s'appuyant au mur. En mesurant à quelle hauteur était l'empreinte on a pu déterminer la taille du bonhomme. On a aussi découvert qu'il était gaucher.

– Comment ?

– Parce que l'empreinte était celle d'une main droite. Le mec qui pisse tient toujours son engin de sa main préférée.

Ferras acquiesça d'un signe de tête.

– Ils ont trouvé une correspondance avec un suspect ?

– Oui, mais seulement trente ans plus tard. C'est l'année dernière qu'on a élucidé l'affaire à l'unité. Il n'y avait pas beaucoup d'empreintes de paumes à cette époque-là. Ma coéquipière et moi avons récolté le dossier et nous avons envoyé l'empreinte à l'ordinateur central. Correspondance ! On a localisé le gars à l'hôtel des Ten Thousand Palms, en plein désert, et on est allés le chercher. Il a sorti son flingue et s'est tué avant qu'on puisse l'arrêter.

– Wouah !

– Ouais. J'ai toujours pensé que c'était drôle, tu vois ?

– Quoi ? Qu'il se tue ?

– Non, pas ça. Qu'on l'ait localisé au Ten Thousand Palms.

– Ah, oui, c'est assez ironique [1]. Et… vous n'avez pas pu lui parler ?

1. En anglais, le mot *palm* signifie « paume de la main » et « palmier » *(NdT)*.

– Pas vraiment. Mais on était sûr que c'était lui. Et j'ai pris le fait qu'il se tue devant nous comme une espèce d'aveu de culpabilité.

– Oui, non, bien sûr. Je voulais juste dire que moi, j'aurais bien aimé parler au gars pour lui demander pourquoi il avait tué le chien.

Bosch dévisagea son coéquipier un instant.

– Moi, je crois que si on avait pu se parler, on aurait été plus preneurs qu'il nous dise pourquoi il avait tué la femme.

– Oui, je sais. C'est juste que je me disais : pourquoi le chien, hein ?

– Il se disait peut-être que le chien pourrait l'identifier. Genre l'animal le connaît et réagit en sa présence. Il ne voulait pas risquer ça.

Ferras hocha la tête comme s'il acceptait l'explication. Bosch venait de l'inventer. La question du chien n'avait jamais surgi dans le cours de l'enquête.

Ferras retourna à son travail, tandis que Bosch se renversait dans son fauteuil et envisageait la situation. Pour l'heure, tout n'était qu'un vaste embrouillamini de questions et d'idées. Et une fois encore, le point essentiel dans son esprit était la question de savoir pourquoi Stanley Kent avait été tué. D'après Alicia, les deux types qui l'avaient prise en otage portaient des cagoules. Jesse Mitford pensait lui aussi que l'homme qu'il avait vu tuer Kent au belvédère en portait une. Pour Bosch, cela entraînait les interrogations suivantes : pourquoi tuer Stanley Kent si celui-ci ne pouvait identifier personne ? Et pourquoi porter un masque si dès le début, le plan était de tuer le bonhomme ? Il se dit que porter ce masque était peut-être un moyen de faussement rassurer Kent afin qu'il se montre coopératif. Mais cette conclusion ne lui allait pas non plus.

Il écarta encore une fois toutes ces questions en décidant qu'il n'avait pas assez de renseignements pour s'y atteler comme il convenait. Il but un peu de café et se prépara à cuisiner à nouveau Jesse Mitford dans la salle d'interrogatoire. Mais il commença d'abord par sortir son portable. Il avait toujours le numéro de Rachel Walling depuis l'affaire d'Echo Park. Il avait décidé de ne jamais l'effacer.

Il appuya sur le bouton et appela le numéro en se préparant à ce que celui-ci ne soit plus en service. Il était toujours bon, mais la voix qu'il entendit était celle d'un enregistrement où on lui disait de laisser un message après le bip.

– C'est Harry, dit-il. J'ai besoin de te parler de certains trucs et je veux que tu me rendes mes cendres de cigarette. Cette scène de crime était à moi.

Il raccrocha. Il savait que ce message allait l'agacer, peut-être même la mettre en colère. Il savait aussi qu'il allait inéluctablement à un affrontement avec elle et le Bureau, affrontement qui n'était probablement pas nécessaire et qu'il aurait pu facilement éviter.

Mais voilà : il ne pouvait pas se résoudre à laisser la place. Même pas pour elle et le souvenir de ce qu'ils avaient vécu jadis.

Même pas dans l'espoir de retrouver avec elle un avenir qu'il portait comme un numéro de téléphone dans le cœur d'un portable.

10

Bosch et Ferras sortirent du Mark Twain Hotel par la porte de devant et observèrent le petit matin. La lumière commençait tout juste à entrer dans le ciel. Gris et épais, le brouillard qui montait de l'océan accusait les ombres dans les rues. Il transformait L. A. en une ville de fantômes et Bosch aimait assez. Ça collait bien avec sa vision des choses.

– Tu crois qu'il va rester ? demanda Ferras.

Bosch haussa les épaules.

– Il n'a pas d'autre endroit où aller.

Ils venaient d'inscrire leur témoin sous le pseudonyme « Stephen King ». Jesse Mitford s'était avéré fort précieux. Pour Bosch, c'était son atout maître. Bien qu'il n'ait pu fournir un signalement précis de l'homme qui avait abattu Stanley Kent et s'était emparé du césium, il avait réussi à donner aux enquêteurs une vue claire de ce qui s'était passé au belvédère de Mulholland. Et il serait encore très utile si l'enquête conduisait à une arrestation et à un procès. Son histoire pourrait servir de fil conducteur dans la relation des faits. Un procureur pourrait utiliser son témoignage pour relier les pointillés à l'intention des jurés, et ça, qu'il puisse ou ne puisse pas identifier le tireur, ça lui donnait beaucoup de valeur.

Après consultation avec le lieutenant Gandle, il avait été décidé qu'il ne fallait pas perdre la trace du jeune paumé. Gandle avait autorisé le paiement de quatre nuits d'hôtel au Mark Twain. Au bout de ce délai, on y verrait beaucoup plus clair quant à l'orientation de l'affaire.

Bosch et Ferras montèrent dans la Crown Victoria que Ferras avait sortie du garage et prirent Wilcox Avenue pour rejoindre Sunset Boulevard. Bosch était au volant. Arrivé au feu, il sortit son portable. Rachel Walling ne l'ayant pas rappelé, il fit le numéro que son coéquipier lui avait donné. Brenner décrochant aussitôt, Bosch y alla avec précaution.

– Je venais juste aux nouvelles, dit-il. Toujours bon pour la réunion de neuf heures ?

Il voulait être sûr qu'il faisait encore partie de l'enquête avant de le mettre au courant de quoi que ce soit.

– Euh, oui... oui, c'est toujours bon pour la réunion, mais elle a été repoussée.

– À quelle heure ?

– Je crois que maintenant c'est à dix heures. On vous le fera savoir.

La réponse ne laissait pas entendre que la réunion avec les forces de l'ordre du coin était ce qu'il y avait de plus sûr. Bosch décida de le pousser dans ses retranchements.

– Ça sera où ? À la Tactical Intelligence ?

Pour avoir déjà travaillé avec Walling, Bosch savait que la Tactical Intelligence se trouvait *extra-muros*, en un lieu tenu secret. Il voulait savoir si Brenner allait faire la boulette.

– Non, ce sera au bâtiment fédéral du centre-ville. Au quatorzième étage. Vous demandez juste pour la réunion. Le témoin s'est montré utile ?

Bosch décida de jouer serré avant d'être fixé sur son sort.

– Il a vu la fusillade de loin. Et après, il a assisté au transfert. D'après lui, ce serait un seul type qui aurait tout fait : tuer Stanley Kent, puis faire passer le *pig* de la Porsche à l'arrière d'un autre véhicule. L'autre serait resté dans la deuxième voiture et se serait contenté de regarder.

– Il vous a donné des numéros de plaques ?

– Non, pas de numéros. C'est sans doute la voiture d'Alicia Kent qui a servi au transfert. Comme ça, ils évitaient tout risque d'avoir des traces de césium dans leur voiture.

– Et sur le suspect qu'il a vu ?

– Comme je l'ai dit, il n'a pas pu l'identifier. Le type portait toujours sa cagoule. En dehors de ça, que dalle.

Brenner marqua une pause avant de réagir.

– Dommage, dit-il enfin. Qu'est-ce que vous en avez fait ?

– Quoi ? Du gamin ? On l'a relâché.

– Où habite-t-il ?

– À Halifax, au Canada.

– Bosch, vous savez très bien ce que je veux dire.

Bosch remarqua le changement de ton. Ça et qu'il l'ait appelé par son nom de famille. Pour lui, ce n'était pas par hasard que Brenner lui demandait où habitait Jesse Mitford.

– Il n'a pas d'adresse locale, dit-il. C'est un vagabond. On l'a largué au Denny's de Sunset Boulevard. C'est là qu'il voulait aller. On lui a filé vingt dollars pour qu'il se paie un petit déjeuner.

Bosch sentit Ferras le regarder pendant qu'il mentait.

– Vous pouvez attendre une seconde ? reprit

125

Brenner. J'ai un autre appel qui arrive. Ça pourrait être Washington.

On revenait aux prénoms ?

– Bien sûr, Jack, mais je peux aussi m'en aller.

– Non, non, restez en ligne.

Bosch entendit une petite musique et se tourna vers Ferras. Celui-ci commença à parler.

– Pourquoi tu lui as dit que...

Bosch posa un doigt sur ses lèvres et Ferras s'arrêta.

– Attends une seconde, dit Bosch.

Trente secondes s'écoulèrent. Une version de *What a Wonderful World* jouée au saxophone se fit entendre sur la ligne. Bosch adorait depuis toujours le passage où l'on parle de « la nuit noire et sacrée ».

Le feu enfin au vert, Bosch entra dans Sunset Boulevard. Et Brenner reprit la ligne.

– Harry ? Désolé pour cette interruption. C'était bien Washington. Comme vous pouvez l'imaginer, c'est le grand branle-bas de combat.

Bosch décida de tout mettre au clair.

– Alors, quoi de neuf de votre côté ?

– Pas grand-chose. La Homeland Security nous envoie toute une flotte d'hélicos capables de suivre une piste de radiations. Ils vont démarrer au belvédère et essayer de capter la signature précise du césium. La réalité n'en reste pas moins que le césium doit d'abord sortir du *pig* pour qu'ils puissent détecter le signal. En attendant, nous, on organise la réunion pour être sûrs que tout le monde est sur la même longueur d'onde.

– Et c'est tout ce que l'administration avec un grand A a pu faire ?

– Eh bien... on commence seulement à s'organiser. Je vous ai déjà dit comment ça serait. Une belle pagaille d'acronymes.

– Oui, vous avez même parlé de pandémonium. De ce côté-là, les fédéraux sont plutôt bons.

– Je ne suis pas certain d'avoir dit tout ça. Mais bon, il y a toujours des trucs à apprendre. Je crois qu'après la réunion on pourra y aller plein pot.

Bosch fut alors certain que quelque chose avait changé. Que Brenner soit sur la défensive lui disait que la conversation était ou enregistrée ou écoutée.

– On a encore quelques heures avant la réunion, reprit Brenner. Qu'est-ce que vous allez faire maintenant, Harry ?

Bosch hésita, mais pas longtemps.

– Je vais remonter chez les Kent et parler avec Alicia. Il y a du suivi à assurer. Après, on filera à la tour sud du Cedar Hospital. C'est là que Kent avait son bureau et nous avons besoin de le voir et de parler avec son coéquipier.

Pas de réaction. Bosch arrivait au Denny's. Il entra dans le parking et se gara. Par les vitres, il vit que ce restaurant ouvert vingt-quatre heures sur vingt-quatre était très largement désert.

– Toujours en ligne, Jack ?

– Euh, oui, Harry, je suis toujours là. Je dois vous dire qu'il ne sera probablement pas nécessaire que vous retourniez chez les Kent et que vous passiez à son bureau.

Bosch hocha la tête. *Je le savais*, pensa-t-il.

– Vous avez déjà tout nettoyé, c'est ça ?

– Ça ne vient pas de moi. Bref, d'après ce que j'ai compris, le bureau était clean et nous avons le coéquipier de Kent ici même, en salle d'interrogatoire. Nous avons aussi amené Mme Kent par mesure disons… de précaution. Et nous sommes toujours en train de parler avec elle.

– Et ça ne vient pas de vous ? Ça vient de qui alors ?
De Rachel ?

– Je ne vais pas entrer dans ce genre de discussion,
Harry.

Bosch arrêta le moteur et réfléchit à la bonne manière
de lui répondre.

– Bon, eh bien, peut-être que mon coéquipier et moi
ferions mieux de filer vers le centre-ville pour la réunion,
dit-il enfin. Il s'agit toujours d'une enquête pour meurtre.
Et aux dernières nouvelles j'y travaillais encore.

Le silence s'éternisa avant que Brenner ne réagisse.

– Écoutez, inspecteur, l'affaire prend des proportions
importantes. Vous avez été invités à la réunion de mise
au point. Vous et votre coéquipier. Et là, on vous mettra
au courant de certaines choses et de ce que M. Kelber
a déclaré. Et si M. Kelber est encore avec nous, je ferai
de mon mieux pour que vous puissiez lui parler. Même
chose pour Mme Kent. Mais soyons clairs : l'homicide
n'est pas la priorité dans cette affaire. La priorité n'est
pas de trouver le type qui a tué Stanley Kent. La priorité
est de retrouver le césium, et là nous avons presque dix
heures de retard.

Bosch hocha la tête.

– Moi, j'ai l'impression qu'en retrouvant l'assassin
vous retrouverez le césium, dit-il.

– Ça se peut, mais notre expérience nous dit que ce
type de matières voyage vite. De main en main. D'où la
nécessité d'enquêter le plus rapidement possible. C'est
à ça que nous nous appliquons. Tout faire pour accélérer les choses. Nous ne voulons pas être ralentis.

– Par les péquenauds du coin.

– Vous savez bien ce que je veux dire.

– Bien sûr. On se retrouve à dix heures, agent
Brenner.

Bosch referma son portable et descendit de voiture. Il traversait le parking avec Ferras pour rejoindre le restaurant lorsque celui-ci se mit à l'assaillir de questions :

– Pourquoi tu lui as menti sur le témoin, Harry ? Qu'est-ce qui se passe ? Qu'est-ce qu'on fout ici ?

Bosch leva les mains en l'air en un geste d'apaisement.

– Du calme, Ignacio, dit-il. On s'assoit, on se prend un café et quelque chose à manger, et je vais te dire.

Ils auraient pu choisir presque n'importe quelle place. Bosch gagna un box dans un coin d'où ils pourraient voir très clairement l'entrée. La serveuse arriva vite. Cheveux gris acier remontés en chignon, elle avait tout du vieux dragon. Faire le service de nuit au Denny's lui avait ôté toute vie du regard.

– Harry, dit-elle, ça fait une paie !

– Salut, Peggy. Oui, ça fait un sacré bout de temps que je n'ai plus enquêté la nuit.

– Contente de te revoir. Que puis-je vous apporter, à toi et à ton bien plus jeune coéquipier ?

Bosch ignora la pique. Il commanda du café, des toasts et des œufs frits pas trop cuits. Ferras, lui, commanda une omelette et un café *latte*. Lorsque la serveuse l'informa, avec un petit sourire narquois, que ni l'un ni l'autre ne pouvaient être servis, il se contenta d'un café ordinaire et d'œufs brouillés. Dès qu'elle les laissa seuls, Bosch répondit aux questions de Ferras :

– On est en train de se faire couper l'herbe sous le pied, dit-il. Voilà ce qui se passe.

– T'es sûr ? Comment le sais-tu ?

– Parce qu'ils ont déjà embarqué la femme et l'associé de la victime, et, putain, je peux te garantir qu'ils ne nous laisseront jamais leur parler.

– Harry, ils ont vraiment dit ça ? Ils t'ont dit qu'on ne pourrait pas leur parler ? Les enjeux sont importants dans cette affaire et j'ai l'impression que t'es un peu parano. Que tu tires un peu vite des conclu…

– Ah bon ? Eh bien, attends de voir un peu. Observe et apprends.

– On va toujours à la réunion de neuf heures, non ?

– Théoriquement, oui. Sauf que maintenant c'est à dix heures. Et que ce ne sera que de la frime pour nous impressionner. On ne nous dira rien. On nous fera des mamours et on nous foutra sur la touche. « Merci, les mecs, mais à partir de maintenant c'est nous qui reprenons l'affaire. » Au cul, oui ! C'est d'un homicide qu'il s'agit et personne, pas même le FBI, ne m'écartera de quoi que ce soit.

– Aie un peu confiance, Harry.

– Confiance ? Je n'ai confiance qu'en moi. Leur truc, je connais. Et je sais où ça mène. D'un côté, bon, c'est vrai, on s'en fout. À eux de se démerder. Mais de l'autre, moi, je ne m'en fous pas. Je ne peux pas leur faire confiance pour faire ça correctement. Eux, ce qu'ils veulent, c'est le césium. Moi, je veux les fumiers qui ont terrorisé Stanley Kent pendant deux heures, l'ont forcé à se mettre à genoux et lui ont collé deux balles dans la nuque.

– Il s'agit de la sécurité du territoire, Harry. C'est pas pareil. C'est dans l'intérêt d'un truc qui nous dépasse. L'intérêt de l'ordre.

Bosch eut l'impression que Ferras reprenait une formule tout droit sortie d'un manuel de l'académie de police ou le code d'une société secrète. Il s'en foutait. Un code, il en avait un et bien à lui.

– L'intérêt de l'ordre commence avec ce type assassiné au belvédère. Si on le laisse tomber, on peut laisser tomber tout le reste.

Inquiet de constater qu'il se disputait avec son coéquipier, Ferras s'était emparé de la salière et la tripotait, du sel se répandant un peu partout sur la table.

– Personne ne laisse tomber quoi que ce soit, Harry, reprit-il. C'est une question de priorités. Je suis sûr que lorsque tout s'éclaircira pendant la réunion, ils partageront ce qu'ils ont sur l'homicide.

Bosch sentit monter la frustration. Il essayait d'apprendre quelque chose au gamin et le gamin n'écoutait pas.

– Que je te dise un truc sur le partage des renseignements avec les fédéraux. Quand il est question de partager, le FBI dévore tout comme un éléphant et chie comme une petite souris. Non parce que… tu ne comprends pas ? Il n'y aura pas de réunion. Ils font circuler ce bruit pour qu'on ne bouge pas jusqu'à neuf heures, et maintenant jusqu'à dix, parce que nous, on se dit qu'on est toujours dans le coup. Mais quand on se pointera, ils repousseront encore à plus tard, jusqu'à ce qu'ils puissent nous balader avec un bazar organisationnel quelconque qui nous fera croire qu'on est dans le même bateau, alors qu'en réalité on ne fait plus partie de rien et qu'eux, ils se sont barrés par la porte de derrière.

Ferras hocha la tête comme s'il prenait le conseil à cœur. Sauf que sa réponse n'eut rien à voir avec ce qu'il venait d'entendre.

– Il n'empêche : je pense qu'on n'aurait pas dû leur mentir sur le suspect. Il pourrait leur être précieux. Il se pourrait même qu'un des trucs qu'il nous a dits colle avec quelque chose dont ils ont eu vent. Qu'est-ce qu'il y a de mal à leur dire où il est ? Peut-être qu'en l'entreprenant ils pourront, eux, lui faire sortir un truc qu'on n'a pas réussi à lui arracher. Qui sait ?

Bosch hocha énergiquement la tête.

– C'est absolument hors de question. Pas pour l'instant. Le témoin est à nous et on ne le file à personne. Ou on l'échange pour avoir des renseignements ou accès à des trucs, ou on se le garde.

La serveuse leur apporta leurs plats, baissa les yeux, vit le sel répandu sur la table et passa de Ferras à Bosch.

– Harry, dit-elle, je sais qu'il est jeune, mais tu ne pourrais pas lui apprendre les bonnes manières ?

– J'essaie, Peggy. Mais ces jeunes ne veulent rien apprendre.

– Oui, je sais.

Elle quitta la table, Bosch piochant aussitôt dans sa nourriture, une fourchette dans une main, un morceau de toast dans l'autre. Il mourait de faim et savait qu'ils allaient devoir bientôt reprendre la route. Et que l'heure du prochain repas était plus qu'hypothétique.

Il avait avalé la moitié de ses œufs lorsqu'il vit quatre types en costume foncé entrer dans la salle avec le pas reconnaissable entre tous de l'homme du FBI super-motivé. Sans un mot, le quatuor se sépara en deux groupes et commença à traverser la salle.

Il y avait à peine une douzaine de clients dans le restaurant, les trois quarts d'entre eux étaient des strip-teaseuses avec leurs macs qui rentraient chez eux au sortir de leurs clubs à quatre heures du mat et des fêtards d'Hollywood qui faisaient le plein avant de couper le moteur. Bosch continua de manger calmement et regarda les types en costume s'arrêter à chaque table, exhiber des cartes officielles et demander qu'on leur montre des pièces d'identité. Ferras était trop occupé à bar-bouiller ses œufs de sauce piquante pour remarquer ce qui se passait. Bosch attira son attention et lui désigna les agents d'un signe de tête.

La plupart des clients assis aux tables étaient ou trop

fatigués ou trop pétés pour faire autre chose qu'obéir à l'injonction de montrer leurs papiers d'identité. Une jeune femme avec un Z découpé au rasoir au-dessus de la tempe commença bien à les insulter, mais ce n'était qu'une femme et ils cherchaient un homme. Ils l'ignorèrent et attendirent patiemment que son petit copain, lui aussi avec un Z au-dessus de la tempe, veuille bien leur montrer ses papiers.

Les deux autres arrivèrent enfin au box au coin de la salle. Sur leurs cartes on pouvait lire « Agent du FBI Ronald Lundy » et « Agent du FBI John Parkyn ». Ils ignorèrent Bosch parce qu'il était trop vieux et s'en prirent à Ferras.

– Vous cherchez qui ? leur demanda Bosch.

– Affaire d'État, monsieur. Nous avons seulement besoin de vérifier certaines identités.

Ferras ouvrit son porte-écusson avec d'un côté sa photo et sa carte d'identité de la police, et de l'autre son écusson d'inspecteur. Cela sembla figer les deux agents sur place.

– C'est drôle, reprit Bosch. Si vous cherchez quelqu'un, ça veut dire que vous avez un nom. Or je n'ai jamais donné le nom du témoin à l'agent Brenner. Bref, je m'étonne. Vous autres de la Tactical Intelligence n'auriez pas un micro dans votre ordinateur ou alors… dans la salle des inspecteurs… par hasard ?

Lundy, celui qui dirigeait très clairement le détachement, regarda Bosch droit dans les yeux. Les siens étaient gris gravier.

– Et vous êtes ? demanda-t-il.

– Pourquoi ? Vous voulez voir une pièce d'identité ? Ça fait longtemps que je ne passe plus pour un jeune de vingt ans, mais merci du compliment.

Il sortit son porte-écusson et le tendit à Lundy sans

133

l'ouvrir. L'agent l'ouvrit et en examina très minutieu-sement le contenu. En prenant son temps.

– Hieronymus Bosch, dit-il en lisant à haute voix le nom inscrit sur la carte. Y avait pas une espèce de peintre malade du cerveau qui s'appelait comme ça ? Ou alors je le confondrais avec un fouille-merde dont j'aurais lu le nom quelque part dans des rapports ?

Bosch lui renvoya son sourire.

– Il en est certains qui tiennent ce peintre pour un des plus grands maîtres de la Renaissance, dit-il.

Lundy jeta le porte-écusson de Bosch dans son assiette. Celui-ci n'avait pas fini ses œufs, mais heureusement les jaunes étaient trop cuits.

– Je ne sais pas à quoi vous jouez, Bosch. Où est Jesse Mitford ?

Bosch ramassa son porte-écusson et sa serviette pour en ôter les bouts d'œuf. Puis, en prenant son temps lui aussi, il rangea son porte-écusson et releva la tête pour regarder Lundy.

– Jesse Mitford ? C'est qui ?

Lundy se pencha en avant et posa les deux mains sur la table.

– Vous savez très bien qui c'est et il faut qu'on l'em-barque.

Bosch hocha la tête comme s'il comprenait parfai-tement la situation.

– On pourra parler de Mitford et de tout le reste à la réunion de dix heures, dit-il. Juste après que j'aurai interrogé l'associé et la femme de Stanley Kent.

Lundy sourit d'un air où ne perçaient ni humour ni gentillesse.

– Tu sais quoi, mon pote ? Toi aussi, tu vas avoir besoin d'une période de Renaissance quand tout ça sera fini.

Bosch lui renvoya son sourire.

– On se retrouve à la réunion, agent Lundy. En attendant, nous, on mange. Vous pourriez pas aller emmerder quelqu'un d'autre ?

Bosch prit son couteau et commença à étendre de la confiture de fraises sur son dernier morceau de toast.

Lundy se redressa et montra du doigt la poitrine de Bosch.

– Vaudrait mieux faire gaffe, Bosch.

Sur quoi il tourna les talons et se dirigea vers la porte. Fit signe à l'autre équipe et leur montra la sortie. Bosch les regarda partir.

– Merci pour l'avertissement, dit-il.

11

Le soleil était toujours sous la ligne de crête, mais l'aurore avait déjà pris possession pleine et entière du ciel. À la lumière du jour, le belvédère de Mulholland Drive ne disait plus rien des violences de la nuit précédente. Jusqu'aux détritus généralement abandonnés sur une scène de crime – gants en caoutchouc, gobelets à café et ruban jaune – qui, Dieu sait comment, avaient été nettoyés ou dispersés par le vent. Tout se passait comme si Stanley Kent n'avait jamais été abattu ni son corps laissé sur le promontoire d'où l'on avait une vue imprenable sur la ville en dessous. Bosch avait enquêté sur des centaines de meurtres depuis qu'il servait dans la police, mais n'arrivait toujours pas à croire à quelle vitesse la mégalopole semblait guérir – en apparence en tout cas – et passer à autre chose.

Il donna un coup de pied dans la terre molle et orange, et regarda la poussière gicler par-dessus bord et tomber dans les fourrés en dessous. Puis il prit une décision et repartit vers la voiture. Ferras le fixa des yeux.

– Qu'est-ce que tu vas faire ? lui demanda-t-il.

– Je vais entrer dans la maison. Monte dans la voiture si tu veux venir.

Ferras hésita, puis se mit à trotter derrière Bosch. Ils retrouvèrent la Crown Vic et gagnèrent Arrowhead Drive. Bosch savait que les fédéraux tenaient Alicia

Kent, mais il avait toujours le porte-clés de la Porsche de son mari.

Le véhicule des fédéraux qu'ils avaient repéré en passant devant la maison dix minutes plus tôt était encore là. Bosch se gara dans l'allée, descendit de voiture et se dirigea vers la porte d'entrée d'un air décidé. Il ignora le type dans le véhicule, même lorsqu'il entendit s'ouvrir la portière. Il réussit à trouver la bonne clé et à la glisser dans la serrure avant qu'une voix ne les interpelle.

– FBI. On ne bouge plus !

Bosch posa la main sur la poignée de la porte.

– N'ouvrez pas cette porte.

Bosch se retourna et regarda l'homme qui approchait sur le trottoir. Il savait que celui ou celle qui avait reçu pour tâche de surveiller la maison ne pouvait être qu'au plus bas de l'échelle de la Tactical Intelligence, à savoir un type qui avait merdé ou avait des casseroles au cul. Il savait aussi qu'il pouvait en tirer profit.

– LAPD Homicide Special, dit-il. On vient finir le boulot.

– Non, non, non, lui renvoya l'agent. Le Bureau a pris l'affaire en main et s'occupe de tout à partir de maintenant.

– Désolé, mec, mais moi, j'ai pas été averti. Si vous voulez bien m'excuser…

Et il se tourna à nouveau vers la porte.

– N'ouvrez pas cette porte, répéta l'agent. Il s'agit d'une enquête de sécurité du territoire. Vous pouvez vérifier avec vos supérieurs.

Bosch hocha la tête.

– Vous avez peut-être des « supérieurs », moi, je n'ai que des « superviseurs ».

– Rien à foutre. Vous n'entrez pas dans cette maison.

– Harry, dit Ferras. Peut-être qu'on…

Bosch agita la main et lui coupa la chique. Et se retourna une fois de plus vers l'agent.

– Papiers d'identité, s'il vous plaît, dit-il.

L'agent prit un air exaspéré et les lui sortit. Bosch les feuilleta et les lui rendit. Il était prêt. Il attrapa l'agent par le poignet et pivota sur ses talons. L'agent partit en avant et passa devant lui, Bosch se servant de son avant-bras pour lui plaquer la figure sur la porte. Après quoi, il lui tira dans le dos la main dans laquelle l'agent serrait toujours ses papiers.

Celui-ci commença à se débattre et à protester, mais il était déjà trop tard. Bosch lui rentra l'épaule dans le dos pour le clouer sur la porte et glissa sa main libre sous la veste du bonhomme. Où il trouva ses menottes. Qu'il lui arracha de la ceinture avant de les lui passer aux poignets.

– Harry, mais qu'est-ce que tu fais ? hurla Ferras.

– Je te l'ai déjà dit : il n'est pas né celui qui nous mettra sur la touche !

Dès qu'il eut menotté l'agent dans le dos, il lui arracha ses papiers des mains. Les feuilleta et vérifia le nom. Clifford Maxwell. Bosch le fit pivoter sur lui-même et lui fourra ses papiers dans la poche de sa veste.

– Ta carrière est terminée, lui dit calmement Maxwell.

– Tu m'en diras tant ! lui renvoya Bosch.

Maxwell jeta un coup d'œil à Ferras.

– Marche dans ce truc et toi aussi, tu finiras dans les chiottes, dit-il. Tu ferais mieux d'y penser.

– La ferme, Cliff ! cria Bosch. Ici, il n'y a qu'un seul mec qui finira dans les chiottes et ce mec, ce sera toi quand tu iras retrouver tes potes de la Tactical et que tu leur diras comment tu t'es fait ficeler par deux péquenauds du coin.

Ça lui cloua le bec. Bosch ouvrit la porte de devant, fit entrer l'agent et le poussa brutalement vers un fauteuil rembourré de la salle de séjour.

– Allez, assieds-toi, dit-il. Et on la fer-me.

Il tendit la main en avant et ouvrit la veste de Maxwell pour voir où il portait son arme. Celle-ci se trouvait dans une barrette sous son bras gauche. L'agent ne pourrait pas l'atteindre en étant menotté dans le dos. Bosch lui palpa le bas des jambes pour être sûr qu'il n'avait pas une arme à jeter [1]. Satisfait, il recula.

– Relax, mec, dit-il. On ne sera pas longs.

Sur quoi il commença à descendre le couloir en faisant signe à son coéquipier de le suivre.

– Tu démarres dans le bureau, moi, j'attaque par la chambre, dit-il. On cherche tout et rien. On saura ce qu'on cherchait quand on l'aura trouvé. Vérifie l'ordinateur. Tout ce qui sort de l'ordinaire, je veux savoir.

– Harry…

Bosch s'arrêta au milieu du couloir et le regarda. Il voyait bien que son jeune coéquipier avait la trouille. Il le laissa dire ce qu'il voulait, bien qu'ils soient encore à portée d'oreille de Maxwell.

– On ne devrait pas faire comme ça, dit Ferras.

– Et comment devrait-on faire, Ignacio ? lui renvoya-t-il. Tu veux dire qu'on devrait passer par la voie hiérarchique ? On demande à notre boss de causer à leur boss, allez, on se prend un *latte* et on attend l'autorisation de faire le boulot ?

Ferras lui montra la salle de séjour au fond du couloir.

---

1. *Throw-down* en anglais. Nom donné à une arme non déclarée que portent certains policiers lorsque, après avoir abattu un suspect, ils veulent faire croire à sa culpabilité en la mettant dans sa main pour qu'on y découvre ses empreintes *(NdT)*.

– Je comprends qu'il faille aller vite, mais tu crois qu'il va laisser passer un truc pareil ? demanda-t-il. Il va nous faire perdre notre écusson, Harry, eh bon, ça ne me gêne pas de tomber dans l'exercice de mes fonctions, mais pas pour ce que nous venons de faire.

Bosch l'admira d'avoir dit « nous » : ça lui donna la patience de très calmement faire un pas en arrière avant de poser une main sur l'épaule de son coéquipier. Et de lui dire en baissant la voix afin que Maxwell ne l'entende pas de la salle de séjour :

– Écoute-moi, Ignacio, rien de tout cela ne va se produire. Absolument rien, d'accord ? Je suis dans la maison depuis un peu plus longtemps que toi et je sais comment fonctionne le Bureau. Merde, mon ex en était, alors tu vois ? Et s'il y a une chose que je sais mieux que tout, c'est que la priorité numéro 1 du Bureau est de ne jamais être dans l'embarras. C'est une philosophie qu'on enseigne à tous les agents à Quantico et ça finit par leur rentrer dans la caboche à tous. *On ne met pas le Bureau dans l'embarras.* Ce qui fait que lorsqu'on en aura terminé ici et qu'on le laissera filer, il ne dira à personne ce que nous avons fait, ni même seulement que nous sommes passés ici. Pourquoi crois-tu qu'ils l'ont collé de surveillance de la baraque ? Parce que ce serait un putain d'Einstein ? Non, non. Il est en train de payer… pour avoir mis le Bureau dans l'embarras ou s'y être mis lui-même. Et il n'est pas près de faire ou dire quoi que ce soit qui pourrait lui attirer encore plus d'ennuis.

Il marqua une pause pour permettre à Ferras de lui répondre. Mais celui-ci n'en fit rien.

– Bref, on se dépêche et on dégage d'ici, reprit-il. Quand je suis passé ce matin, on n'a parlé que de la veuve et de la manière de la gérer, et après on a été obligés de filer à Saint Aggy's à toute vitesse. Moi, maintenant, je veux prendre mon temps sans traîner pour autant, si tu vois ce que je veux dire. Je veux regarder les lieux à la lumière du jour et décortiquer l'affaire un petit moment. C'est comme ça que j'aime travailler. Tu serais surpris de voir ce qu'on découvre de cette façon. La chose à ne jamais oublier est qu'il y a toujours transfert. Ces deux assassins ont laissé des traces quelque part dans cette maison et je crois qu'aussi bien la Scientifique que les autres ne les ont pas vues. Il y a forcément eu transfert. Allons en découvrir la preuve.

Ferras acquiesça d'un signe de tête.

– D'accord, Harry.

Bosch lui donna une claque sur l'épaule.

– Parfait. Je commence par la chambre. Tu fais le bureau.

Bosch descendit le couloir et arrivait au seuil de la chambre lorsque Ferras l'appela une deuxième fois. Bosch se retourna et remonta le couloir jusqu'à l'alcôve. Son coéquipier se tenait derrière le bureau.

– Où est l'ordinateur ? demanda Ferras.

Bosch hocha la tête de frustration.

– Il était sur le bureau. Ils l'ont embarqué.

– Le FBI ?

– Qui d'autre ? Ce n'était pas dans le journal de bord de la Scientifique, il n'y avait que le tapis de la souris. Regarde autour, fais les tiroirs. Vois un peu ce que tu peux trouver d'autre. On ne prend rien. On se contente de regarder.

Bosch redescendit le couloir jusqu'à la chambre. Rien ne donnait l'impression d'y avoir été changé depuis la dernière fois qu'il l'avait vue. On y sentait même encore l'odeur d'urine qui montait du matelas souillé.

Il gagna la table de nuit à gauche du lit. Vit de la

poudre noire à empreintes sur les poignées des deux tiroirs et toutes les surfaces planes. Sur la table étaient posées une lampe et une photo encadrée de Stanley et Alicia Kent. Il la prit et l'examina. Le couple s'y tenait près d'un rosier en fleur. Alicia avait de la terre sur le museau, mais souriait de toutes ses dents comme si elle était fière d'être à côté de son enfant. Bosch comprit que le rosier était à elle et en vit d'autres exactement pareils à l'arrière-plan. Un peu plus haut dans la colline, on découvrait les trois premières lettres du panneau «Hollywood». Il comprit aussi que le cliché avait sans doute été pris dans le jardin de derrière. Il n'y aurait plus jamais d'autres photos de ce couple heureux.

Il remit la photo à sa place et ouvrit les tiroirs un à un. Ils étaient pleins d'objets personnels appartenant à Stanley. Lunettes de lecture, livres et flacons de médicaments. Le tiroir du bas était vide et Bosch se rappela que c'était celui où Stanley rangeait son arme.

Il referma les tiroirs et gagna le coin de la chambre, de l'autre côté de la table de nuit. Il cherchait un autre angle de vision, quelque chose qui lui fasse voir autrement la scène de crime. Il sentit alors qu'il avait besoin de regarder les photos et se rappela qu'il les avait laissées dans un dossier dans la voiture.

Il remonta le couloir vers la porte d'entrée. En arrivant dans la salle de séjour, il vit Maxwell étendu par terre devant le fauteuil où il l'avait assis. Il avait réussi à faire passer ses poignets menottés par-dessous ses hanches. Il avait les genoux remontés en haut et les poignets coincés derrière. Le visage rouge et dégoulinant de sueur, il considéra Bosch.

– Je suis coincé, dit-il. Aidez-moi.

Bosch se retint de rire.

– Donne-moi une minute, dit-il.

Il sortit par la porte de devant et rejoignit la voiture, où il récupéra les chemises où se trouvaient les photos et les rapports de la Scientifique. Il y avait aussi glissé une copie de la photo enchâssée dans l'e-mail d'Alicia Kent.

Revenu dans la maison, il prenait la direction du couloir menant aux pièces du fond lorsque Maxwell l'appela à nouveau.

– Allez, mec, aidez-moi, quoi !

Bosch l'ignora. Il descendit le couloir et jeta un coup d'œil dans le bureau en passant. Ferras fouillait dans les tiroirs et empilait sur le plateau tout ce qu'il voulait voir.

Une fois dans la chambre, Bosch sortit la photo de l'e-mail et déposa les chemises sur le lit. Il tint la photo en l'air de façon à pouvoir la comparer à la pièce. Puis il gagna la porte de la penderie avec la glace et l'orienta de façon à ce qu'elle soit dans la même position que sur la photo. Sur cette dernière il remarqua le peignoir blanc en tissu-éponge étalé sur une chaise longue dans le coin de la pièce. Il entra dans la penderie, l'y trouva et le plaça dans la même position.

Il rejoignit enfin l'endroit où il pensait qu'avait été prise la photo de l'e-mail et regarda autour de lui en espérant découvrir quelque chose qui sorte de l'ordinaire et lui parle. Il remarqua la pendule arrêtée sur la table de nuit, la compara avec ce qu'on voyait sur la photo. Là aussi, la pendule était arrêtée.

Il alla jusqu'à la table de nuit, s'accroupit et regarda derrière. La pendule était débranchée. Il passa la main derrière la table et la rebrancha. Sur l'écran numérique l'indication 12:00 se mit à clignoter en chiffres rouges. La pendule fonctionnait. Il fallait seulement la remettre à l'heure.

Il réfléchit et se dit qu'il faudrait interroger Alicia Kent sur ce point. Il y avait des chances que ce soient les intrus qui l'aient débranchée. La question était de savoir pourquoi. Peut-être voulaient-ils qu'Alicia ne sache jamais combien de temps s'écoulerait pendant qu'elle attendrait, attachée sur le lit.

Il laissa le problème de la pendule de côté et gagna le lit, sur lequel il ouvrit une des chemises et sortit les photos de la scène de crime. Il les examina et remarqua que la porte de la penderie était ouverte selon un angle légèrement différent, de celui qu'on voyait sur la photo de l'e-mail et que le peignoir en tissu-éponge ne s'y trouvait pas – bien évidemment parce qu'Alicia Kent l'avait enfilé après qu'ils l'avaient sauvée. Il rejoignit la penderie, en rouvrit la porte selon l'angle de la photo de la scène de crime, puis se retourna pour examiner la pièce.

Rien n'y sautait aux yeux. Le transfert lui échappait toujours. Il sentit un malaise lui nouer l'estomac. Il avait l'impression de louper quelque chose. Quelque chose qui se trouvait là, dans la pièce où il se tenait.

Avec l'échec naît la pression. Il consulta sa montre et s'aperçut que la réunion fédérale – si réunion il devait effectivement y avoir – allait commencer dans moins de trois heures.

Il quitta la chambre et descendit le couloir vers la cuisine en s'arrêtant dans chaque pièce pour y vérifier les placards et les tiroirs, mais ne trouva rien de suspect ou qui clochait. Dans la salle de gym, il ouvrit la porte d'une penderie et y découvrit des vêtements contre le froid qui avaient moisi sur leurs cintres. Il était clair que les Kent avaient fui des climats plus rigoureux pour venir à Los Angeles. Et comme la plupart des gens qui arrivent d'ailleurs, ils avaient refusé de se séparer de leurs équipements d'hiver. Personne n'était jamais vraiment sûr de savoir jusqu'à quand supporter L. A. Être prêt à filer était toujours une bonne chose.

Il ne toucha pas au contenu de la penderie et en referma la porte. Avant de quitter la pièce, il remarqua une décoloration de forme rectangulaire sur le mur, près des crochets auxquels étaient suspendus les tapis d'exercices. Il vit aussi de légères traces d'adhésif indiquant qu'une affiche, ou peut-être un grand calendrier, y avait été accroché.

Lorsqu'il arriva dans la salle de séjour, Maxwell était toujours allongé par terre, et le visage tout rouge, suait et soufflait en se débattant. Il avait réussi à passer une jambe dans la bouche créée par ses poignets menottés, mais ne semblait pas en mesure d'y faire passer l'autre afin de ramener les mains sur le devant de son corps. Il était couché sur le carrelage et avait les poignets entre les jambes. Bosch songea à un gamin de cinq ans qui fait tout ce qu'il peut pour contrôler sa vessie.

– On a presque fini, agent Maxwell, lui dit-il.

Maxwell resta sans réaction.

Dans la cuisine Bosch gagna la porte du fond et passa dans le patio et le jardin de derrière. Voir ce dernier à la lumière du jour changeait la perspective qu'il en avait gardée. Le jardin était en pente et il y dénombra quatre rangs de rosiers au pied de la colline. Certains en fleur, d'autres pas. Certains s'appuyaient sur des tuteurs munis d'étiquettes identifiant le type de rose cultivé. Il grimpa dans la colline et en examina quelques-uns avant de retourner à la maison.

Après avoir refermé la porte à clé derrière lui, il retraversa la cuisine et ouvrit une autre porte qui, il le savait, permettait d'accéder au garage à deux voitures attenant. Une rangée de placards s'étendait le long du mur du fond. Il les ouvrit les uns après les autres et en étudia le contenu. Il s'agissait essentiellement d'outils de jardinage et d'équipement ménager, en plus de plusieurs sacs d'engrais et de produits pour enrichir le sol et faire pousser les rosiers.

Il remarqua aussi la présence d'une poubelle à roulettes. Il en souleva le couvercle et y vit un sac en plastique. Il l'en sortit, dénoua le ruban qui le fermait et n'y découvrit que des ordures ménagères. Sur le dessus se trouvait un tas de serviettes en papier tachées de violet. Comme si on s'en était servi pour essuyer un liquide qu'on aurait renversé. Il en tint une sous son nez et y sentit une odeur de jus de raisin.

Après avoir remis les ordures dans la poubelle, il quitta le garage et buta dans son coéquipier en entrant dans la cuisine.

– Il essaie de se barrer, lui dit Ferras.

– Laisse-le essayer. Tu as fini dans le bureau ?

– Presque. Je me demandais où t'étais.

– Va terminer ton boulot et on dégage.

Après le départ de Ferras, il vérifia les placards de la cuisine et le garde-manger avant d'examiner les produits d'épicerie empilés sur les étagères. Puis il passa dans la salle de bains de la chambre d'amis et regarda l'endroit où avait été prélevée la cendre de cigarette. Sur le couvercle en faïence blanche du réservoir, il vit une décoloration brunâtre de la taille d'une moitié de cigarette.

Curieux, il fixa la marque du regard. Cela faisait sept ans qu'il ne fumait plus, mais il n'avait pas souvenir d'avoir jamais laissé une cigarette se consumer de cette façon. S'il l'avait finie, il l'aurait jetée dans la cuvette et aurait tiré la chasse. Il était clair que cette cigarette avait été oubliée.

Ses recherches enfin achevées, il revint dans la salle de séjour et appela son coéquipier.

– Ignacio, tu es prêt ? On s'en va.

Maxwell était toujours par terre, mais semblait épuisé par ses efforts et résigné à son sort.

– Allez, quoi, bordel ! s'écria-t-il enfin. Détachez-moi !

Bosch s'approcha de lui.

– Où t'as tes clés ? lui demanda-t-il.

– Dans la poche de ma veste. À gauche.

Bosch se pencha et glissa la main dans la poche de veste de l'agent. Il en sortit un jeu de clés et les tripota jusqu'à ce qu'il trouve la bonne. Il s'empara de la chaînette entre les deux menottes et tira dessus pour pouvoir engager la clé dans la serrure. Et le fit sans grands ménagements.

– Si je fais ça, faudra être gentil, dit-il.

– Gentil ? Tu vas voir comment je vais te botter le cul, oui !

Bosch lâcha la chaîne, les poignets de Maxwell retombant aussitôt par terre.

– Qu'est-ce que tu fous ? hurla Maxwell. Détache-moi !

– Un petit conseil, Cliff. La prochaine fois que tu menaceras de me botter le cul, prends bien soin d'attendre que j'aie commencé par te détacher.

Il se redressa et jeta les clés sur le plancher, à l'autre bout de la pièce.

– Détache-toi tout seul !

Puis il se dirigea vers la porte d'entrée que Ferras franchissait déjà. Juste avant de la refermer derrière lui, il regarda Maxwell toujours étalé par terre. Son visage virant au rouge cramoisi, l'agent lui cracha une dernière menace :

– C'est loin d'être fini, connard !

– Compris.

Bosch referma la porte. Arrivé à la voiture, il regarda son coéquipier par-dessus le toit du véhicule. Ferras avait l'air aussi mortifié que certains des suspects qu'ils avaient transportés sur la banquette arrière.

– Courage, lui lança Bosch.

En montant, il jeta un coup d'œil à l'agent du FBI qui rampait dans son beau costume pour atteindre les clés à l'autre bout de la salle de séjour.

Et sourit.

12

Ferras garda le silence tandis qu'ils redescendaient la colline pour retrouver le freeway. Bosch se dit qu'il devait songer aux risques auxquels était maintenant exposée sa jeune et prometteuse carrière à cause des actes irresponsables de son vieux coéquipier. Il essaya de l'arracher à ces pensées.

– Ben, comme bide, ça se pose là, dit-il. J'ai rien trouvé. Et toi, t'as découvert des trucs dans l'alcôve ?

– Pas grand-chose, non. Je te l'ai montré, l'ordinateur avait disparu, fit-il d'un ton maussade.

– Et dans le bureau ?

– Il était pratiquement vide. Dans un des tiroirs il y avait des reçus d'impôts et d'autres trucs du même genre. Dans un autre il y avait une photocopie d'un fidéicommis. Leur maison, un bien d'investissement à Laguna, des polices d'assurance, tous ces trucs sont dans un fidéicommis. Il y avait aussi leurs passeports.

– Je vois. Combien a gagné Kent l'année dernière ?

– Deux cent cinquante mille dollars après impôts. Il détenait aussi cinquante et un pour cent de sa boîte.

– Et sa femme ?

– Rien, aucun revenu. Elle ne travaille pas.

Bosch garda le silence en envisageant certaines choses. Lorsqu'ils arrivèrent en bas de la montagne, il décida de ne pas s'engager sur le freeway. Au lieu de ça, il prit Cahuenga Boulevard jusqu'à Franklin Avenue et tourna vers l'est. Ferras regardait par la vitre passager, mais remarqua vite le détour.

– Qu'est-ce qui se passe ? demanda-t-il. Je croyais qu'on descendait en ville.

– On passe d'abord à Los Feliz.

– Qu'est-ce qu'il y a à Los Feliz ?

– Le Donut Hole, dans Vermont Avenue.

– On a mangé y a à peine une heure.

Bosch consulta sa montre. Il était presque huit heures, il espéra ne pas être trop en retard.

– Ce ne sont pas les doughnuts que je veux.

Ferras hocha la tête et jura.

– Quoi ? Tu vas parler au grand patron ? s'exclama-t-il. Tu rigoles ?

– À moins que je l'aie déjà raté. Si ça t'inquiète, tu peux rester dans la voiture.

– Tu sais que t'es en train de sauter à peu près cinq échelons. Le lieutenant Gandle va nous botter le cul sérieux.

– Non, il bottera le mien, pas le tien. Reste dans la voiture. Ce sera comme si tu n'étais même pas là.

– Sauf que tout ce que fait le coéquipier, tu le paies aussi. Et tu le sais. C'est comme ça que ça marche. C'est pour ça qu'on parle de « coéquipiers », Harry.

– Écoute, c'est moi qui gère. On n'a plus le temps de passer par les voies ordinaires. Le chef devrait savoir ce qui se passe et je vais le lui dire. Peut-être même qu'il finira par nous remercier de l'avoir mis au courant.

– Oui, bon, mais le lieutenant Gandle, lui, ne nous remerciera pas.

– Lui aussi, je m'en occuperai.

Les deux hommes firent le reste du trajet en silence.

Le Los Angeles Police Department était une des bureaucraties les plus insulaires du monde. Il avait survécu plus d'un siècle en ne cherchant que très rarement des idées, des réponses ou des chefs à l'extérieur. Quelques années plus tôt, quand le conseil municipal avait décidé qu'après des années et des années de scandales et de tempêtes communautaires, il valait mieux aller dénicher un patron en dehors du Department, ce n'était que la deuxième fois dans la longue histoire du LAPD qu'on décidait que le poste de chef de police ne serait pas pourvu grâce à la promotion d'un homme du rang. Le type de l'extérieur auquel on avait fait appel pour diriger le show avait donc été observé avec une incroyable curiosité – et pas mal de scepticisme, cela va sans dire. Tous ses faits, gestes et habitudes avaient été analysés, ces renseignements s'engouffrant aussitôt dans le pipeline secret qui réunissait les dix mille flics du système, tels les vaisseaux sanguins d'un poing fermé. Les infos avaient été répercutées au cours des séances d'appel et dans les vestiaires, dans des SMS filant de centaines d'ordinateurs portables embarqués, dans des e-mails et des appels téléphoniques, dans des bars à flics et à l'occasion d'innombrables barbecues. Cela voulait dire que le flic de patrouille à South L. A. savait à quelle première d'Hollywood le nouveau patron avait assisté la veille au soir. Que le gars des Mœurs savait où il faisait nettoyer ses uniformes d'apparat et que les mecs de l'Antigang de Venice à quel supermarché sa femme aimait faire ses courses.

Cela signifiait aussi que l'inspecteur Harry Bosch et son coéquipier Ignacio Ferras savaient à quelle boutique de doughnuts le grand patron s'arrêtait chaque matin pour boire son jus avant de rejoindre Parker Center.

À huit heures, Bosch entra sur le parking du Donut

Hole, mais ne vit pas trace de la voiture banalisée du chef. Bien nommé [1], l'établissement se trouvait dans la plaine, au pied des collines de Los Feliz. Bosch coupa le moteur et se tourna vers son coéquipier.

– Tu restes ?

Ferras regardait droit devant lui à travers le pare-brise. Il fit oui de la tête sans se tourner vers lui.

– Comme tu voudras, dit Bosch.

– Écoute, Harry, sans vouloir t'offenser, ça ne marche pas. Tu n'as aucune envie d'avoir un coéquipier. Ce que tu veux, c'est quelqu'un qui t'apporte le café et ne mette jamais en doute ce que tu fais. J'ai l'intention d'en parler au lieutenant pour lui demander de bosser avec quelqu'un d'autre.

Bosch le regarda et ordonna ses pensées.

– Ignacio, c'est notre première affaire ensemble. Tu ne crois pas qu'il faudrait attendre un peu ? Gandle ne te dira rien d'autre. Il te dira que vaudrait mieux pas commencer à bosser aux Vols et Homicides en ayant la réputation d'un mec qui laisse tomber son coéquipier.

– Je ne laisse tomber personne. C'est juste que ça ne marche pas comme il faut.

– Ignacio, tu es en train de faire une connerie.

– Non, je crois que ça vaut mieux… pour nous deux.

Bosch le dévisagea un long moment avant de se tourner vers la portière.

– Bon, c'est comme je t'ai dit : tu fais ce que tu veux.

Il descendit de voiture et se dirigea vers la boutique. La réaction et les décisions de Ferras le décevaient, mais il savait qu'il fallait lui laisser du mou. Sa femme attendait un enfant et il ne pouvait pas prendre de risques.

---

1. *The Donut Hole* signifie « le trou du doughnut », le doughnut étant un pain rond sucré avec un trou au milieu *(NdT)*.

Bosch n'était, lui, pas du genre à la jouer pépère et cela lui avait déjà coûté plus d'un coéquipier par le passé. Il décida d'essayer d'aider le jeune inspecteur à changer d'opinion dès que l'affaire serait réglée.

Une fois à l'intérieur, il fit la queue derrière deux types et commanda un café noir au serveur asiatique derrière le comptoir.

– Pas de doughnuts ?

– Non, juste du café.

– Cappuccino ?

– Non, café noir.

Déçu par cette commande maigrichonne, le type se campa devant une machine à café accrochée au mur du fond et remplit une tasse. Lorsqu'il se retourna, Bosch avait sorti son écusson.

– Le chef est passé ?

Le serveur hésita. Il ignorait tout du pipeline et ne savait pas comment réagir. Mais il savait qu'il risquait de perdre un client célèbre s'il disait un mot de trop.

– Ça ne pose pas de problème, reprit Bosch. Je suis censé le retrouver ici. Je suis en retard.

Il essaya de sourire comme s'il était embêté. Ce ne fut pas probant, il s'arrêta.

– Lui pas encore là, dit l'Asiatique.

Soulagé de ne pas l'avoir raté, Bosch régla le café et déposa la monnaie dans le bocal à pourboires. Puis il gagna une table vide dans le coin de la salle. À cette heure-là de la matinée, les trois quarts des clients achetaient des choses à emporter. On rechargeait les accus avant de prendre le chemin du boulot. Dix minutes durant, Bosch observa tout un échantillon de la population qui se présentait au comptoir, chacun étant lié au voisin par son addiction à la caféine et au sucre.

Enfin il vit la Town Car noire du chef entrer sur le

parking. Le patron était assis à l'avant, sur le siège passager. Le chauffeur et lui descendirent de voiture. Ils jetèrent tous les deux un coup d'œil alentour et se dirigèrent vers la boutique. Bosch savait que le chauffeur était un officier et qu'il lui servait aussi de garde du corps.

– Salut-toi, chef ! lança l'employé derrière le comptoir.

– Bonjour, monsieur Ming, lui renvoya le chef. Comme d'habitude.

Bosch se leva et s'approcha. Le garde du corps, qui se tenait derrière le chef, se retourna et lui fit face. Bosch s'immobilisa.

– Chef, dit-il, je peux vous payer un café ?

Le chef se retourna et sursauta en reconnaissant Bosch et comprenant que ce n'était pas un simple citoyen qui voulait se montrer gentil avec lui. L'espace d'un instant, Bosch vit une moue se dessiner sur son visage – le chef n'avait pas fini de régler toutes les retombées de l'affaire d'Echo Park –, puis elle disparut et le chef fut à nouveau impassible.

– Inspecteur Bosch, dit-il. Vous n'êtes pas venu ici pour me faire part de mauvaises nouvelles, au moins ?

– Disons plutôt que je veux vous mettre au courant, patron.

Le chef se retourna pour accepter une tasse de café et un petit sac de la main de Ming.

– Asseyez-vous, dit-il à Bosch. J'ai environ cinq minutes de libres et c'est moi qui paie mon café.

Bosch regagna sa table pendant que le patron payait son café et ses doughnuts. Puis il s'assit et attendit que le chef emporte son achat à un autre comptoir et mette de la crème et un édulcorant dans son café. Pour lui, le patron avait fait du bien à la police de Los Angeles. Il avait fait quelques faux pas en politique et pris quelques

156

décisions douteuses dans les nominations au haut commandement, mais il avait beaucoup contribué à redonner
le moral aux troupes.

Et ce n'était pas facile. Il avait hérité d'une police
qui obéissait au décret fédéral dit du «consentement»,
négocié suite à l'enquête du FBI sur la corruption de
la division Rampart et sur des myriades d'autres scandales. Tout ce qui concernait le fonctionnement et les
manières de procéder était maintenant sujet à examen
et évaluation du degré d'obéissance au décret par des
contrôleurs fédéraux. Résultat ? Non seulement toute
la police devait rendre des comptes à ces derniers, mais
elle était en plus inondée de paperasse. Déjà qu'elle était
en sous-effectifs, il était parfois difficile de voir où du
travail était effectivement fait. Cela dit, sous la hou-
lette du nouveau chef, les troupes s'étaient ressaisies
pour faire le boulot. Les statistiques montraient même
une baisse de la criminalité, ce qui, aux yeux de Bosch,
signifiait qu'il était vraiment possible que le nombre de
crimes ait lui aussi baissé – il était de ceux pour qui les
statistiques sont toujours matière à soupçons.

Tout cela mis à part, il aimait beaucoup le nouveau
patron pour une raison qui primait sur toutes les autres :
c'était lui qui deux ans plus tôt lui avait rendu son travail.
Bosch avait pris sa retraite et s'était mis à son compte.
Il ne lui avait pas fallu longtemps pour comprendre que
c'était une erreur, et quand ç'avait été chose faite, le
nouveau chef l'avait à nouveau accueilli dans la maison.
Bosch lui était maintenant très fidèle et c'était une des
raisons pour lesquelles il lui imposait cette rencontre à
la boutique de doughnuts.

Le chef s'assit en face de lui.

– Vous avez de la chance, inspecteur. Presque tous les
autres jours je serais déjà passé ici et aurais filé depuis

longtemps. Mais avec toutes les rencontres de Crime Watch [1] auxquelles j'ai assisté dans trois quartiers de la ville, j'ai travaillé tard hier soir.

Plutôt que d'ouvrir son sac de doughnuts et d'y faire entrer la main, il le déchira au milieu afin de pouvoir l'étaler sur la table et manger ses deux doughnuts dessus. Il en avait pris un au sucre et un avec glaçage au chocolat.

– Le tueur le plus dangereux de la ville, c'est ça, dit-il en levant son doughnut au chocolat et mordant dedans.

Bosch acquiesça d'un signe de tête.

– Vous avez sans doute raison, dit-il.

Bosch sourit d'un air embarrassé et tenta de briser la glace. Sa vieille coéquipière Kiz Rider venait juste de reprendre le boulot après s'être remise de plusieurs blessures par balle. Elle avait été transférée des Vols et Homicides au bureau du chef où elle avait déjà travaillé avant.

– Comment va mon ancienne coéquipière, chef ?

– Kiz ? Kiz va bien. Elle fait du bon boulot pour moi et je crois qu'elle est vraiment à sa place.

Bosch hocha à nouveau la tête. Il le faisait beaucoup.

– Et vous, inspecteur, vous êtes à votre place ?

Bosch le regarda et se demanda s'il ne mettait pas déjà en question sa façon de passer par-dessus les échelons de la voie hiérarchique. Avant qu'il ait pu trouver une réponse, le chef lui posa une autre question :

– Vous êtes venu me voir pour l'affaire de Mulholland ?

---

1. Ou « Surveillance du crime ». Groupes de citoyens qui travaillent main dans la main avec la police (NdT).

Bosch acquiesça. Il se dit que la rumeur avait dû remonter le pipeline en partant du lieutenant Gandle et que le chef avait déjà été briefé en détail.

– Je fais de l'exercice une heure tous les matins rien que pour pouvoir bouffer ces trucs, reprit le chef. Les rapports de la nuit me sont faxés et je les lis sur le vélo couché. Je sais que c'est vous qui avez hérité de l'affaire du belvédère et que les fédéraux s'y intéressent. Le capitaine Hadley m'a appelé ce matin. D'après lui, il y aurait un aspect terrorisme là-dedans.

Bosch fut surpris d'apprendre que le capitaine Done Badly et l'antenne de l'Homeland Security étaient déjà dans le coup.

– Qu'est-ce que fabrique le capitaine Hadley ? demanda-t-il. Il ne m'a pas appelé.

– Comme d'habitude. Il vérifie nos propres renseignements et tente d'obtenir des contacts avec les fédéraux.

Bosch acquiesça.

– Bon, que pouvez-vous me dire, inspecteur ? Pourquoi êtes-vous ici ?

Bosch lui fit un compte rendu plus détaillé de l'affaire en soulignant l'implication du gouvernement fédéral et ce qui lui paraissait être un effort délibéré de ce dernier pour empêcher le LAPD de mener sa propre enquête. Il reconnut que retrouver le césium manquant était une priorité et une raison juste pour que les fédéraux se montrent partout. Mais il ajouta qu'il s'agissait d'un homicide et que c'était suffisant pour mettre le LAPD dans le coup. Il détailla les pièces à conviction qu'il avait recueillies et lui soumit quelques-unes des théories qu'il nourrissait.

Le chef avait fini ses deux doughnuts lorsque Bosch arriva au bout de son discours. Il s'essuya la bouche avec une serviette et consulta sa montre avant de répondre. Ils avaient nettement dépassé les cinq minutes qu'il lui avait offertes au début.

– Qu'est-ce que vous êtes en train de me dire, inspecteur ? demanda-t-il.

Bosch haussa les épaules.

– Pas grand-chose. J'ai eu un petit différend avec un agent au domicile de la victime, mais je ne pense pas qu'il en sorte quoi que ce soit.

– Pourquoi votre coéquipier n'est-il pas ici avec vous ? Pourquoi attend-il dans la voiture ?

Bosch comprit. Le chef avait vu Ferras en jetant un coup d'œil au parking quand il était arrivé.

– On n'est pas tout à fait d'accord sur la façon de procéder. C'est un bon garçon, mais il est prêt à céder un peu trop facilement aux fédéraux.

– Et, bien sûr, au LAPD ça ne se fait pas.

– Pas de mon temps, chef.

– Votre coéquipier aurait-il jugé convenable d'ignorer la voie hiérarchique en venant me voir directement pour cette affaire ?

Bosch baissa les yeux sur la table. La voix du chef s'était faite plus sévère.

– De fait, oui, ça ne lui plaisait pas trop, chef. Mais ce n'est pas lui qui en a eu l'idée. C'est moi. Je me disais juste qu'il n'y avait pas assez de temps pour…

– Ce que vous pensiez n'a pas d'importance. Ce qui en a, c'est ce que vous avez fait. Et donc, si j'étais à votre place, je n'ébruiterais pas cette rencontre, et moi non plus, je n'en parlerai pas. Mais ne recommencez plus jamais, inspecteur. C'est clair ?

– Oui, chef, c'est clair.

Le chef coula un regard à la vitrine où les doughnuts s'alignaient sur un plateau.

– À propos… comment avez-vous su que je serais ici ?

Bosch haussa les épaules.

– Je ne me rappelle plus. Disons que je le savais vaguement.

Puis il comprit que le chef pensait peut-être que c'était son ancienne coéquipière qui l'avait renseigné.

– Ce n'est pas Kiz, si c'est ça que vous voulez dire, chef, s'empressa-t-il de préciser. C'est juste une rumeur qui se répand, vous voyez ? Les rumeurs circulent vite dans la police.

Le chef acquiesça d'un signe de tête.

– C'est vraiment dommage, reprit-il. J'aimais bien cet endroit. C'était commode, les doughnuts étaient bons et M. Ming s'occupait bien de moi. Quel dommage, vraiment !

Bosch se rendit compte que le chef allait devoir modifier ses habitudes. Il n'était pas bon qu'on sache où et quand le trouver.

– Désolé, chef, dit-il. Mais je peux peut-être vous recommander un endroit. Au Farmer's Market, il y a un truc qui s'appelle Bob's Coffee and Doughnuts. C'est un peu loin pour vous, mais le café et les doughnuts valent le détour.

Le chef hocha la tête d'un air pensif.

– J'y songerai. Bon, et maintenant qu'attendez-vous de moi, inspecteur Bosch ?

Bosch se dit que le chef voulait qu'on en vienne aux choses sérieuses.

– Je veux faire ce qu'il faut dans cette affaire et pour ça, j'ai besoin d'avoir accès à Alicia Kent et à l'associé de son mari, un certain Kelber. Les fédéraux les détiennent tous les deux et j'ai l'impression que la chance que j'avais de les voir s'est évanouie il y a cinq heures de ça.

Après une pause, Bosch en était venu à la raison de cette rencontre imprévue.

– Voilà pourquoi je suis là, chef. J'ai besoin de les voir. Et je me suis dit que vous pourriez m'aider.

Le chef hocha la tête.

– En plus du poste que j'occupe dans la police, je fais aussi partie de la Joint Terrorism Task Force, dit-il. Je peux passer quelques coups de fil, foutre le bordel et vous obtenir gain de cause. Comme je vous l'ai déjà dit, l'unité du capitaine Hadley est déjà dans le coup et peut-être pourra-t-il vous ouvrir des portes. Ce n'est pas la première fois qu'on nous met à l'écart dans ce genre de situations. Oui, je peux soulever le problème et passer un coup de fil au directeur.

Bosch eut l'impression que le chef allait se battre pour lui.

– Inspecteur, savez-vous ce qu'est le reflux chyleux ?

– Le reflux… chyleux ?

– C'est une maladie qui vous fait remonter la bile dans la gorge. Ça brûle fort, inspecteur.

– Ah.

– Ce que je suis en train de vous dire, c'est que, si je fais tout ça et que je vous obtiens l'accès à ces personnes, je ne veux pas de reflux. Vous comprenez ?

– Je comprends.

Le chef s'essuya à nouveau la bouche et posa sa serviette sur son sac déchiré. Puis il froissa le tout en boule en prenant garde à ne pas renverser du sucre glace sur son costume noir.

– Je vais passer ces coups de fil, mais ça va être dur. Vous ne voyez pas le côté politique de tout ça, hein, Bosch ?

Celui-ci le regarda.

– Vous dites ?

– Le tableau d'ensemble, inspecteur. Vous, vous n'y voyez qu'une enquête pour homicide. En fait, il y a bien plus que ça. Il faut comprendre que ça servirait bien le gouvernement fédéral que cette affaire du belvédère fasse partie d'un complot terroriste. Une menace avérée sur notre territoire ferait beaucoup pour détourner l'attention du public et atténuer la pression dans d'autres domaines. La guerre part en couilles, l'élection a été un désastre. Il y a la question du Moyen-Orient, le prix de l'essence et les sondages défavorables au président qui s'en va. La liste est interminable et ce serait une bonne occasion de se refaire. Une chance de rattraper des erreurs passées. Et de changer l'opinion.

Bosch hocha la tête.

– Êtes-vous en train de me dire qu'ils pourraient faire durer ? Voire… exagérer la menace ?

– Je ne vous dis rien du tout, inspecteur. J'essaie seulement de vous ouvrir les yeux. Dans une affaire de ce genre, il faut être conscient du paysage politique tout autour. Il n'est pas possible de foncer comme un éléphant dans un magasin de porcelaine… ce qui semble avoir été votre spécialité par le passé.

Bosch hocha la tête.

– Et il n'y a pas que ça. Il faut aussi prendre en compte la politique locale, enchaîna le chef. Il y a un type du conseil municipal qui m'attend au tournant.

C'était d'Irvin Irving qu'il parlait, l'homme qu'il avait fait virer du poste de grand patron qu'il avait occupé pendant des années. Irvin Irving avait brigué un siège au conseil municipal et gagné. C'était maintenant le critique le plus dur et du chef et de la police tout entière.

– Irving ? lança Bosch. Il n'a qu'une voix au conseil.

– Oui, mais il connaît des tas de secrets. C'est ce qui

lui a permis de se constituer une base politique solide. Il m'a envoyé un message après l'élection. En trois mots : «Comptez sur moi.» Ne transformez pas cette affaire en quelque chose dont il pourra se servir.

Il se leva, prêt à partir.

– Pensez-y et soyez prudent, reprit-il. Et n'oubliez pas : pas de reflux. Pas de retour de flamme.

Sur quoi il se tourna et fit signe à son chauffeur. Qui gagna la porte et l'ouvrit à l'homme dont il avait la charge.

13

Bosch garda le silence jusqu'à ce qu'ils sortent du parking. Il avait décidé qu'à cette heure-là l'Hollywood Freeway serait encombré par les navetteurs du matin et qu'il valait mieux prendre les voies de surface. Il pensait que passer par Sunset Boulevard serait le moyen le plus rapide de descendre en ville.

Ils n'avaient pas franchi trois carrefours lorsque Ferras demanda ce qui s'était passé à la boutique de dough-nuts.

– Ne t'inquiète pas, Ignacio. Nous avons toujours notre boulot.

– Bon, mais… qu'est-ce qui s'est passé ?

– Il m'a dit que tu avais raison. J'aurais dû respecter la voie hiérarchique. Mais il m'a aussi dit qu'il allait donner quelques coups de fil et essayer de nous ouvrir la voie avec les fédéraux.

– Et donc on attend de voir.

– Voilà, on verra.

Ils roulèrent en silence pendant un moment, jusqu'à ce que Bosch revienne sur l'idée que son coéquipier avait eue de demander une autre affectation.

– Tu es toujours décidé à parler au lieutenant ? s'enquit-il.

Ferras marqua une pause avant de répondre. La question le mettait mal à l'aise.

– Je ne sais pas, Harry. Je pense toujours que ce serait le mieux. Pour nous deux. Peut-être que tu travailles mieux avec les femmes.

Bosch en rit presque. Ferras ne connaissait pas Kiz Rider, sa dernière coéquipière. Elle ne marchait jamais juste pour être en bons termes avec Harry. Comme Ferras, elle râlait chaque fois qu'il lui jouait le coup du chien alpha. Il s'apprêtait à remettre les pendules à l'heure avec Ferras lorsque, son portable se mettant à bourdonner, il le sortit de sa poche. C'était le lieutenant Gandle.

– Harry, où êtes-vous ?

La voix était plus forte et le ton plus pressant que d'habitude. Il était tout excité par quelque chose et Bosch se demanda s'il n'était pas déjà au courant de l'épisode Donut Hole. Le chef l'avait-il trahi ?

– Je suis à Sunset. On arrive.

– Avez-vous dépassé Silver Lake ?

– Non, pas encore.

– Bien. Prenez cette direction-là. Allez au centre de loisirs, au pied du réservoir.

– Qu'est-ce qui se passe, lieutenant ?

– On a retrouvé la voiture des Kent. Hadley et son équipe y installent déjà le poste de commandement. Ils exigent la présence des enquêteurs.

– Hadley ? Pourquoi y est-il ? Et pourquoi y a-t-il un poste de commandement ?

– C'est son bureau qui a eu le tuyau et ils ont vérifié avant de nous faire signe. La voiture est garée devant la maison d'un type intéressant. Ils veulent que vous veniez.

– Un type intéressant ? Ça veut dire quoi ?

– Que la maison est le lieu de résidence d'un type auquel s'intéresse l'antenne. On le soupçonne de sym-

166

pathie avec les terroristes. Je n'ai pas tous les détails.
Allez-y, Harry.

– D'accord. On y va.

– Appelez-moi pour me faire savoir ce qui se passe. Si
vous avez besoin que je vienne, il y aura juste à le dire.

Naturellement, Gandle n'avait pas vraiment envie de
quitter son bureau pour se rendre sur place. Cela l'aurait
mis en retard dans son travail quotidien de gestion et
de paperasse. Bosch referma son téléphone et tenta
d'accélérer, mais la circulation était trop intense pour
qu'il avance beaucoup. Il mit Ferras au courant du peu
que lui avait appris le coup de fil.

– Et le FBI ? demanda celui-ci.

– Quoi, le FBI ?

– Ils savent ?

– Je n'ai pas demandé.

– Et la réunion de dix heures ?

– On s'en souciera quand ce sera l'heure.

Dix minutes plus tard ils arrivaient enfin à Silver Lake
Boulevard, où Bosch prit vers le nord. Cette partie-là
de la ville tirait son nom du réservoir de Silver Lake sis
au beau milieu d'un quartier essentiellement de classes
moyennes et fait de bungalows et de maisons construites
après la Seconde Guerre mondiale et offrant une belle
vue sur le lac artificiel.

En approchant du centre de loisirs, Bosch remarqua
deux SUV d'un noir étincelant, dans lesquels il reconnut
les véhicules types de l'antenne. Il semblait bien, il
s'en fit la réflexion, qu'il n'y ait jamais beaucoup de
difficultés à obtenir de quoi financer une unité censée
traquer les terroristes. Il y avait aussi deux voitures de
patrouille et un camion d'éboueurs de la ville. Bosch
se gara derrière une des voitures de patrouille et descendit du véhicule avec Ferras.

Il tomba sur un groupe de dix hommes en tenue de combat noire (elle aussi la marque distinctive de l'antenne) rassemblés autour du hayon élévateur arrière d'un des SUV. Bosch s'approcha d'eux, Ferras en retrait de quelques pas. Leur présence ayant été remarquée aussitôt, le groupe s'écarta, laissant apparaître le capitaine Don Hadley assis sur le hayon. Bosch ne l'avait jamais rencontré, mais l'avait vu assez souvent à la télévision. Imposant, il avait le visage écarlate et des cheveux blond-roux. Âgé d'environ quarante ans, il donnait l'impression d'en avoir passé la moitié à s'entraîner au gymnase. Son teint rougeaud lui conférait l'air de quelqu'un qui s'est trop dépensé ou qui retient son souffle.

– Bosch ? lança-t-il. Ferras ?

– Bosch, c'est moi. Voici Ferras.

– C'est super de vous voir, les mecs. Je crois qu'on va vous boucler l'affaire en un rien de temps. Nous attendons seulement qu'un de nos gars nous apporte le mandat pour y aller, dit-il en se levant et faisant signe à un de ses hommes.

Il respirait la confiance en lui lorsqu'il se tourna vers Bosch et Ferras.

– Venez avec moi, les gars, reprit-il.

Il se détacha du groupe, Bosch et Ferras sur les talons. Il les conduisit jusqu'à l'arrière de la voiture-poubelle de façon à pouvoir leur parler loin des autres. Et prit la pose commandant en mettant son pied sur l'arrière du camion et appuyant son coude sur son genou. Bosch remarqua qu'il portait son arme de poing dans un holster de jambe attaché à sa cuisse droite. Comme un porte-flingue du Far West, sauf que c'était un semi-automatique qu'il arborait. Il mâchait du chewing-gum et ne s'en cachait pas.

Bosch avait entendu beaucoup d'histoires sur lui et eut l'impression d'être à deux doigts de devenir un des personnages de la suivante.

– Bon, les gars, reprit Hadley, je voulais que vous soyez là pour ce truc.

– Ce truc étant quoi exactement, capitaine ? lui demanda Bosch.

Hadley tapa une fois dans ses mains avant de répondre :

– Nous avons repéré votre Chrysler 300 à deux carrefours d'ici, dans une rue en bordure du réservoir. Les plaques correspondent à celles de l'avis de recherche et j'ai vérifié moi-même : c'est bien le véhicule en question.

Bosch hocha la tête. Cette partie-là était plutôt bonne. Mais… et le reste ?

– Le véhicule est garé devant une maison possédée par un certain Ramin Samir, enchaîna Hadley. C'est un type qu'on tient à l'œil depuis quelques années. Bref, un mec super- intéressant, pourrait-on dire.

Le nom dit quelque chose à Bosch, mais celui-ci eut du mal à le situer au début.

– Pourquoi est-il « intéressant », capitaine ? demanda-t-il.

– M. Samir est un sympathisant reconnu de plusieurs organisations religieuses qui en veulent aux Américains et à nos intérêts. Pire encore, il enseigne aux jeunes à haïr leur pays.

Ce dernier renseignement lui rappelant quelque chose, Bosch remit enfin le bonhomme.

Il ne se souvenait plus de quel pays du Moyen-Orient venait Ramin Samir, mais il se rappela que celui-ci avait été professeur de relations internationales associé à USC et qu'il s'y était fait largement remarquer pour avoir exprimé des sentiments anti-américains aussi bien dans sa classe que dans la presse.

Il avait ainsi fait des vaguelettes dans les médias avant les attaques du 11 septembre. Plus tard, ces vaguelettes avaient grossi. Il avait alors ouvertement postulé que ces attaques étaient justifiées à cause des intrusions et agressions américaines dans le monde entier. Avec toute l'attention que cela lui avait valu, il avait réussi à se transformer en une manière de consultant à qui l'on s'adresse automatiquement pour avoir une citation ou une réaction anti-américaine toujours prête. Il dénigrait la politique US vis-à-vis d'Israël, avait élevé des objections contre l'intervention militaire en Afghanistan et déclaré que la guerre d'Irak se résumait à une histoire de pétrole sur lequel faire main basse.

Son rôle d'agent provocateur avait beaucoup servi pendant les quelques années où on l'avait invité dans des émissions-débats organisées par des chaînes câblées, celles où tout le monde a tendance à hurler à la figure du voisin. Parfait repoussoir pour les gens de gauche et de droite, Ramin Samir était toujours prêt à se lever à quatre heures pour qu'on le voie en direct sur la côte Est le dimanche matin.

En attendant, il se servait de cette tribune et de sa célébrité pour aider à la création et au financement d'organismes qui, dans les facs et ailleurs, avaient vite été accusés par les groupes d'intérêts conservateurs et dans les enquêtes des journaux d'avoir, même d'une manière seulement tangentielle, des liens avec des groupes terroristes inféodés au jihad anti-américain. Certains laissaient même entendre que ces liens allaient jusqu'au grand maître de la terreur, Oussama Ben Laden. Cela dit, si l'on avait souvent enquêté sur lui, jamais Ramin Samir n'avait été accusé du moindre crime. Il n'empêche : USC l'avait viré pour une formalité – il n'avait pas précisé qu'il ne faisait qu'exprimer ses propres opinions et que ce n'étaient pas celles de la fac le jour où il avait écrit pour le *Los Angeles Times* un édito dans lequel il insinuait que la guerre en Irak était un génocide de musulmans planifié par les Américains.

Mais son quart d'heure de célébrité avait pris fin. Les médias n'avaient un jour plus vu en lui qu'un provocateur narcissique qui se répandait plus en déclarations extravagantes pour attirer l'attention qu'il n'analysait sérieusement les problèmes d'actualité. N'avait-il pas ainsi intitulé une de ses organisations l'« YMCA » – soit la Young Muslim Cause in America – dans le seul but de pousser cet organisme de jeunesse à l'acronyme connu du monde entier à lui intenter un procès qui le ferait mousser ?

Ainsi l'étoile de Samir avait-elle fini par se ternir et disparaître aux yeux du public. Bosch ne se rappelait même plus la dernière fois où il l'avait vu à la télé ou lu quelque chose sur lui dans les journaux. Toute rhétorique enflammée mise de côté, que Samir n'ait jamais été accusé du moindre crime à une époque où les États-Unis tremblaient de peur devant l'inconnu et criaient vengeance lui disait qu'il n'y avait rien dans cette histoire. S'il y avait eu du feu derrière la fumée, Ramin Samir aurait été en prison ou derrière des barbelés à Guantanamo. Mais c'était ici, à Silver Lake, qu'il était. Les assertions du capitaine Hadley laissaient Bosch passablement sceptique.

– Je me souviens de ce type, dit-il. C'était rien qu'un causeur, capitaine. Il n'y a jamais eu de lien solide entre lui et…

Hadley leva un doigt en l'air, tel le prof qui exige le silence.

– De lien solide avéré, précisa-t-il. Mais ça ne veut rien dire. Ce mec collecte des fonds pour le jihad palestinien et d'autres causes musulmanes.

171

– Le jihad palestinien ? répéta Bosch. Qu'est-ce que c'est que ça ? Et de quelles causes musulmanes parlez-vous ? Êtes-vous en train de me dire qu'il ne pourrait pas y avoir de causes musulmanes légitimes ?

– Écoutez, tout ce que je dis, c'est que c'est un méchant et qu'il a une voiture dont on s'est servi pendant la perpétration d'un assassinat et d'un vol de zésium, voiture qui se trouve juste devant chez lui.

– De césium, le corrigea Ferras. C'est du césium qui a été volé.

Peu habitué à ce qu'on le reprenne, Hadley rétrécit les yeux et regarda longuement Ferras avant de parler.

– Comme vous voulez, dit-il. Que vous appeliez ce truc comme ci ou comme ça ne changera pas grand-chose s'il décide de le balancer dans le réservoir en face de chez lui ou s'il est en train d'en faire une bombe alors que nous, on attend toujours notre mandat.

– Le FBI n'a jamais parlé de menace par l'eau, dit Bosch.

Hadley hocha la tête.

– Aucune importance. En fin de compte, il y a menace. Et ça, je suis sûr que le FBI l'a dit. Bon, mais qu'il en parle, le FBI ! Nous, nous allons faire quelque chose.

Bosch recula pour essayer de mettre un peu d'air frais dans la discussion. Tout allait trop vite.

– Quoi ? Vous allez entrer ? demanda-t-il.

Hadley remuait puissamment les mâchoires en malaxant son chewing-gum. Il ne donnait pas l'impression de remarquer la forte odeur d'ordures qui montait de l'arrière du camion.

– Et comment qu'on va entrer ! Dès que le mandat arrive…

– Vous avez obtenu qu'un juge vous signe un mandat

fondé sur une histoire de voiture volée garée devant cette maison ?

Hadley fit signe à un de ses hommes.

– Perez, dit-il, apportez les sacs.

Puis il se tourna vers Bosch et ajouta :

– Non, on n'a pas que ça. Aujourd'hui, c'est jour des poubelles, inspecteur. J'ai envoyé le camion des éboueurs dans la rue et quelques-uns de mes gars ont vidé les deux poubelles devant la maison de Samir. Parfaitement légal, comme vous le savez. Et regardez un peu ce qu'on a trouvé.

Perez se dépêcha d'apporter les sacs à scellés en plastique et les tendit à Hadley.

– Capitaine, dit-il, j'ai vérifié avec le poste d'observation. Tout est toujours calme.

– Merci, Perez.

Hadley prit les sacs et se tourna vers Bosch et Ferras. Perez regagna le SUV.

– En guise de poste d'observation, on a un type dans un arbre, continua Hadley avec un sourire. Il nous fera savoir s'il y a du mouvement avant que nous ne soyons prêts.

Il tendit les sacs à Bosch. Deux d'entre eux contenaient des cagoules en laine noire. Dans le troisième se trouvait un bout de papier sur lequel on avait tracé un plan à la main. Bosch l'examina de près. On y voyait une série de hachures, deux d'entre elles signalant Arrowhead Drive et Mulholland. Dès qu'il le vit, il comprit que le plan montrait assez précisément le quartier où avait vécu et péri Stanley Kent.

Il rendit les sacs à Hadley en hochant la tête.

– Capitaine, dit-il, je crois que vous devriez attendre un peu.

Choqué par cette idée, Hadley le regarda.

– Attendre ? répéta-t-il. Il n'en est pas question. Si ce type et ses copains contaminent le réservoir avec ce poison, vous croyez que les habitants de cette ville vont accepter que nous ayons attendu pour être sûrs et certains d'avoir mis les points sur tous les *i* ? Non, non, on n'attend pas.

Et de souligner sa détermination en sortant son chewing-gum de sa bouche et le jetant à l'arrière du camion-benne. Après quoi il ôta son pied du pare-chocs et repartit vers son équipe, mais fit soudain demi-tour pour revenir droit sur Bosch.

– Pour moi, nous avons le chef d'une cellule terroriste qui opère dans cette maison et nous, nous allons y entrer et arrêter ça. Ça vous pose un problème, inspecteur Bosch ?

– Mon problème, c'est que c'est trop facile. Nous n'avons pas à mettre des points sur tous les *i*, parce que ça, les assassins s'en sont chargés. Ce crime a été très soigneusement préparé, capitaine. Ils n'auraient jamais laissé la voiture devant la maison ou mis ce truc dans les poubelles. Réfléchissez-y.

Bosch attendit et regarda Hadley y penser quelques instants. Et hocher la tête.

– Il est possible que la voiture n'ait pas été laissée ici, dit-il. Peut-être comptent-ils s'en servir pour la livraison. Il y a beaucoup de variables dans cette affaire, inspecteur Bosch. Beaucoup de choses que nous ignorons. Donc, nous entrons toujours. Nous avons tout expliqué au juge et il a reconnu que nous avions bien une raison plausible d'agir. Et moi, ça me suffit. On a un mandat pour entrer sans frapper qui arrive et on va s'en servir.

Bosch refusa d'abandonner.

– D'où vous est venu ce tuyau, capitaine ? Comment avez-vous retrouvé la voiture ?

Hadley recommença à faire marcher ses mâchoires, puis se rappela qu'il avait jeté son chewing-gum.

– Par une de mes sources, dit-il. Ça fait presque quatre ans que nous mettons sur pied un réseau de renseignements dans cette ville et aujourd'hui ça paie enfin.

– Êtes-vous en train de me dire que vous connaissez l'identité de cette source ou que le renseignement vous est arrivé de façon anonyme ?

Il agita les mains d'un geste dédaigneux.

– Aucune importance, répondit-il. L'info était bonne. C'est la voiture. Aucun doute là-dessus.

Il pointa le doigt dans la direction du réservoir. Il avait évité la question, Bosch comprit que le tuyau était anonyme, le signe même du coup monté.

– Capitaine, dit-il, je vous conseille vivement d'arrêter. Il y a quelque chose qui ne va pas dans cette histoire. C'est trop simple et le plan ne l'était pas du tout. On nous envoie dans une mauvaise direction et il faut que nous…

– Il n'est pas question d'arrêter, inspecteur. Il pourrait y avoir des vies en jeu.

Bosch hocha la tête. Il n'arriverait pas à se faire entendre. L'homme se sentait à deux doigts d'une espèce de victoire qui allait racheter toutes les erreurs qu'il avait commises.

– Où est le FBI ? demanda Bosch. Ils ne devraient pas être…

– On n'a pas besoin d'eux, répondit Hadley en se mettant encore une fois devant lui. On a l'entraînement, l'équipement et le savoir-faire. Et, en plus, on a les couilles. Bref, pour une fois on va s'occuper de ce qu'on a chez nous tout seuls comme des grands.

Il montra le sol comme si l'endroit où il se tenait était le dernier champ de bataille entre le FBI et le LAPD.

– Et le grand patron ? lança Bosch. Il est au courant ? Je viens juste de…

Il s'arrêta en se rappelant l'ordre qu'il avait reçu de tenir secrète la rencontre qu'ils avaient eue au Donut Hole.

– Vous venez juste de quoi ? lui demanda Hadley.

– Je veux seulement savoir s'il est au courant et s'il approuve.

– Le chef m'a donné tout pouvoir pour diriger mon unité. Vous l'appelez chaque fois que vous allez arrêter quelqu'un ?

Sur quoi il se retourna et rejoignit ses hommes d'un pas impérieux en laissant Bosch et Ferras le regarder partir.

– Holà, dit Ferras.

– Ouais, dit Bosch.

Bosch s'écarta de l'arrière du camion-benne qui puait et sortit son portable de sa poche. Fit défiler les noms entrés dans son répertoire jusqu'à celui de Rachel Walling. Il venait juste d'appuyer sur le bouton d'appel lorsque Hadley se pointa à nouveau sous son nez. Bosch ne l'avait pas entendu arriver.

– Inspecteur ! Qui appelez-vous ?

Bosch n'hésita pas :

– Mon lieutenant. Il m'a demandé de le mettre au courant dès que nous arriverions.

– Je ne veux aucune transmission radio ou cellulaire. Ils pourraient nous surveiller.

– Qui ça, « ils » ?

– Donnez-moi ce téléphone.

– Pardon ?

– Donnez-moi ce téléphone ou je le fais saisir. Il n'est pas question de compromettre cette opération.

Bosch ferma l'appareil sans mettre fin à l'appel. S'il

avait de la chance, Walling avait peut-être déjà décroché et entendu. Et deviné ce qui se passait et compris l'avertissement. Peut-être même le Bureau serait-il en mesure de trianguler la transmission cellulaire et d'arriver à Silver Lake avant que tout ne tourne à la catastrophe.

Il tendit le téléphone à Hadley, qui se tourna vers Ferras.

– Votre téléphone, inspecteur.

– Chef, ma femme est enceinte de huit mois et j'ai besoin…

– Votre téléphone, inspecteur. Ou vous êtes avec nous, ou vous êtes contre nous.

Hadley tendant la main, Ferras décrocha son téléphone de sa ceinture à contrecœur et le lui donna.

Le pas martial, Hadley rejoignit un des SUV, en ouvrit la portière passager et y rangea les deux téléphones dans la boîte à gants. Qu'il referma avec autorité avant de regarder Bosch et Ferras en face comme s'il les mettait au défi d'essayer de les récupérer.

C'est alors que son attention fut distraite par un troisième SUV qui entrait dans le parking. Les deux pouces levés, le chauffeur lui fit signe que tout allait bien, Hadley levant aussitôt un doigt en l'air et le faisant tourner.

– Attention, tout le monde ! lança-t-il. Nous avons le mandat et vous connaissez le plan. Perez, vous m'appelez la couverture aérienne, qu'on surveille tout ça d'en haut. Et vous autres, les guerriers, en selle ! On entre !

Bosch regarda avec une inquiétude grandissante les membres de l'antenne armer leurs flingues et mettre leurs casques à visière. Deux d'entre eux, qu'on avait qualifiés d'équipe de protection anti-radiations, commencèrent à enfiler leurs tenues d'astronautes.

– C'est complètement dingue, murmura Ferras.
– L'ennemi ne fait pas de surf, lui renvoya Bosch [1].
– Quoi ?
– Rien. C'était avant ton époque.

---

1. Allusion à la phrase *« Charlie don't surf »*, extraite du film *Apocalypse Now* (1979) et reprise par les Clash en 1980 *(NdT)*.

14

L'hélico vire au-dessus d'une plantation d'hévéas de quinze hectares et se pose dans la zone d'atterrissage avec l'ultime secousse qui comprime la colonne vertébrale. Harakiri Bosch, Bunk Simmons, Ted Furness et Gabe Finley roulent dans la boue, et le capitaine est là à les attendre en tenant fermement son casque sur sa tête pour ne pas qu'il s'envole dans les remous des rotors. L'appareil a du mal à sortir ses patins d'atterrissage de la boue – c'est la première fois depuis six jours qu'il ne pleut pas – avant de redécoller pour suivre la ligne du canal d'irrigation qui le ramènera au QG du 3e corps.

– Venez avec moi, les gars !, lance Gillette.

Bosch et Simmons sont là depuis assez longtemps pour avoir des surnoms [1], mais Furness et Finley débarquent à peine et, n'ayant eu droit qu'à un entraînement sur le tas, ont une trouille à chier. Ce sera leur premier parachutage et rien de ce qu'on enseigne à l'école des tunnels de San Diego ne peut vraiment préparer à ce que l'on voit, entend et sent dans la réalité.

Le capitaine les conduit à une table de jeu installée dans la tente de commandement et leur dévoile son plan. Première tentative destinée à s'assurer le contrôle

---

1. Soit « Dodo » Simmons *(NdT)*.

du village au-dessus, le réseau étendu de tunnels sous Ben Cat doit être pris. En lançant des attaques subreptices à l'intérieur du camp, les sapeurs et autres soldats ennemis ont fait des victimes dont le nombre ne cesse d'augmenter. Le capitaine leur explique qu'il se fait botter le cul, et tous les jours, par le commandement du 3e corps. Pas une fois il ne mentionne que tous les morts et tous les blessés qu'il perd l'inquiètent. Ceux-là sont remplaçables, au contraire de ses bonnes grâces auprès du colonel du 3e corps.

Il s'agit d'une simple opération d'étouffement. Le capitaine leur déroule une carte dessinée avec l'aide des villageois qui sont descendus dans les tunnels. Il leur montre quatre trous d'araignée différents et leur dit que les quatre rats de tunnels y descendront au même moment, forçant ainsi les Vietcongs qui s'y trouvent à remonter vers un cinquième orifice où les guerriers de la force Éclair des Tropiques les attendront pour les massacrer. Bosch et ses compagnons rats de tunnels doivent déposer des charges explosives au fur et à mesure de leur progression, l'opération s'achevant sur l'implosion de tout le réseau de tunnels.

Le plan semble assez simple jusqu'au moment où ils s'enfoncent effectivement dans les ténèbres et s'aperçoivent que le labyrinthe ne correspond pas au plan qu'ils ont étudié sur la table montée sous la tente. Sur les quatre rats qui descendent dans les tunnels, un seul en ressortira vivant. Et la force Éclair des Tropiques ne massacrera strictement personne ce jour-là. C'est même, oui, ce jour-là que Bosch comprendra que la guerre est perdue – pour lui en tout cas. Qu'il comprendra aussi que c'est à un ennemi qui se trouve en eux que les hommes du rang livrent souvent combat.

Assis sur la banquette arrière, Bosch et Ferras roulaient dans le SUV du capitaine Hadley. Perez avait pris le volant, Hadley s'étant installé sur le siège passager, un casque radio sur la tête afin de pouvoir diriger l'opération. Le haut-parleur du véhicule était monté à fond et calé sur une fréquence d'opération que l'on ne trouverait dans aucun répertoire.

Ils étaient en première position dans la file de SUV noirs. En arrivant à une rue de la maison cible, Perez freina afin de laisser passer les deux autres véhicules, comme convenu.

Bosch se pencha en avant entre les deux sièges de façon à mieux voir à travers le pare-brise. Quatre hommes se tenaient debout sur les marchepieds de chaque côté des SUV. Qui prirent de la vitesse, puis obliquèrent violemment vers la maison de Samir. Un des SUV s'engagea dans l'allée qui longeait le petit bungalow de style Craftsman pour gagner la cour de derrière, un autre montant sur le trottoir et traversant la pelouse de devant. Un des hommes de l'antenne perdit prise quand le lourd véhicule monta sur le trottoir et alla rouler dans l'herbe.

Les autres bondirent des marchepieds et se ruèrent sur la porte d'entrée. Bosch se dit que la même chose devait se produire à celle de derrière. Il n'approuvait pas le plan, mais dut reconnaître sa précision. Il y eut une forte déflagration lorsque la porte de devant fut emportée par l'engin explosif. Une autre la suivit presque aussitôt à l'arrière de la maison.

– Bon, on s'approche ! lança Hadley à Perez.

Ils avançaient doucement lorsque les premiers rapports se firent entendre à l'intérieur de la maison.

– On est entrés !

– On est derrière !

– Vestibule RAS ! On…

La voix fut couverte par le bruit d'une rafale d'automatique.

– Coups de feu !

– On a…

– Coups de feu !

Bosch entendit d'autres rafales, mais pas par la radio. Les coups de feu étaient maintenant assez proches pour qu'il les entende en direct. Perez s'arrêta, mit en prise, le véhicule se trouvant en travers de la chaussée devant la maison. Les quatre portières s'ouvrirent en même temps, tandis que tous sautaient dehors et laissaient la voiture ouverte, la radio à fond.

– Tout est dégagé ! Tout est dégagé !

– Un suspect à terre. Avons besoin soins médicaux pour suspect à terre. Besoin soins médicaux !

Tout s'était achevé en moins de vingt secondes.

Ferras à sa gauche, Bosch traversa la pelouse en courant derrière Perez et Hadley. Ils entrèrent par la porte de devant, l'arme levée. Et se trouvèrent aussitôt devant un des hommes d'Hadley. Au-dessus de la poche droite de sa chemise de treillis on pouvait lire le nom « Peck ».

– RAS ! RAS !

Bosch baissa son arme le long de sa jambe, mais ne la remit pas dans son holster. Et regarda autour de lui. Il se trouvait dans une salle de séjour meublée avec parcimonie. Un homme en qui il reconnut Samir était allongé par terre sur le dos, du sang coulant de deux blessures qu'il avait reçues à la poitrine et imprégnant son peignoir couleur crème avant de se répandre par terre, sur un des tapis. Menottée dans le dos, une jeune femme dans un peignoir identique gémissait à côté de lui, face contre terre.

Bosch vit un revolver sur le plancher, près du tiroir

ouvert d'un petit meuble sur lequel brûlaient des cierges. L'arme se trouvait à environ cinquante centimètres de l'endroit où Samir était étendu.

– Il a voulu prendre son flingue et nous l'avons abattu, dit Peck.

Bosch baissa les yeux sur Samir. Celui-ci avait perdu conscience et sa poitrine se soulevait et s'abaissait irrégulièrement.

– Il commence à partir par la bonde, dit Hadley. Qu'est-ce qu'on a trouvé ?

– Rien pour l'instant, répondit Peck. Ils apportent le matériel.

– Bien, allons vérifier la voiture. Et virez-moi cette femme de là.

Deux hommes de l'antenne soulevaient déjà la femme qui pleurait et la sortaient de la pièce comme on transporte un bélier lorsque Hadley quitta la maison pour gagner le trottoir le long duquel était garée la Chrysler 300. Bosch et Ferras le suivirent.

Ils jetèrent un coup d'œil à l'intérieur de la voiture, mais sans la toucher. Bosch remarqua qu'elle n'était pas fermée à clé. Il se pencha pour regarder par la vitre côté passager.

– Les clés sont dedans, dit-il.

Il prit une paire de gants en latex dans sa poche de veste et les étira avant de les enfiler.

– Commençons par passer ça au compteur, dit Hadley.

Il fit signe de venir à l'un de ses hommes qui en portait un. L'homme le passa au-dessus de la voiture et n'eut droit qu'à quelques faibles bips au niveau du coffre.

– Il pourrait y avoir quelque chose ici même, dit Hadley.

– J'en doute, lui renvoya Bosch. L'engin n'est pas là.

Il ouvrit la portière côté conducteur et se pencha en avant.

– Bosch, attendez…

Bosch appuya sur le bouton d'ouverture du coffre avant qu'Hadley puisse finir sa phrase, entendit le bruit mouillé du déclencheur et le coffre s'ouvrit. Il ressortit de l'habitacle et gagna l'arrière de la voiture. Le coffre était vide, mais il y repéra les quatre marques qu'il avait vues plus tôt dans le coffre de la Porsche de Stanley Kent.

– Ça n'y est plus, dit Hadley en regardant dans le coffre. Ils ont déjà dû effectuer le transfert.

– Oui, et bien avant qu'on ait amené la voiture ici, lui renvoya Bosch en le regardant droit dans les yeux. On vous a égaré, capitaine. Je vous l'avais dit.

Hadley s'approcha de Bosch de façon à pouvoir lui parler sans que l'équipe l'entende. Mais fut arrêté par Peck.

– Capitaine ?

– Oui, quoi ? aboya Hadley.

– Le suspect est passé en code 7.

– Renvoyez l'ambulance et appelez le coroner.

– Oui, chef. RAS dans la maison. Aucun matériau radioactif et les compteurs ne détectent rien.

Hadley jeta un coup d'œil à Bosch et se retourna vite vers Peck.

– Dites-leur de tout revérifier. Cet enfoiré a cherché son arme. Il devait cacher quelque chose. Foutez-moi tout en l'air si c'est nécessaire. Surtout cette pièce… elle a tout du lieu de rendez-vous pour terroristes.

– C'est une salle de prière, dit Bosch. Et peut-être que le bonhomme a cherché son arme parce qu'il a eu la trouille de sa vie quand vos gars ont défoncé les portes pour entrer.

Peck n'avait pas bougé. Il écoutait Bosch.

– Allez ! lui ordonna Hadley. Défoncez-moi tout là-dedans. Le matériau était dans un conteneur en plomb. C'est pas parce que le compteur ne dit rien qu'il n'y est pas !

Peck se dépêcha de regagner la maison, Hadley se tournant aussitôt pour dévisager Bosch.

– Il faut que la Scientifique examine la voiture, reprit celui-ci. Et j'ai pas de portable pour les appeler.

– Allez le chercher et passez l'appel.

Bosch regagna le SUV. Il regarda la femme qu'on avait mise à l'arrière du SUV garé sur la pelouse. Elle pleurait encore, il se dit que ses larmes n'étaient pas près de cesser. Elle pleurait Samir et plus tard pleurerait sur son sort.

Il était encore penché dans l'habitacle du SUV d'Hadley lorsqu'il se rendit compte que le moteur était toujours en marche. Il l'arrêta, ouvrit la boîte à gants et en sortit les deux portables. Il ouvrit le sien pour voir si l'appel à Rachel était toujours connecté. Il ne l'était plus et Bosch n'aurait pu dire s'il était passé ou pas.

Il se détournait de la portière lorsqu'il tomba sur Hadley. Ils étaient loin des autres, personne ne pouvait les entendre.

– Bosch, si vous créez des problèmes à cette unité, je vous en créerai, moi aussi. Vous comprenez ?

Bosch l'étudia un instant avant de répondre.

– Bien sûr, capitaine. Je suis content que vous pensiez à votre unité.

– J'ai des relations en haut lieu et pas que dans la police. Je peux vous causer de graves ennuis.

– Merci du conseil.

Bosch commença à s'écarter de lui, puis s'arrêta. Il avait envie de dire quelque chose, mais il hésita.

– Quoi ? lui lança Hadley. Dites…

– Je pensais juste à un capitaine pour lequel j'ai travaillé un jour. C'était il y a longtemps et dans d'autres lieux. Il n'arrêtait pas de prendre les mauvaises décisions et ses conneries n'arrêtaient pas d'entraîner des pertes en vies humaines. À des gens bien. Il fallait donc que ça s'arrête. Ce capitaine a fini par se faire buter dans les latrines par deux de ses hommes. La rumeur veut qu'on n'ait jamais réussi à séparer ses couilles de la merde.

Il s'éloignait, mais Hadley le retint.

– Et ça voudrait dire quoi ? C'est une menace ?

– Non, juste une histoire.

– Et vous me dites que le type de cette baraque était un mec bien ? Que je vous dise un truc… c'est des mecs comme ça qui se sont levés pour applaudir et pousser des hourras quand les avions se sont encastrés dans les tours.

– Je ne sais pas le genre de mec que c'était, capitaine, lui renvoya Bosch en continuant de marcher. Je sais seulement qu'il ne faisait pas partie de cette affaire et qu'il a été piégé, tout comme vous. Si vous arrivez à savoir qui vous a rencardé sur la voiture, tenez-moi au courant. Ça pourrait nous aider.

Bosch rejoignit Ferras et lui rendit son portable. Et lui dit de rester sur place pour superviser l'examen de la Chrysler.

– Où vas-tu, Harry ? lui demanda Ferras.

– Je descends en ville.

– Et la réunion avec le Bureau ?

Bosch ne consulta même pas sa montre.

– On l'a loupée. Appelle-moi si la Scientifique découvre quelque chose.

Bosch le laissa et commença à descendre vers le centre de loisirs où la voiture était garée.

– Bosch ! cria Hadley. Où allez-vous ? Vous n'avez pas fini votre travail ici.

Bosch lui adressa un geste de la main sans se retourner. Et continua de marcher. Il était à mi-chemin du centre de loisirs lorsque le premier camion de la télé le croisa pour gagner la maison de Samir.

15

Bosch espérait arriver au bâtiment fédéral du centre-ville avant que la nouvelle du raid lancé sur la maison de Ramin Samir ne soit connue. Il avait essayé d'appeler Rachel Walling, mais n'avait pas obtenu de réponse. Il savait qu'elle était peut-être à la Tactical Intelligence, mais ignorait où ça se trouvait. Il ne connaissait que l'adresse du bâtiment fédéral et comptait beaucoup que, vu sa taille et son importance grandissante, l'enquête soit dirigée du bâtiment central plutôt que de l'annexe secrète.

Il entra par la porte des forces de l'ordre et informa l'US marshal qui vérifiait son identité qu'il montait au bureau du FBI. Il prit l'ascenseur jusqu'au quatorzième et y fut accueilli par Brenner dès que les portes s'ouvrirent. La nouvelle de son arrivée dans le bâtiment avait manifestement remonté tous les étages.

– Je croyais que vous aviez reçu le message, lui dit Brenner.

– Quel message ?

– Que la conférence de mise au point était annulée.

– Ce message, j'aurais dû le recevoir dès que vous vous êtes pointés. Vous n'avez jamais eu l'intention de tenir cette conférence, n'est-ce pas ?

Brenner ignora sa question.

– Bosch, dit-il, qu'est-ce que vous voulez ?

– Je veux voir l'agent Walling.

– Je suis son coéquipier. Tout ce que vous voulez lui dire, vous pouvez me le dire.

– Non, à elle seulement. Je veux lui parler.

Brenner l'étudia un moment.

– Bon, venez avec moi, dit-il enfin.

Et il n'attendit pas la réponse. Il se servit d'une carte d'identité clip pour ouvrir une porte et Bosch le suivit. Ils descendirent ensuite un long couloir, Brenner lui jetant des questions par-dessus son épaule tout en marchant.

– Où est votre coéquipier ? demanda-t-il.

– Il est revenu à la scène de crime.

Ce n'était pas un mensonge. Bosch avait seulement négligé de lui préciser de quelle scène de crime il s'agissait.

– En plus, ajouta-t-il, je me suis dit que ça serait plus sûr pour lui. Je n'ai aucune envie que vos gars le pressurent pour m'atteindre.

Brenner s'arrêta brusquement, pivota sec et se retrouva nez à nez avec Bosch.

– Vous savez ce que vous êtes en train de faire, Bosch ? Vous êtes en train de compromettre une enquête qui pourrait avoir de graves répercussions. Où est le témoin ?

Bosch haussa les épaules comme si la réponse était évidente.

– Où est Alicia Kent ?

Brenner hocha la tête, mais ne répondit pas.

– Attendez ici, dit Brenner. Je vais aller chercher l'agent Walling.

Brenner ouvrit une porte marquée du nombre 1411 et recula pour laisser passer Bosch. Celui-ci s'aperçut qu'il s'agissait d'une petite salle d'interrogatoire sans fenêtres et semblable à celle où il avait passé du temps avec Jesse Mitford dans la nuit. Il y fut soudain poussé dans le dos et se retourna juste à temps pour voir Brenner en refermer la porte.

– Hé, mais !

Il se rua sur le bouton de porte, mais trop tard : la porte était déjà fermée de l'extérieur. Il frappa deux fois dessus, mais comprit tout de suite que Brenner n'allait pas lui ouvrir. Il se détourna et regarda l'espace minuscule dans lequel on l'avait confiné. Semblable à toutes celles du LAPD, la pièce ne contenait que trois meubles : une petite table carrée et deux chaises. Il se dit qu'il devait y avoir une caméra quelque part et fit un doigt d'honneur. Et tourna son doigt pour souligner le message.

Puis il tira une des chaises et s'assit dessus à l'envers – il était prêt à attendre. Il sortit son portable et l'ouvrit. Il savait que, s'ils l'observaient, ils ne voudraient pas qu'il appelle quelqu'un et dise dans quelle situation il était – cela pourrait être gênant pour le Bureau. Mais en regardant l'écran, il s'aperçut qu'il n'y avait pas de signal. C'était une pièce sécurisée. Les signaux ne pouvaient ni y entrer ni en sortir. Ça, on peut faire confiance aux fédéraux, se dit-il. Ils pensent à tout.

Vingt longues minutes s'écoulèrent avant que la porte ne finisse par se rouvrir. Et Rachel Walling entra dans la pièce. Elle referma la porte, prit la chaise en face de Bosch et s'assit calmement.

– Désolé, Harry, j'étais à la Tactical.

– C'est quoi, ces merdes, Rachel ? Vous détenez des flics contre leur volonté maintenant ?

Elle parut surprise.

– Qu'est-ce que tu racontes ?

– Qu'est-ce que tu racontes ? répéta-t-il d'un ton moqueur. Ton coéquipier m'a enfermé ici.

– Ça n'était pas fermé quand je suis entrée. Essaie voir.

Il écarta ces conneries d'un geste de la main.

– Laisse tomber, dit-il. J'ai pas le temps de jouer à ces petits jeux. Où en est-on de l'enquête ?

Elle ourla les lèvres comme si elle cherchait à savoir quelle réponse lui donner.

– On en est que toi et ta police cavalez partout comme des voleurs dans une bijouterie et que vous cassez toutes les vitrines que vous avez sous le nez. On en est que vous êtes incapables de faire la différence entre le verre et les diamants.

Il hocha la tête.

– Donc tu es au courant pour Samir.

– Qui ne l'est pas ? C'est déjà sur « J'ai-raté-la-nouvelle ». Qu'est-ce qui s'est passé là-haut ?

– Une merde de première, voilà ce qui s'est passé là-haut. On nous a piégés. Et l'antenne avec.

– On dirait bien que quelqu'un l'a été, oui.

Il se pencha en travers de la table.

– Mais ça ne veut rien dire, Rachel. Les types qui ont lancé l'antenne sur Samir savaient qui c'était et qu'il ferait une cible facile. Ils ont laissé la voiture de Kent juste devant chez lui parce qu'ils savaient que nous finirions par faire du surplace.

– Ç'aurait aussi pu servir de revanche contre Samir.

– Ce qui veut dire ?

– Étant donné toutes les années qu'il a passées à attiser les flammes sur CNN, il n'est pas impossible qu'ils aient vu en lui quelqu'un qui nuisait à leur cause dans la mesure où il donnait un visage à l'ennemi et faisait monter la colère et la résolution de l'Amérique contre eux.

Bosch ne comprit pas.

– Je croyais que l'agitation était une de leurs armes, dit-il. Je croyais qu'ils l'adoraient, ce mec.

– Peut-être. C'est difficile à dire.

Bosch ne voyait pas bien où elle voulait en venir. Mais lorsqu'elle se pencha en travers de la table à son tour, il vit brusquement à quel point elle était en colère.

– Bon, parlons de toi et de la façon dont tu t'y prends pour tout foutre en l'air, et tout seul, depuis avant même qu'on ait trouvé la voiture, dit-elle.

– Qu'est-ce que tu racontes ? J'essaie de résoudre un homicide, moi. C'est mon…

– C'est ça. Tu essaies de résoudre un homicide au risque de mettre en danger toute la ville par ton insistance mesquine, égoïste et moralisatrice à…

– Oh, allons, Rachel ! Parce que pour toi je n'aurais même pas une petite idée de ce qui pourrait être en jeu dans cette histoire ?

Elle hocha la tête.

– Pas si tu nous empêches d'interroger un témoin clé. Tu ne vois donc pas ce que tu es en train de faire ? Tu es bien trop occupé à planquer des témoins et à expédier nos agents au tapis pour avoir la moindre idée de la direction qu'a prise cette enquête.

Visiblement surpris, il se pencha en arrière.

– C'est ce que raconte Maxwell ? Que je l'ai expédié au tapis ?

– Ce qu'il dit n'a aucune importance. On essaie de maîtriser une situation potentiellement dévastatrice et je ne comprends pas pourquoi tu prends les décisions que tu prends.

Il hocha la tête.

– Logique, dit-il. Quand on vire quelqu'un de son enquête, il semble raisonnable de ne pas savoir ce qu'il veut faire.

Elle leva les mains en l'air comme si elle voulait stopper un train qui lui arrivait dessus.

– Bon, on arrête ça tout de suite, dit-elle. Parle-moi, Harry. C'est quoi, ton problème ?

Il la regarda et fixa le plafond. Y étudia les hauteurs de la pièce, puis revint sur elle.

– Tu veux qu'on cause ? dit-il. Allons faire un tour dehors, après on pourra causer.

Elle n'hésita pas une seconde :

– OK, parfait. Allons causer. Et après, tu me donnes Mitford.

Elle se leva et se dirigea vers la porte. Il la vit jeter vite un petit coup d'œil à une grille de climatisation sur le mur du fond et eut ainsi la confirmation qu'ils étaient bien filmés.

Elle ouvrit la porte déverrouillée, Brenner et un autre agent les attendaient dans le couloir.

– On va faire un petit tour, dit-elle. Seuls.

– Amusez-vous bien, leur lança Brenner. Nous, on va rester ici, à essayer de retrouver le césium, peut-être même sauver quelques vies.

Walling et Bosch s'abstinrent de réagir. Elle le conduisit au bout du couloir. Ils arrivaient à la porte du réduit des ascenseurs lorsque Bosch entendit une voix dans son dos.

– Hé là, mon pote !

Il se retourna juste à temps pour prendre l'épaule de l'agent Maxwell en pleine poitrine. Et fut aussitôt écrasé et collé au mur.

– On serait pas un peu dépassé par le nombre ce coup-ci, hein, monsieur Bosch ?

– Arrête ! hurla Walling. Cliff, arrête ça !

Bosch leva le bras, le passa autour de la tête de Maxwell

194

et s'apprêtait à le mettre à genoux avec une clé au cou lorsque Walling arriva, écarta Maxwell et le repoussa dans le couloir.

– Cliff, tu t'en vas ! File !

Maxwell commença à remonter le couloir en marche arrière. Par-dessus l'épaule de Walling il montra Bosch du doigt.

– Sors de mon bâtiment, espèce d'enfoiré ! Sors d'ici et restes-y.

Walling le poussa dans le premier bureau ouvert et en referma la porte. Plusieurs agents s'étaient déjà pointés dans le couloir pour voir ce qui se passait.

– Tout est fini, leur cria Walling. Tout le monde retourne au boulot.

Elle revint vers Bosch, lui fit franchir la porte et le poussa vers l'ascenseur.

– Ça va ?

– M'fait mal seulement quand je respire, dit-il.

– Quel fils de pute ! Ce type ne se contrôle plus.

Ils prirent l'ascenseur, descendirent au niveau du garage et remontèrent un pan incliné pour retrouver Los Angeles Street. Elle tourna à droite, il la rattrapa. Ils s'éloignèrent du vacarme de la voie rapide. Elle consulta sa montre, puis lui montra un immeuble de bureaux au design moderne.

– Le café y est décent, dit-elle. Mais je ne veux pas que ça prenne une éternité.

C'était le nouveau bâtiment administratif de la Sécurité sociale.

– Encore un bâtiment fédéral, dit Bosch en soupirant. L'agent Maxwell pense peut-être qu'il lui appartient aussi.

– Tu vas laisser tomber, oui ? ! s'écria Walling.

Il haussa les épaules.

– Je suis surpris qu'il ait même seulement reconnu que nous étions revenus à la maison.

– Pourquoi ne l'aurait-il pas fait ?

– Parce que pour moi, s'il était de surveillance de cette baraque, c'était qu'on l'avait mis au coin pour une grosse connerie. Pourquoi reconnaître qu'on l'a menotté et rester plus longtemps ?

Elle hocha la tête.

– Tu ne comprends pas, dit-elle. Et d'un, c'est vrai que Maxwell est un peu nerveux depuis quelque temps, mais à la Tactical personne n'est « au coin ». Le boulot est trop important pour qu'on garde des nullards dans l'équipe. Et de deux, il se foutait pas mal de ce qu'on pouvait penser. Parce que ce qu'il pensait, c'est qu'il était important de faire savoir à tout le monde à quel point toi, tu bousillais tout.

Il essaya un autre angle :

– Laisse-moi te poser une autre question. Ils sont au courant pour nous deux dans ton immeuble ? Notre passé, je veux dire.

– Ça serait difficile de ne pas l'être après l'histoire d'Echo Park. Mais bon, t'occupe pas de tout ça. Ce n'est pas ça l'important aujourd'hui. Qu'est-ce qu'il t'arrive, hein ? On a assez de césium dans la nature pour fermer un aéroport et toi, ça ne semble pas te déranger plus que ça. Tu n'y vois qu'un assassinat. Oui, un homme est mort, mais ce n'est pas de ça qu'il s'agit. Il s'agit d'un hold-up, Harry. Tu piges ? Ce césium, ils le voulaient et maintenant ils l'ont. Et nous, peut-être que ça nous aiderait de parler au seul témoin connu qu'on ait. Et donc, où est-il ?

– En sécurité. Où est Alicia Kent ? Et où est passé l'associé de son mari ?

– En sécurité. L'associé est interrogé ici et nous garderons l'épouse à la Tactical jusqu'à ce que nous soyons sûrs d'en avoir tiré tout ce qu'on pouvait.

– Elle ne vous servira pas à grand-chose. Elle ne pourrait même pas...

– C'est là que tu te trompes. Elle nous a déjà beaucoup aidés.

Il ne put lui cacher la surprise dans son regard.

– Comment ça ? Elle m'a dit n'avoir même pas vu leurs yeux.

– C'est vrai. Mais elle a entendu un nom. Quand ils parlaient entre eux, elle a entendu un nom.

– Quel nom ? Elle ne l'avait pas dit avant.

Walling hocha la tête.

– C'est même pour ça que tu devrais nous donner ton témoin. On a des gens qui ne sont calés que dans une chose : sortir des renseignements à des témoins. Nous pouvons obtenir des trucs que vous êtes incapables d'obtenir. Et ces choses, nous les avons eues d'elle et nous sommes en mesure de les obtenir de ton type.

Bosch se sentit rougir.

– Et quel était le nom que ce maître interrogateur lui a arraché ? lui demanda-t-il.

Elle secoua la tête.

– Il n'est pas question de faire un échange, Harry. Cette affaire concerne la sécurité du territoire. Tu es sur la touche. À ce propos... que tu pousses ton chef de police à appeler celui-ci ou celui-là ne changera rien à l'affaire.

Bosch comprit alors que sa réunion avec le chef au Donut Hole n'avait servi à rien. Jusqu'à lui qui regardait ce qui se passait du banc de touche ! Quel qu'il ait pu être, le nom qu'avait donné Alicia Kent avait dû allumer le tableau des fédéraux comme Times Square.

– Je n'ai que mon témoin, dit-il. Je te l'échange tout de suite contre ce nom.

– Pourquoi le veux-tu ? Tu ne pourras jamais approcher ce type.

– Pourquoi je le veux ? Parce que je veux savoir.

Elle croisa les bras sur la poitrine et réfléchit un instant. Et finit par le regarder.

– Toi d'abord, dit-elle.

Il hésita en la fixant dans les yeux. Six mois plus tôt, il aurait remis sa vie entre ses mains. Maintenant, tout avait changé. Et il était beaucoup moins sûr de lui.

– Je l'ai planqué chez moi, dit-il. Tu devrais te rappeler où c'est.

Elle sortit un portable de la poche de son blazer et l'ouvrit pour passer un coup de fil.

– Minute, minute, agent Walling, dit-il. Quel nom Alicia Kent vous a-t-elle donné ?

– Désolée, Harry.

– On avait conclu un marché !

– Sécurité du territoire, désolée.

Elle commença à entrer le numéro dans son portable. Il hocha la tête. Il avait visé juste.

– Je t'ai menti, dit-il. Il n'est pas chez moi.

Elle referma sèchement son portable.

– Mais qu'est-ce que t'as ? s'écria-t-elle en colère, d'une voix qui monta dans les aigus. On a plus de quatorze heures de retard sur ce césium. Te rends-tu compte qu'ils pourraient déjà l'avoir inséré dans un engin explosif ? Qu'il pourrait déjà être…

Bosch s'approcha tout près d'elle.

– Donne-moi ce nom et je te donne le témoin.

– D'accord, oh là là !

Elle l'écarta d'une poussée. Il savait qu'elle s'en voulait

d'avoir été prise en flagrant délit de mensonge. C'était la deuxième fois en moins de douze heures.

– Elle dit avoir entendu le nom « Moby », d'accord ? Elle n'y a pas prêté attention sur le coup parce qu'elle n'avait pas fait le lien avec un nom qu'elle avait déjà entendu.

– D'accord. Et qui est ce Moby ?

– On connaît un terroriste syrien du nom de Momar Azim Nassar et l'on pense qu'il est ici, aux US. Ses amis et associés l'appellent « Moby ». On ne sait pas pourquoi, mais le hasard veut qu'il ressemble effectivement à un musicien du nom de Moby.

– Qui ça ?

– T'occupe. Il n'est pas de ta génération.

– Mais tu es sûre qu'elle a entendu ce nom.

– Oui. Et c'est elle qui nous l'a donné. Et maintenant c'est moi qui te le donne. Et donc... où est le témoin ?

– Minute. Tu m'as déjà menti une fois.

Il sortit son portable et était sur le point d'appeler son coéquipier lorsqu'il se souvint que Ferras devait toujours être sur la scène de crime de Silver Lake et ne pourrait donc pas lui fournir les renseignements qu'il voulait. Il ouvrit le répertoire de son portable, trouva le numéro de Kiz Rider et appuya sur le bouton d'appel.

Elle répondit instantanément. Le numéro de Bosch s'était affiché sur son écran.

– Bonjour, Harry. Tu es bien occupé aujourd'hui, dit-elle.

– C'est le chef qui t'a dit ça ?

– J'ai mes sources. Qu'est-ce qu'il y a ?

Bosch lui parla en regardant Walling droit dans les yeux et voyant la colère les assombrir.

– J'ai un service à demander à mon ancienne coéquipière, dit-il. T'as toujours ton ordinateur portable avec toi ?

– Évidemment. C'est quoi, ce service ?

– Tu peux accéder aux archives du *New York Times* avec ?

– Je peux, oui.

– Bon. J'ai un nom et j'aimerais que tu vérifies s'il est mentionné quelque part dans un article.

– Attends un peu. Il faut que je me connecte.

Plusieurs secondes s'écoulèrent, le portable de Bosch se mettant à sonner parce qu'il recevait un autre appel. Il resta en ligne avec Rider, qui fut bientôt prête.

– C'est quoi, ce nom ?

Il mit sa main sur l'appareil et redemanda à Rachel l'identité complète du terroriste syrien. Il la répéta à Rider et attendit.

– Oui, il y a beaucoup d'occurrences. Ça remonte à huit ans.

– Dis-moi tout.

Il attendit.

– Euh, rien que des trucs du Moyen-Orient. On le soupçonne d'avoir pris part à pas mal d'enlèvements, attentats et autres. Selon certaines sources fédérales, il aurait des liens avec Al-Qaïda.

– Que dit l'article le plus récent ?

– Euh, voyons… Attentat dans un bus à Beyrouth. Seize victimes. 3 janvier 2004. Plus rien après ça.

– A-t-il des surnoms ou des noms d'emprunt ?

– Hmmm… non. Je ne vois rien.

– Bon, merci. Je te rappelle plus tard.

– Attends une minute, Harry ?

– Quoi ? Faut que j'y aille.

– Écoute, je voulais juste te dire… fais attention là-bas,

d'accord ? Ce n'est plus du tout dans la même cour que tu joues avec ce truc.

– D'accord, c'est noté, dit-il. Faut que j'y aille.

Il mit fin à l'appel et regarda Rachel.

– Il n'y a rien dans le *New York Times* sur une quelconque présence de ce mec aux USA.

– Parce que personne ne le sait. C'est pour ça que le renseignement d'Alicia Kent est si authentique.

– Qu'est-ce que tu veux dire ? Tu prends pour argent comptant que ce type est ici juste parce qu'elle a entendu un mot qui, en plus, pourrait même ne pas être du tout un nom ?

Elle croisa les bras. Elle commençait à perdre patience.

– Non, Harry, c'est parce que nous savons qu'il est ici. On a une vidéo de lui en train de surveiller le port de Los Angeles en août dernier. C'est juste qu'on n'est pas arrivés assez vite pour l'appréhender. Nous pensons qu'il était en compagnie d'un autre agent d'Al-Qaïda, un certain Muhammad El-Fayed. On ne sait pas comment, mais ils ont réussi à s'infiltrer dans ce pays… cela dit, vu que la frontière est une passoire… et Dieu seul sait ce qu'ils mijotent…

– Et tu crois qu'ils sont en possession du césium ?

– Nous ne le savons pas. Mais selon nos renseignements, El-Fayed fume des cigarettes turques sans filtre et…

– Les cendres sur la chasse d'eau.

Elle acquiesça d'un signe de tête.

– Voilà. Elles sont toujours au labo, mais au Bureau on est sûrs à huit contre un qu'il s'agit d'une cigarette turque.

Bosch hocha la tête et se sentit brusquement bien idiot d'avoir agi comme il l'avait fait en gardant des renseignements par-devers lui.

– On a logé le témoin au Mark Twain Hotel de Wilcox Avenue, dit-il. Chambre 303, sous le nom de Stephen King.

– Mignon, ça.

– Et… Rachel ?

– Quoi ?

– Il nous a dit avoir entendu le tireur invoquer Allah avant d'appuyer sur la détente.

Elle le regarda comme on juge et rouvrit son portable. Appuya sur un seul bouton et reprit la conversation avec Bosch en attendant la connexion.

– Vaudrait mieux espérer qu'on atteigne ces types avant…

Elle s'arrêta dès que son correspondant décrocha. Elle donna le renseignement sans s'identifier ou y aller de la moindre salutation.

– Il est au Mark Twain de Wilcox Avenue. Chambre 303. Cueillez-le.

Elle referma son portable et regarda Bosch. Pire qu'un jugement, dans ses yeux il vit de la déception et du rejet.

– Il faut que j'y aille, dit-elle. À ta place, je resterais à l'écart des aéroports, du métro et de tous les centres commerciaux jusqu'à ce qu'on ait retrouvé ce césium.

Sur quoi elle fit demi-tour et le laissa. Il la regardait s'éloigner lorsque son portable se remettant à vibrer, il répondit sans la lâcher des yeux. C'était Joe Felton, l'adjoint du coroner.

– Harry, j'ai essayé de te joindre, mais…

– Quoi de neuf, Joe ?

– On vient juste de passer au Queen of Angels pour prendre un type… un membre de gang qu'on a débranché après une fusillade d'hier à Hollywood…

Bosch se rappela l'affaire dont lui avait parlé Jerry Edgar.

– Et… ?

Bosch savait que le légiste ne l'aurait pas appelé pour perdre son temps. Il avait une raison.

– Donc on revient ici, je vais dans la salle de repos pour me faire un petit fix de caféine et j'entends deux ambulanciers qui parlent d'un type qu'ils viennent de ramasser. Ils disent qu'ils viennent juste de l'amener aux Urgences et que le diagnostic est le suivant : SRA. Alors moi, je me demande si ça pourrait pas avoir un lien avec le type du belvédère. Tu sais bien, vu qu'il portait des bagues d'alerte à la radioactivité…

Bosch se força au calme.

– Joe, dit-il, c'est quoi, SRA ?

– Syndrome de radioactivité aiguë. Les ambulanciers disaient ne pas savoir ce qu'avait ce type. Il était brûlé et dégueulait partout. Ils l'ont transporté et d'après le médecin des Urgences il avait été salement exposé. Et maintenant ce sont les ambulanciers qui attendent de savoir si eux aussi l'ont été.

Bosch se dirigea vers Rachel.

– Où ce type a-t-il été trouvé ?

– Je n'ai pas demandé, mais je dirais que c'est quelque part à Hollywood vu que c'est ici qu'ils l'ont amené.

Bosch commença à marcher plus vite.

– Joe, je veux que tu raccroches et que tu demandes à la sécurité de l'hôpital de surveiller ce type. J'arrive tout de suite.

Il referma son portable et se mit à courir derrière Rachel aussi vite qu'il pouvait.

16

Sur l'Hollywood Freeway le gros des voitures s'écoulait vers le centre-ville à vitesse réduite. Lois de la physique en matière de circulation automobile obligent – celles qui disent qu'à toute action correspond une réaction de force égale –, Harry Bosch avait toutes les voies dégagées en direction du nord. Évidemment, la sirène et les gyrophares en action sur sa voiture aidaient beaucoup à ce que le peu de véhicules qu'il avait devant lui se range vite sur le côté pour le laisser passer. Le recours à la force était une autre loi qu'il connaissait bien. Il l'appliquait à fond sur l'accélérateur de la vieille Crown Victoria et, les phalanges des doigts toutes blanches sur le volant, roulait à plus de cent quarante.

– Où allons-nous ? hurla Rachel Walling par-dessus le bruit de la sirène.

– Je te l'ai dit. Je te conduis au césium.

– Qu'est-ce que ça signifie ?

– Ça veut dire que les ambulanciers viennent d'amener un type avec un syndrome de radioactivité aiguë aux Urgences du Queen of Angels Hospital. On y sera dans quatre minutes.

– Mais bon sang ! Pourquoi tu ne me l'as pas dit ?

La réponse était qu'il voulait avoir de l'avance, mais ça, il ne le lui révéla pas. Il garda le silence pendant qu'elle ouvrait son portable et y entrait un numéro. Après quoi, elle tendit la main au plafond et appuya sur l'interrupteur de la sirène.

– Mais qu'est-ce que tu fais ? s'écria Bosch. J'en ai besoin pour...

– Et moi, j'ai besoin de pouvoir parler !

Il lâcha l'accélérateur et repassa à cent dix pour ne pas se mettre en danger. Un instant plus tard, elle avait sa connexion et Bosch l'écouta aboyer ses ordres. Il espéra qu'elle parlait à Brenner et pas à Maxwell.

– Déroutez l'équipe du Mark Twain sur le Queen of Angels. Préparez une équipe de décontamination et envoyez-le aussi là-bas. Je veux des renforts et une équipe d'évaluation du ministère de l'Environnement. On a affaire à un cas d'irradiation qui pourrait nous conduire au césium. Exécution et rappelez-moi. Je serai sur les lieux dans trois minutes.

Elle referma le téléphone et Bosch réappuya sur l'interrupteur de la sirène.

– J'ai dit quatre minutes ! hurla-t-il.

– Fais-moi peur ! lui hurla-t-elle en retour.

Il écrasa à nouveau le champignon même si ce n'était pas nécessaire. Il était sûr d'arriver le premier à l'hôpital. Ils avaient déjà dépassé Silver Lake et se rapprochaient d'Hollywood. À dire vrai, chaque fois qu'il avait l'occasion de légitimer un cent quarante sur autoroute, il en profitait. Rares étaient les habitants de Los Angeles qui pouvaient se vanter d'avoir roulé à cette allure en plein jour.

– Qui est la victime ? cria Rachel.

– Aucune idée.

Ils gardèrent longtemps le silence. Bosch se concentrait

sur sa conduite. Et ses pensées. Il y avait beaucoup de choses qui l'agaçaient dans cette affaire. Il allait bientôt falloir qu'il en parle.

– Comment crois-tu qu'ils l'ont ciblé ? demanda-t-il.

– Quoi ? lui renvoya-t-elle en sortant elle aussi de ses pensées.

– El-Fayed et Moby… comment ont-ils décidé de s'en prendre à Stanley Kent ?

– Je ne sais pas. Peut-être que si c'est l'un des deux qui a atterri à l'hôpital, on pourra le lui demander.

Bosch laissa passer quelques minutes. Il en avait assez de hurler. Mais il posa quand même une autre question :

– Ça ne t'embête pas que tout sorte de cette maison ?

– Qu'est-ce que tu dis ?

– L'arme, l'appareil photo, l'ordinateur dont ils se sont servis. Tout. Il y a du Coca en bouteilles d'un litre dans le garde-manger et ils ont ligoté Alicia Kent avec les colliers dont elle se sert pour attacher les rosiers dans son jardin. Ça ne te gêne pas ? Ils n'avaient qu'un couteau et des cagoules quand ils ont franchi cette porte. Et ça ne te gêne pas du tout dans cette affaire ?

– Il ne faut pas oublier que ces types sont pleins de ressources. C'est ce qu'on leur apprend dans les camps. El-Fayed a subi un entraînement dans un camp d'Al-Qaïda en Afghanistan. Et c'est lui qui a entraîné Nassar à son tour. Ils se débrouillent avec ce qu'il y a sur place. On pourrait dire qu'ils ont dégommé les tours jumelles avec deux avions ou deux cutters. Tout est affaire de point de vue. Plus importante que les outils dont ils disposent est leur implacabilité – et c'est là quelque chose que, j'en suis sûre, tu es tout à fait capable d'apprécier.

Il était sur le point de répondre, mais ils arrivaient à la bretelle de sortie et il dut se concentrer sur sa conduite dans la circulation sur voies de surface [1]. Deux minutes plus tard, il arrêtait enfin la sirène et se rangeait dans l'allée réservée aux ambulances du Queen of Angels.

Felton les retrouva dans une salle des Urgences bourrée de monde et les conduisit à l'aile des soins, où se trouvaient six box. Un flic de la sécurité montant la garde devant un des espaces fermés par un rideau, Bosch s'approcha et lui montra son écusson. Puis, après avoir à peine noté la présence de ce flic de location, il écarta le rideau et entra dans le box.

Le patient y était seul. Petit, le cheveu foncé et la peau brune, il gisait sous une véritable toile d'araignée de tubes et de tuyaux qui pendaient de tout un appareillage médical fixé au plafond et lui rentraient dans les bras, les jambes, la poitrine, la bouche et le nez. Il prenait à peine la moitié du lit et semblait plus être la victime des appareils qui l'entouraient.

Il avait les paupières lourdes et ne bougeait pas. La plus grande partie de son corps était nue. Une serviette lui couvrait pudiquement les organes génitaux, mais ses jambes et son torse étaient découverts. Le côté droit de son ventre et sa hanche droite étaient envahis de brûlures. Et sa main droite aussi – où l'on voyait des anneaux rouges qui paraissaient douloureux et entouraient des éruptions violacées sur la peau. Un gel transparent avait été appliqué sur toutes ces blessures, mais on n'avait pas l'impression que cela aidait beaucoup.

– Où est le personnel ? demanda Bosch.

1. Les voies surélevées sont tellement nombreuses à Los Angeles qu'on fait la distinction entre voies aériennes et voies de surface (ou rues, avenues et boulevards ordinaires) *(NdT)*.

– Harry, ne t'approche pas, l'avertit Walling. Vu qu'il n'est pas conscient, il vaudrait mieux ressortir et aller parler au médecin avant de faire quoi que ce soit.

Bosch montra les brûlures du patient.

– Ça pourrait venir du césium ? demanda-t-il. Ça peut agir aussi vite ?

– S'il y a exposition à une dose concentrée, oui. Tout dépend de la durée de l'exposition. On dirait que ce type a transporté le césium dans sa poche.

– Ressemble-t-il à Moby ou El-Fayed ?

– Non, il ne ressemble ni à l'un ni à l'autre. Allons-y.

Elle repassa de l'autre côté du rideau, Bosch sur les talons. Elle ordonna au garde d'aller chercher le médecin des Urgences en charge du malade. Elle ouvrit son portable d'un coup de pouce et appuya sur un seul bouton. On décrocha aussitôt.

– Tout est confirmé, dit-elle. Il y a exposition directe. Il faut établir un poste de commandement et lancer la procédure de refoulement.

Elle écouta, puis répondit à une question.

– Non, ni l'un ni l'autre. Je n'ai toujours pas d'identité. Je rappelle dès que je l'ai.

Elle referma son portable et regarda Bosch.

– L'équipe anti-radiations sera ici dans moins de dix minutes, dit-elle. C'est moi qui vais diriger le poste de commandement.

Une femme en blouse d'hôpital les rejoignit, une écritoire à la main.

– Je me présente : Dr Garner, dit-elle. Vous devez vous tenir à l'écart du patient tant qu'on n'en saura pas plus sur ce qui lui est arrivé.

Walling et Bosch lui montrèrent leurs papiers d'accréditation.

– Que pouvez-vous nous dire ? demanda Walling.

– Pas grand-chose pour l'instant. Il est en plein dans le syndrome prodromique… soit les premiers symptômes de l'exposition aux rayons. L'ennui, c'est que nous ne savons ni à quoi il a été exposé ni combien de temps. Ce qui ne nous donne aucun nombre de grays et sans ça nous n'avons aucune indication de traitement spécifique. On y va au jugé.

– Quels sont les symptômes ? demanda Walling.

– Eh bien, vous voyez déjà les brûlures. Mais c'est le moindre de nos problèmes. Les dommages les plus graves sont internes. Son système immunitaire est en train de tomber en rade et la plus grande partie de sa muqueuse gastrique a disparu. Son tractus gastrointestinal est foutu. On a réussi à le stabiliser, mais je n'ai pas grand espoir pour la suite. Le stress l'a déjà conduit à un arrêt cardiaque. L'équipe de réa était ici il y a un quart d'heure.

– Combien de temps se passe-t-il entre l'exposition aux rayons et le début de ces prodromico-machins-chouettes ? demanda Bosch.

– Du syndrome prodromique. Cela peut se déclencher dans l'heure qui suit.

Bosch regarda l'homme couché sous la tente en plastique qui entourait le lit. Il se rappela l'expression qu'avait utilisée le capitaine Hadley au moment où Samir agonisait sur le plancher de sa salle de prière. *Il commence à partir par la bonde.* Il comprit que l'homme couché sur ce lit d'hôpital lui aussi partait par la bonde.

– Pouvez-vous nous dire de qui il s'agit et où il a été trouvé ?

– Pour savoir où il a été trouvé, il faudra demander aux ambulanciers, répondit Garner. Je n'ai pas eu le temps de m'occuper de ça. Tout ce que je sais, c'est qu'on l'a ramassé dans la rue. Il s'était effondré. Quant à savoir qui...

Elle leva son écritoire et lut ce qui était sur la première page.

– Il est enregistré sous le nom de Digoberto Gonzalves, quarante et un ans. Pas d'adresse. C'est tout ce que je sais pour l'instant.

Walling s'écarta et ressortit son téléphone. Bosch savait qu'elle allait vérifier le nom et le passer au fichier central du contre-terrorisme.

– Où sont ses vêtements ? demanda-t-il au médecin. Où est son portefeuille ?

– Tous ses effets personnels ont été retirés des Urgences pour éviter toute autre exposition.

– Quelqu'un les a-t-il inspectés ?

– Non, monsieur, personne n'a voulu prendre ce risque.

– Où ont-ils été transportés ?

– Il faudra le demander aux infirmières.

Elle lui montra un poste au milieu de l'aile des soins. Bosch s'y rendit. L'infirmière de service l'informa que tous les effets du patient avaient été déposés dans un réceptacle à déchets médicaux qu'on avait ensuite acheminé jusqu'à l'incinérateur de l'hôpital. Cette mesure répondait-elle aux procédures en vigueur en cas de contamination ou avait-elle à voir avec la peur panique de facteurs inconnus ayant trait à Gonzalves, cela n'était pas clair.

– Où est l'incinérateur ?

Plutôt que de le lui dire, l'infirmière appela le garde et lui demanda d'y conduire Bosch. Avant que celui-ci ne se mette en route, Walling l'appela.

– Tiens, attrape ça, dit-elle en lui tendant le compteur de radiations qu'elle avait décroché de sa ceinture. Et n'oublie pas : on a une équipe anti-radiations qui arrive. Ne prends pas de risques. Si l'alerte se déclenche, tu t'écartes. Et je ne rigole pas : tu t'é-car-tes.

– Compris, dit-il.

Il glissa l'appareil dans sa poche. Puis il suivit le garde le long d'un couloir et emprunta un escalier qui conduisait au sous-sol. Ils suivirent ensuite un deuxième couloir qui lui parut faire tout un pâté de maisons et les mena à l'autre bout du bâtiment.

Arrivés à la salle de l'incinérateur, ils s'aperçurent qu'elle était vide. Et rien n'indiquait que des déchets soient en train d'y être brûlés. Une caisse d'un mètre de haut était posée par terre. Le couvercle en était scellé avec du scotch où l'on pouvait lire :

ATTENTION : DÉCHETS DANGEREUX

Bosch sortit son porte-clés auquel était attaché un petit canif. Il s'accroupit près de la caisse et coupa le scotch de sécurité. Et du coin de l'œil vit le garde reculer d'un pas.

– Vous feriez peut-être bien d'attendre dehors, lui dit-il. Il n'y a pas besoin que nous…

Il entendit la porte se fermer dans son dos avant même qu'il n'ait fini sa phrase.

Il regarda la caisse, prit une inspiration et ôta le couvercle. C'était bien là qu'on avait jeté les effets de Digoberto Gonzalves.

Il sortit de sa poche le compteur que lui avait donné Walling et le promena au-dessus de la caisse à la manière d'une baguette magique. L'appareil resta silencieux. Il se laissa respirer à nouveau. Puis, aussi doucement que s'il vidait une corbeille à papier chez lui, il retourna la caisse et en jeta le contenu sur le sol en ciment. Il repoussa ensuite la caisse de côté et une fois encore fit tourner l'appareil en rond au-dessus des vêtements. Toujours pas de signal d'alarme.

Les habits de Gonzalves lui avaient été découpés à coups de ciseaux à même le corps. Il y avait là un jean sale, une chemise de travail, un T-shirt, des sous-vêtements et des chaussettes. Et des grosses chaussures avec des lacets eux aussi coupés aux ciseaux. Et là, perdu au milieu de ces vêtements, un petit portefeuille noir en cuir.

Il commença par les vêtements. Dans la poche de la chemise de travail se trouvaient un stylo et un manomètre à pneumatiques, des gants de travail dépassant d'une des poches revolvers du jean. Il ôta un jeu de clés et un portable de la poche gauche de devant et songea aux brûlures qu'il avait vues aux main et hanche droites de Gonzalves. Mais quand il ouvrit la poche avant droite du jean, il n'y vit aucune trace de césium. La poche était vide.

Il posa le portable et les clés à côté du portefeuille et examina ce qu'il avait sous les yeux. Sur l'une des clés il remarqua l'insigne Toyota. Il comprit alors qu'un véhicule faisait partie de l'équation. Il ouvrit le portable et tenta de trouver le répertoire, mais sans résultat. Il mit l'appareil de côté et ouvrit le portefeuille.

Et n'y découvrit pas grand-chose. Il contenait un permis de conduire mexicain avec le nom et la photo de Digoberto Gonzalves dessus. Ce dernier était originaire d'Oaxaca. Dans une des poches du portefeuille, Bosch trouva les photos d'une femme et de trois jeunes enfants… tous clichés qui avaient dû être pris au Mexique, pensa-t-il. Ni carte verte ni aucun document attestant sa nationalité. Il n'y avait pas davantage de cartes de crédit, et dans la partie réservée aux billets il ne trouva que six billets de un dollar et plusieurs tickets d'un mont-de-piété de la Vallée.

Il reposa le portefeuille près du portable, se releva et sortit le sien. Fit défiler le répertoire jusqu'au moment où il trouva le numéro de Walling.

Elle décrocha aussitôt.

– J'ai vérifié ses vêtements, dit-il. Il n'y a pas de césium.

Pas de réponse.

– Rachel, tu as…

– Oui, j'ai entendu. C'est juste que j'aimerais tant que tu l'aies trouvé, Harry ! J'aimerais tant que tout ça soit fini !

– Moi aussi. Le nom a donné quelque chose ?

– Quel nom ?

– Gonzalves. Tu as vérifié, non ?

– Si, si. Non, rien. Et j'insiste : rien du tout, pas même un numéro de permis de conduire. Ça doit être un pseudo.

– Moi, j'ai un permis de conduire mexicain. Je crois que ce type est un immigrant clandestin.

Elle réfléchit un peu avant de répondre.

– C'est-à-dire que… on pense qu'El-Fayed et Nassar sont entrés aux US par la frontière mexicaine. C'est peut-être ça, le lien. Peut-être ce type travaillait-il avec eux.

– Je ne sais pas, Rachel. J'ai des vêtements de travail. Des grosses chaussures. Je crois que ce type…

– Harry, faut que j'y aille. L'équipe vient d'arriver.

– D'accord. Je remonte.

Il rempocha son portable, rassembla les habits et les chaussures et les remit dans la caisse. Il déposa ensuite le portefeuille, les clés et le portable sur les habits et emporta la caisse. Il reprit le long couloir qui conduisait à l'escalier, ressortit son portable, appela le centre de communication de la ville, demanda à la dispatcheuse de lui retrouver l'appel qui avait été passé aux ambulanciers et avait amené à ce qu'on transporte Gonzalves au Queen of Angels et fut mis en attente.

Il avait déjà remonté l'escalier et regagné les Urgences lorsque la dispatcheuse reprit la ligne.

– L'appel a été passé à dix heures cinq d'une cabine du magasin Easy Print, 930 Cahuenga Boulevard. Homme à terre dans le parking. Cinq ambulanciers du poste 54 ont répondu à l'appel. Temps de réaction : six minutes et dix-neuf secondes. Autre chose ?

– Quel est le carrefour le plus proche ?

Au bout d'un moment, la dispatcheuse lui répondit que c'était celui de Lankershim Boulevard. Bosch la remercia et raccrocha.

L'endroit où Gonzalves s'était effondré n'était pas très éloigné du belvédère de Mulholland. Bosch s'aperçut que presque tous les lieux associés à l'affaire – que ce soit la scène de crime, la maison de la victime, celle de Samir ou maintenant l'endroit où Gonzalves s'était effondré – pouvaient tenir sur une seule page du guide Thomas. Alors que la plupart des meurtres commis à Los Angeles le faisaient courir d'un bout à l'autre de la ville, là on ne bougeait pratiquement pas. Tout était concentré.

Il jeta un coup d'œil autour de lui. Et remarqua que tous les gens qui encombraient la salle d'attente avaient disparu. Il y avait eu évacuation et des agents en tenue protectrice se baladaient partout avec des compteurs de radiations. Il repéra Rachel Walling près du poste des infirmières, la rejoignit et lui tendit la caisse.

– Voilà ses affaires, dit-il.

Elle prit la caisse, la posa par terre, appela un des hommes en tenue de protection et lui de s'en occuper. Puis elle se tourna vers Bosch.

– Il y a un portable là-dedans, lui dit-il. Ils pourraient peut-être en tirer quelque chose.

– Je vais les informer.

– Comment va la victime ?

– Quelle victime ?

– Qu'il soit ou ne soit pas impliqué dans cette affaire, il n'en reste pas moins une victime.

– Si tu le dis… Il est toujours dans le coaltar. Je ne sais pas si nous aurons jamais la chance de pouvoir lui parler.

– Bon, eh bien, moi, je m'en vais.

– Quoi ? Où ça ? J'y vais avec toi.

– Je croyais que tu devais diriger le poste de commandement.

– J'ai délégué. Je ne vais pas m'éterniser ici s'il n'y a pas de césium. Je reste avec toi. Donne-moi juste une minute, que je puisse dire que je suis partie sur une autre piste.

Il hésita. Mais tout au fond de lui-même, il savait très bien qu'il la voulait à côté de lui.

– Je t'attends devant, dans la voiture.

– Où on va ?

– Je ne sais pas si Digoberto Gonzalves est un terroriste ou juste une victime, mais il y a une chose que je sais : il conduit une Toyota. Et je crois savoir où nous allons la retrouver.

17

Bosch savait que les lois de la physique en matière de circulation automobile ne lui feraient pas de cadeaux du côté du col de Cahuenga. Les voitures roulaient toujours lentement, et dans les deux directions, sur l'Hollywood Freeway dans le goulot d'étranglement créé par cette coupure dans la chaîne de montagnes. Il décida de rester sur les voies de surface et de prendre Highland Avenue pour remonter le col après l'Hollywood Bowl. Et, ce faisant, mit Rachel Walling au courant.

– L'appel à ambulance est venu d'un petit magasin de photocopies de Cahuenga Boulevard, près de Lankershim. Gonzalves devait se trouver dans le coin quand il s'est effondré. L'appel faisait état d'un type étendu dans le parking. J'espère que la Toyota qu'il conduisait y est toujours. Je te parie que, si on la trouve, on aura le césium. Tout le mystère est de savoir pourquoi il était en sa possession.

– Et pourquoi il était assez bête pour le mettre dans sa poche sans aucune protection, ajouta Walling.

– Pour dire ça, tu te fondes sur l'idée qu'il aurait su ce qu'il avait dans les mains. Peut-être ne le savait-il pas. Peut-être toute cette histoire n'a-t-elle rien à voir avec ce que nous pensons.

– Allons, Bosch ! Il doit bien y avoir un lien entre Gonzalves, El-Fayed et Nassar. Il est probable qu'il leur ait fait franchir la frontière.

Il en sourit presque. Il savait que c'était par affection qu'elle l'avait appelé par son nom de famille. Il se rappela qu'elle le faisait souvent.

– Et Ramin Samir ? Ne pas l'oublier, celui-là, dit-il.

Elle hocha la tête.

– Je pense toujours que c'était une fausse piste. On nous a envoyés dans une mauvaise direction.

– Mais bonne quand même, rétorqua-t-il. Ça nous a viré le capitaine Done Badly du tableau.

Elle rit.

– C'est comme ça qu'ils l'appellent ?

Bosch acquiesça d'un signe de tête.

– Pas devant lui, évidemment.

– Et toi, comment on t'appelle ? Quelque chose de dur et de têtu, j'en suis sûre.

Il lui coula un regard et haussa les épaules. Il songea à lui dire qu'au Vietnam on le surnommait « Harakiri », mais ç'aurait nécessité d'autres explications et il n'y avait pas assez de temps pour ça. Sans compter que ce n'était pas le lieu non plus.

D'Highland Avenue il prit la sortie vers Cahuenga. Elle est parallèle à l'autoroute et dès qu'il put vérifier, il s'aperçut qu'il avait bien fait. La circulation sur le freeway s'était figée dans les deux sens.

– Tu sais, reprit-il, j'ai toujours ton numéro dans le répertoire de mon portable. Faut croire que je n'ai jamais voulu l'effacer.

– Je me posais justement la question quand tu m'as laissé ton vilain message sur la cendre de cigarette.

– J'imagine que tu n'as pas gardé le mien.

Elle marqua une grande pause avant de répondre.

218

– Je crois que toi aussi, tu es toujours dans mon répertoire, Harry.

Cette fois, il ne put s'empêcher de sourire, même s'il
était redevenu un simple Harry. Il y a quand même de
l'espoir, se dit-il.

Ils approchaient de Lankershim Boulevard. À droite,
celui-ci descendait vers un tunnel qui passait sous l'autoroute. À gauche, il se terminait dans un mini-centre
commercial, où se trouvait le magasin de la chaîne Easy
Print, d'où était parti l'appel à ambulance. Bosch parcourut des yeux tous les véhicules garés dans le parking.
Il cherchait une Toyota.

Il se glissa dans une voie à virage à gauche obligatoire
et attendit de pouvoir entrer dans le parking. Il pivota
sur son siège et vérifia des deux côtés de Cahuenga.
Son petit coup d'œil ne lui révéla la présence d'aucune
Toyota, mais il savait qu'il y avait des tas de modèles
différents de voitures et de pick-up de cette marque.
S'ils ne trouvaient pas la voiture dans le parking, ils
allaient devoir chercher le long de la route.

– Tu as un numéro ou un signalement ? lui demanda
Walling. Une couleur ?

– Non, non et non.

Il se rappela qu'elle aimait bien poser plusieurs questions à la fois.

Il tourna à l'orange et entra dans le parking. Il n'y
avait pas de places où se garer, mais ce n'était pas ça
qui l'intéressait. Il roula lentement, en vérifiant chaque
voiture. Pas de Toyota.

– Où elles sont, les Toyota, quand on en a besoin,
hein ? demanda-t-il. Elle est quand même bien quelque
part dans le coin !

– Et si on allait voir dans la rue ? lui suggéra
Walling.

Il acquiesça d'un signe de tête et entra dans l'allée au fond du parking. Il allait tourner à gauche pour faire demi-tour et remonter vers la rue lorsque, en regardant si la voie était libre à droite, il remarqua un vieux pick-up blanc avec un habitacle camping garé à côté d'une benne à ordures verte, plus loin dans l'allée. La camionnette leur faisait face et pas moyen de voir de quelle marque elle était.

– C'est une Toyota ? demanda-t-il.

Walling se retourna pour regarder.

– Bosch, tu es un génie ! s'exclama-t-elle.

Il tourna, se rapprocha de la camionnette et découvrit qu'il s'agissait bien d'une Toyota. Walling s'en aperçut elle aussi, sortit son portable, mais Bosch tendit le bras et couvrit l'appareil de sa main.

– On vérifie d'abord, dit-il. Je pourrais me tromper.

– Non, Bosch, tu as le vent en poupe.

Mais elle rangea quand même son portable. Bosch passa lentement devant la camionnette et l'observa. Arrivé au bout de l'allée, il fit demi-tour et revint. Arrêta la voiture trois mètres derrière la camionnette. Pas de plaque à l'arrière. Un panneau en carton avec la mention « Plaque perdue » la remplaçait.

Bosch regretta de ne pas avoir emporté les clés qu'il avait trouvées dans la poche de Digoberto Gonzalves. Ils descendirent de voiture et s'approchèrent du véhicule chacun d'un côté. Bosch remarqua que le hayon vitré du compartiment camping était entrouvert sur quelques centimètres. Il tendit la main et le remonta entièrement en tirant dessus. Un mécanisme à air comprimé le maintint ouvert. Bosch se pencha à l'intérieur. Tout était sombre parce que la camionnette était garée à l'ombre et que les vitres de l'habitacle camping étaient teintées en noir.

– Harry, tu as le compteur ? lui demanda Walling.

Il le sortit de sa poche, le lui montra en levant la main, puis se pencha à nouveau à l'arrière de la camionnette. Pas de signal d'alarme. Il ressortit la tête de l'habitacle et accrocha le compteur à sa ceinture. Et appuya sur la serrure pour abaisser l'abattant.

L'arrière du véhicule était encombré de cochonneries. Il y avait des bouteilles et des canettes partout, en plus d'un fauteuil en cuir avec un pied cassé, de bouts de plaques d'aluminium, d'une vieille fontaine à eau et d'un tas d'autres détritus. Et là, près du logement de la roue droite, se trouvait un conteneur gris en plomb qui ressemblait à un petit seau à roulettes.

– Là ! s'écria-t-il. C'est ça, le *pig* ?

– Je crois que oui, dit-elle, surexcitée. Je crois que oui !

Ni étiquette de mise en garde ni symbole d'alarme radio-active dessus. Quelqu'un les avait arrachés. Bosch se pencha à nouveau dans l'habitacle et s'empara d'une des poignées du *pig*. Le dégagea de toutes les saloperies qui l'entouraient et le tira jusqu'à l'abattant. Le couvercle du conteneur était fermé en quatre points.

– On l'ouvre et on s'assure que le truc est dedans ? demanda-t-il.

– Non, dit-elle. On recule et on appelle l'équipe. Ils ont les équipements de protection.

Elle ressortit à nouveau son portable. Pendant qu'elle demandait qu'on lui envoie des renforts et l'équipe anti-radiations, Bosch passa à l'avant de la camionnette et regarda par la vitre. Il découvrit un *burrito* à moitié mangé sur un sac en papier marron aplati sur la console du milieu. Et encore d'autres cochonneries côté passager, ses yeux s'arrêtant sur un appareil photo juché sur une vieille mallette à la poignée cassée posée sur le siège. L'appareil, lui, ne semblait ni sale ni cassé. Mais bien plutôt flambant neuf.

Bosch vérifia la portière – elle n'était pas fermée à clé. Il comprit alors que Gonzalves avait complètement oublié sa camionnette et tous ses biens dès que le césium avait commencé à le brûler par tout le corps. Il était sorti de son véhicule et avait gagné le parking en chancelant – il cherchait de l'aide et avait tout laissé ouvert derrière lui.

Bosch ouvrit la portière côté conducteur et passa la main à l'intérieur avec le compteur allumé. Rien. Pas de signal d'alarme. Il se redressa et le raccrocha à sa ceinture. Il sortit une paire de gants en latex en écoutant Walling dire à quelqu'un comment ils avaient trouvé le *pig*.

– Non, on ne l'a pas ouvert. Vous voulez qu'on le fasse ?

Elle écouta encore un peu avant de répondre :

– Je ne le pensais pas non plus. Ramenez-les ici le plus vite possible. Peut-être que tout ça est enfin terminé.

Bosch se pencha encore une fois dans l'habitacle par la portière côté conducteur et s'empara de l'appareil photo. Un Nikon numérique – il se rappela le bouchon d'optique que la Scientifique avait retrouvé sous le lit de la grande chambre des Kent : un Nikon lui aussi. Il se dit qu'il tenait l'appareil avec lequel avait été prise la photo d'Alicia Kent. Il l'alluma et oui, pour une fois il savait ce qu'il faisait lorsqu'il se mit à examiner l'appareil. Il en possédait un qu'il avait toujours sur lui lorsqu'il était allé voir sa fille à Hong-Kong. Il l'avait acheté le jour où il l'avait emmenée à Disneyland China.

Son appareil n'était pas un Nikon, mais il arriva vite à déterminer qu'il n'y avait pas de photos dans la mémoire, vu que la carte avait disparu.

Il reposa l'appareil et commença à fouiller dans tout ce qui s'empilait sur le siège passager. En plus de la mallette cassée, il y avait une boîte à sandwichs pour enfant, un manuel d'ordinateur Apple et un tisonnier qui faisait partie d'un ensemble pour cheminée. Aucun lien avec quoi que ce soit, il n'y avait là absolument rien d'intéressant. Il remarqua la présence d'un putter de golf et d'une affiche enroulée posée par terre, devant le siège.

Il poussa le sac en papier et le *burrito* de côté et s'appuya sur l'accoudoir entre les sièges pour pouvoir tendre le bras et ouvrir la boîte à gants. Et là, au beau milieu du compartiment autrement vide, trônait une arme de poing. Bosch la sortit et la tourna dans sa main. C'était un revolver Smith & Wesson, calibre .22.

– Je pense avoir l'arme du crime ! lança-t-il.

Pas de réponse de Walling. Elle était toujours derrière la camionnette, à téléphoner des ordres d'un ton animé.

Bosch remit l'arme dans la boîte à gants, qu'il referma : il avait décidé de la laisser à sa place, aux bons soins de la Scientifique. L'affiche enroulée attirant à nouveau son attention, il décida d'y jeter un coup d'œil par pure curiosité. Il réappuya son coude sur l'accoudoir du milieu et la déroula par-dessus toutes les cochonneries qui traînaient sur le siège. C'était un tableau montrant douze positions de yoga.

Il pensa aussitôt à la décoloration qu'il avait remarquée sur le mur de la salle d'exercices des Kent. Sans en être sûr, il se dit que les dimensions de l'affiche correspondaient assez. Il se dépêcha de la réenrouler et se mit en devoir de reculer pour sortir de l'habitacle et montrer ses découvertes à Walling.

Mais au moment où il sortait, il remarqua que l'accoudoir entre les sièges servait aussi de compartiment de rangement. Il s'arrêta et l'ouvrit.

Et se figea. Sous ses yeux un porte-gobelet, et dedans plusieurs capsules en acier qui ressemblaient à des douilles aplaties aux deux extrémités. L'acier en était tellement poli qu'on aurait presque pu le prendre pour de l'argent.

Bosch fit tourner le compteur à radiations au-dessus des capsules. Pas de signal d'alarme. Il retourna l'engin dans sa main et le regarda. Et repéra un petit interrupteur sur le côté. Il le poussa d'un léger coup de pouce. L'alarme se déclencha brusquement dans un bruit assourdissant et sur une fréquence si rapide qu'on aurait dit le hurlement d'une sirène à vous crever les tympans.

Bosch bondit hors de la camionnette et claqua la portière. L'affiche tomba par terre.

– Harry ! hurla Walling.

– Quoi ?

Elle se rua sur lui en replaçant son portable à sa hanche. Bosch appuya sur le commutateur et éteignit le compteur.

– Qu'est-ce qu'il y a ? cria-t-elle.

Bosch lui montra la portière du doigt.

– L'arme est dans la boîte à gants et le césium dans la console centrale.

– Quoi ?

– Le césium est dans le compartiment sous l'accoudoir central. Il a sorti les capsules du *pig*. C'est pour ça qu'elles n'étaient pas dans sa poche. C'étaient là qu'elles étaient – dans l'accoudoir.

Il se toucha la hanche, à l'endroit même où Gonzalves avait été brûlé par les radiations. C'était bien là, juste à côté de l'accoudoir, qu'il était assis dans la camionnette.

Rachel garda longtemps le silence en le dévisageant.

– Ça va ? lui demanda-t-elle enfin.

Il faillit rire.

– Je ne sais pas, dit-il. Repose-moi la question dans dix ans.

Elle hésita comme si elle savait quelque chose, mais ne pouvait pas en parler.

– Quoi ? lui demanda-t-il.

– Rien. Mais tu devrais te faire examiner.

– Qu'est-ce qu'ils pourront faire, hein ? Écoute, je ne suis pas resté là-dedans une éternité. Ce n'est pas comme Gonzalves, qui, lui, est resté assis juste à côté. Quasi qu'il aurait bouffé dessus.

Elle ne répondit pas. Bosch lui rendit le compteur.

– Il n'était pas allumé. J'ai cru qu'il l'était quand tu me l'as donné.

Elle le prit dans sa main et le regarda.

– Je le croyais, moi aussi.

Bosch songea qu'il l'avait transporté dans sa poche plutôt qu'attaché à sa ceinture. Il avait dû l'éteindre sans s'en rendre compte quand à deux reprises il l'avait mis dans sa poche et l'en avait ressorti. Il regarda la camionnette et se demanda s'il ne s'était pas blessé, voire condamné à mort.

– J'ai besoin de boire un peu d'eau, dit-il. J'ai une bouteille dans la malle.

Il regagna l'arrière de sa voiture. En se servant du couvercle du coffre pour empêcher Walling de le voir, il appuya ses mains sur le pare-chocs et tenta de déchiffrer les messages que son corps envoyait à son cerveau. Il sentait bien que quelque chose était en train de se produire, mais il ne savait pas si c'était physiologique ou si les tremblements qui l'avaient pris n'étaient qu'une réaction émotionnelle à ce qui venait d'arriver. Il se rappela ce que le médecin des Urgences avait dit de Gonzalves : les dommages les plus sérieux étaient internes. Son système immunitaire était-il en train de tomber en rideau ? Était-il en train de partir par la bonde ?

Brusquement il pensa à sa fille, la revit à l'aéroport la dernière fois qu'il était allé lui rendre visite.

Il jura tout haut.

– Harry ?

Bosch regarda par-dessus le couvercle du coffre. Rachel s'approchait de lui.

– Les équipes sont en route. Elles seront ici dans cinq minutes. Comment te sens-tu ?

– Je crois que ça va.

– Bien. J'ai parlé au patron de l'équipe. Il pense que l'exposition a été trop courte pour qu'il y ait quoi que ce soit de grave. Cela dit, il faudrait quand même que tu ailles te faire examiner aux Urgences.

– On verra.

Il tendit le bras dans le coffre et sortit une bouteille d'eau d'un litre de son nécessaire – c'était pour les planques qui duraient plus qu'il ne l'avait prévu. Il l'ouvrit et en but deux grandes gorgées. L'eau n'était pas froide, mais lui fit du bien. Il avait la gorge sèche.

Il referma la capsule, remit la bouteille dans sa trousse et fit le tour de la voiture pour rejoindre Walling. Et là, en marchant, il regarda derrière elle, vers le sud. Et s'aperçut que l'allée dans laquelle ils se trouvaient courait sur plusieurs pâtés de maisons et après la boutique d'Easy Print, passait derrière toutes les boutiques et tous les bureaux de Cahuenga Boulevard.

Dans cette allée, tous les vingt mètres ou à peu près, une benne à ordures était posée perpendiculairement à l'arrière des bâtiments. Il comprit qu'on les avait poussées hors de leurs emplacements derrière les immeubles et des enclos fermés. Comme à Silver Lake, c'était jour de ramassage des ordures et elles attendaient le passage des camions de la ville.

Et soudain tout lui revint. Comme dans la fusion de deux éléments dont le rapprochement crée quelque chose de nouveau. Le truc qui le titillait dans les photos de la scène de crime, l'affiche de yoga, tout. Les rayons gamma l'avaient certes transpercé, mais éclairé. Maintenant il savait. Il avait compris.

– Il fait les poubelles, dit-il.

– Qui ça ?

– Digoberto Gonzalves, répondit-il en baissant les yeux sur l'allée. Et aujourd'hui, c'est jour de ramassage. On a sorti les bennes pour les camions. Il fait les poubelles et les bennes, et il savait qu'aujourd'hui elles seraient sorties et que c'était le moment de se pointer dans le quartier.

Il regarda Walling avant de compléter son idée.

– Et les autres aussi, ajouta-t-il.

– Quoi ? Tu veux dire qu'il a trouvé le césium dans une benne à ordures ?

Il acquiesça d'un signe de tête et lui montra le bout de l'allée.

– Là-bas, tout au bout, dit-il, c'est Barham Boulevard et Barham Boulevard conduit à Lake Hollywood. Qui te conduit au belvédère. Tous les lieux de cette affaire tiennent sur une seule page du guide Thomas.

Walling le rejoignit et s'arrêta devant lui en lui bloquant la vue. Il entendit clairement les sirènes au loin.

– Qu'est-ce que tu es en train de me dire ? Qu'El-Fayed et Nassar ont pris le césium et l'ont planqué dans une benne au pied de la colline ? Et qu'après ce type qui fait les poubelles arrive et le trouve ?

– Ce que je te dis, c'est qu'on a retrouvé le césium et

que, du coup, on en revient à l'homicide. Tu descends du belvédère et moins de cinq minutes plus tard tu es ici, dans cette allée.

– Et alors ? Ils ont piqué le césium et tué Kent rien que pour pouvoir descendre le planquer ici ? C'est ça que tu es en train de me dire ? Ça ou bien qu'ils s'en sont débarrassés, tout simplement ? Pourquoi auraient-ils fait un truc pareil ? Enfin, je veux dire… pour toi, ç'aurait un sens ? Eh bien, moi, non, je ne vois pas que ça puisse paniquer les gens de la manière que nous, nous savons qu'ils veulent le faire.

Bosch remarqua que ce coup-là c'étaient six questions qu'elle avait posées à la fois – un nouveau record ?

– El-Fayed et Nassar n'ont jamais été à proximité de ce césium, dit-il. Voilà ce que je suis en train de te dire.

Il rejoignit la camionnette et ramassa l'affiche par terre. Et la lui tendit. Les sirènes étaient de plus en plus fortes.

– Qu'est-ce que c'est ? demanda-t-elle. Ça veut dire quoi ?

Bosch la lui reprit et commença à la réenrouler.

– Gonzalves a trouvé ce truc dans la même benne – celle où il a trouvé l'arme, l'appareil photo et le *pig* en plomb.

– Et alors ? Qu'est-ce que ça veut dire, Harry ? Qu'est-ce que ça veut dire ?

Deux véhicules des fédéraux entrèrent dans l'allée une rue plus loin et commencèrent à s'approcher en zigzaguant entre les bennes sorties pour le ramassage. Ils étaient tout près lorsque Bosch s'aperçut que le conducteur de la voiture de tête n'était autre que Jack Brenner.

– Tu m'entends, Harry ? Qu'est-ce que ça veut…

Ses genoux semblant brusquement le lâcher, Bosch tomba en avant et lui jeta les bras autour du cou pour ne pas s'écraser par terre.

– Bosch !

Elle l'attrapa et le serra contre elle.

– Euh… je ne me sens pas très bien, murmura-t-il. Je crois que je ferais mieux de… tu peux me ramener à la voiture ?

Elle l'aida à se redresser et commença à l'emmener vers sa voiture. Il lui passa un bras autour des épaules. Des portières claquaient partout au fur et à mesure que les agents quittaient leurs véhicules.

– Où sont les clés ? demanda Walling.

Il lui tendit la clé juste au moment où Brenner les rejoignait en courant.

– Qu'est-ce qu'il y a ? Qu'est-ce qui se passe ?

– Il est irradié. Le césium se trouve dans la console centrale de la camionnette. Je l'emmène à l'hôpital.

Brenner recula comme si ce qu'avait Bosch était contagieux.

– OK, dit-il. Appelle-moi dès que tu pourras.

Bosch et Walling continuèrent d'avancer vers la voiture.

– Allez, Bosch, dit Walling. Reste avec moi. Accroche-toi et on va s'occuper de tout ça.

Encore une fois elle venait de l'appeler par son nom de famille.

18

La voiture bondit en avant lorsque, en sortant de l'allée, Walling prit vers le sud dans Cahuenga Boulevard.

– Je te ramène au Queen of Angels pour que le Dr Garner puisse t'examiner, dit-elle. Accroche-toi, Bosch, pour moi.

Il comprit qu'il y avait toutes les chances pour que les termes d'affection tarissent assez rapidement. Il lui montra la file de gauche qui conduisait à Barham Boulevard.

– T'occupe pas de l'hôpital, dit-il. Ramène-moi chez les Kent.

– Quoi ?!

– Je me ferai examiner plus tard. On va chez les Kent. Le virage, là ! Allez !

Elle se glissa dans la file de gauche.

– Qu'est-ce qui se passe ?

– Ça va. Je vais bien.

– Qu'est-ce que tu racontes ? Que ton petit évanouissement, c'était…

– Il fallait que je t'emmène loin de la scène de crime et de Brenner pour vérifier et te parler. Seul à seul.

– Pour vérifier quoi ? Pour me parler de quoi ? Tu te rends compte de ce que tu viens de faire ? Je croyais être en train de te sauver la vie. Et maintenant ce sera Brenner ou un autre qui va tirer gloire d'avoir retrouvé le césium. Merci beaucoup, connard ! C'était ma scène de crime, à moi !

Il ouvrit sa veste et en sortit l'affiche de yoga enroulée.

– Ne t'inquiète pas pour ça, dit-il. Les arrestations, c'est toi qui pourras en tirer gloire. Sauf qu'il se pourrait bien que tu n'en veuilles pas.

Il ouvrit l'affiche et en laissa la partie supérieure dépasser de ses genoux. Seul l'intéressait le bas.

– *Dhanurasana*, dit-il.

Walling lui jeta un coup d'œil, puis regarda l'affiche.

– Ça t'embêterait de commencer à m'expliquer ce qui se passe ?

– Alicia Kent pratique le yoga. J'ai vu les tapis dans sa salle de gym.

– Moi aussi, je les ai vus. Et alors ?

– As-tu remarqué la décoloration sur le mur, à l'endroit où on avait enlevé une photo, un calendrier ou disons… une affiche ?

– Oui, je l'ai vue.

Il souleva l'affiche.

– Je te parie qu'on entre dans sa salle de gym et que ça sera exactement à la taille. Et ça, c'est une affiche que Gonzalves a trouvée avec le césium.

– Ce qui voudra dire quoi… si c'est exactement à la bonne taille ?

– Que le crime était presque parfait. Qu'Alicia a monté une conspiration pour tuer son mari et que si Digoberto Gonzalves n'en avait pas, et tout à fait par hasard, découvert les preuves jetées à la poubelle, elle l'aurait emporté au paradis.

Walling hocha la tête d'un air méprisant.

– Oh, allons, Harry ! Tu es en train de me dire qu'elle aurait conspiré avec des terroristes internationaux pour qu'ils tuent son mari en échange du césium ? Je n'arrive même pas à croire que je suis en train de faire ce que je fais. Il faut que je retourne à la scène de crime.

Elle commença à regarder dans les rétroviseurs en préparation du demi-tour qu'elle allait effectuer. Ils montaient dans Lake Hollywood Drive et n'étaient plus qu'à deux minutes de la maison.

– Non, dit-il, continue. On y est presque. Alicia Kent a bien conspiré avec quelqu'un, mais ce n'était pas avec un terroriste. Le césium jeté dans la benne à ordures le prouve. Tu l'as dit toi-même : il est impensable qu'El-Fayed et Moby aient piqué ce truc pour le bazarder. Et donc, qu'est-ce que ça nous dit ? Ça nous dit qu'il ne s'agit pas d'un vol. Mais bien d'un meurtre. Le césium n'était qu'une fausse piste. Exactement comme Ramin Samir. Et Moby et El-Fayed ? Eux aussi font partie de la mauvaise piste. Et c'est cette affiche qui va le prouver.

– Comment ?

– *Dhanurasana*, la posture de l'arc.

Il leva l'affiche et la tourna vers elle pour qu'elle puisse regarder la posture représentée dans le coin inférieur. On y voyait une femme avec les bras dans le dos. Elle se tenait les chevilles et créait ainsi un arc avec le devant de son corps. On aurait pu croire qu'elle était pieds et poings liés.

Walling regarda à nouveau la route qui tournait, puis revint longuement sur l'affiche et la posture de l'arc.

– Donc on entre dans la maison et on voit si l'affiche coïncide avec la décoloration sur le mur. Si c'est le cas, cela signifie que l'assassin et elle l'ont décrochée du mur parce qu'ils ne voulaient pas courir le risque qu'on la voie et fasse le rapprochement avec ce qui lui était arrivé.

– C'est un rien tiré par les cheveux, Harry. Non, ça l'est même beaucoup.

– Pas quand tu remets ça dans le contexte.

– Ce que toi, bien sûr, tu peux faire.

– J'espère que tu as toujours la clé.

– Je veux, oui !

Walling tourna dans Arrowhead Drive et écrasa l'accélérateur. Mais au croisement suivant elle leva le pied, ralentit et hocha encore une fois la tête.

– C'est ridicule, dit-elle. C'est elle qui nous a donné le nom de Moby. Et il est absolument impossible qu'elle ait pu savoir qu'il était dans ce pays. Sans compter que là-haut, au belvédère, ton témoin a dit avoir entendu le tireur invoquer Allah au moment où il pressait la détente. Comment veux-tu que…

– Essayons juste le coup de l'affiche sur le mur. Si ça colle, je te donne tout le tableau. Promis. Et si ça ne colle pas, j'arrête… de t'enquiquiner avec ça.

Elle céda et parcourut sans mot dire ce qu'il restait de route pour rejoindre la maison des Kent. Il n'y avait plus de voiture du FBI devant. Bosch se dit que tout le monde bossait à l'endroit où le césium avait été retrouvé.

– Dieu merci, je suis pas obligé de me retaper Maxwell, dit-il.

Walling ne sourit même pas.

Bosch descendit de la voiture avec l'affiche et le dossier des photos de la scène de crime. Puis il prit la clé de Kent pour ouvrir la porte de devant et tous deux se mirent en devoir de rejoindre la salle d'exercices. Ils se postèrent de part et d'autre de la décoloration et Bosch déroula l'affiche. Ils en prirent chacun un côté et en placèrent les coins supérieurs sur les marques laissées par le soleil. Bosch posa l'autre main au milieu de l'affiche et l'aplatit sur le mur. L'affiche collait parfaitement avec la décoloration. Qui plus est, les marques de scotch laissées sur le mur correspondaient, elles aussi, parfaitement avec celles qu'on retrouvait sur l'affiche. Pour Bosch, aucun doute n'était permis : l'affiche trouvée par Digoberto Gonzalves dans une benne à ordures de Cahuenga Boulevard provenait bel et bien de la salle de yoga d'Alicia Kent.

Rachel lâcha son côté de l'affiche et se dirigea vers la porte de la pièce.

– Tu veux quelque chose ? lui lança-t-il.

– Non, lui renvoya-t-elle. Nous ne sommes pas chez nous, tu te rappelles ?

Il ouvrit le réfrigérateur, en sortit une bouteille d'eau et en but la moitié debout devant la porte ouverte. L'air frais lui fit du bien. Il referma la porte, mais la rouvrit aussitôt. Il avait vu quelque chose. Sur l'étagère du haut se trouvait une bouteille en plastique pleine de jus de raisin. Il la sortit et la regarda en se rappelant qu'en fouillant dans les sacs d'ordures du garage il avait vu des serviettes en papier tachées de jus de raisin.

– Bon, dit-il, quand avez-vous filmé le terroriste Moby en vidéo sur le port ?

– Qu'est-ce que...

– Je t'en prie, contente-toi de répondre à ma question.

– Le 12 août de l'année dernière.

– Le 12 août ? Bien. Et après quoi ? Une espèce d'alarme a sonné au FBI et à la Homeland Security ?

Elle fit oui de la tête.

– Mais pas tout de suite, précisa-t-elle. Il nous a fallu presque deux mois d'analyse de la vidéo pour avoir confirmation qu'il s'agissait bien de Nassar et d'El-Fayed. C'est moi qui ai rédigé le mémo. Il est parti le 9 octobre et a été classé « sujets officiellement repérés sur le territoire ».

– Pure curiosité… Pourquoi ne l'avez-vous pas dit publiquement ?

– Parce que nous avons… en fait, je ne peux pas te le dire.

– Sauf que tu viens de le faire. Vous avez forcément un lieu ou quelqu'un chez qui vous savez que ces deux types pourraient se pointer et apparaître sur vos vidéos de surveillance. En le faisant savoir publiquement, vous leur auriez donné la possibilité de repasser dans la clandestinité et de ne plus jamais refaire surface.

– Et si tu revenais à ce qui nous occupe, hein ?

– Parfait. Et donc le mémo est lancé le 9 octobre. C'est ce jour-là que l'assassinat de Stanley Kent commence à être planifié.

Elle se croisa les bras en travers de la poitrine et le dévisagea longuement. Il se dit qu'elle commençait peut-être à voir où il voulait en venir et que ça ne lui plaisait pas.

– Ça marche mieux si on part de la fin et remonte vers le début, reprit-il. Alicia Kent vous a donné le nom de Moby. Comment a-t-elle pu entendre parler de ce mec ?

– Elle a entendu un des deux types appeler l'autre comme ça.

Bosch hocha la tête.

– Non, elle vous a dit l'avoir entendu. Mais si elle mentait, comment aurait-elle pu connaître ce nom pour vous raconter ce bobard ? Pure coïncidence qu'elle vous donne le surnom d'un type dont moins de six mois plus tôt on confirme la présence dans le pays… et dans le comté de Los Angeles, c'est ça ? Non, Rachel, je ne le pense vraiment pas, et toi non plus. Les chances que ce soit le cas ne sont même pas calculables.

– Bon, tu nous dis donc que quelqu'un du FBI ou d'une autre agence qui a reçu le bulletin que j'ai rédigé lui a donné ce nom.

Il fit oui de la tête et pointa son doigt vers elle.

– Voilà, dit-il. Il lui a donné le nom de façon à ce qu'elle puisse le ressortir au cours de l'interrogatoire que lui faisait subir le maître interrogateur du FBI. Ce nom, en plus de l'idée de garer la bagnole devant chez Ramin Samir, devait tout faire dérailler pour le FBI et ceux qui pourchassent des terroristes mais n'ont rien à voir avec cette affaire.

– « Il » ? dit-elle.

– J'y viens tout de suite. Tu as raison : tout individu ayant accès à ce bulletin était en mesure de lui filer ce nom. Pour moi, ça fait beaucoup de monde. Beaucoup de monde rien qu'à L. A. Et donc, comment on ramène ça à un seul bonhomme ?

– Et si tu me le disais ?

Il rouvrit la bouteille et but le reste de l'eau. Et garda la bouteille vide dans sa main en reprenant sa démonstration.

– On ramène ça à un seul bonhomme en continuant de remonter en amont, dit-il. Où Alicia Kent aurait-elle pu croiser quelqu'un d'une de ces agences qui aurait pu être au courant pour Moby ?

Walling fronça les sourcils et hocha la tête.

– Avec des paramètres pareils, ç'aurait pu être n'importe où. Dans la queue au supermarché ou quand elle achetait de l'engrais pour ses roses. Absolument n'importe où.

Bosch l'avait amenée exactement où il voulait.

– Bon, eh bien, affinons les paramètres, dit-il. Où aurait-elle pu rencontrer quelqu'un qui non seulement était au courant pour Moby, mais qui, en plus, savait que son mari avait accès au genre de matières radioactives auxquelles Moby pouvait s'intéresser ?

Cette fois, Walling hocha la tête d'un air dédaigneux.

– Nulle part. Il faudrait une coïncidence monumentale pour…

Elle s'arrêta : elle commençait à comprendre. Illumination, puis choc lorsqu'elle découvrit où Bosch voulait en venir.

– Mon coéquipier et moi sommes allés voir les Kent au début de l'année dernière pour les mettre en garde. Ça voudrait donc dire que ça fait de moi une suspecte ?

Il fit non de la tête.

– J'ai dit « il », tu te rappelles ? Tu n'es pas venue ici seule.

Ses yeux s'enflammèrent lorsqu'elle se rendit compte de ce que cela impliquait.

– C'est ridicule ! dit-elle. Ce n'est même pas possible. Je n'arrive pas à croire que tu puisses…

Elle n'acheva pas sa phrase : elle venait de buter sur quelque chose, sur un souvenir qui brisait sa confiance et sa loyauté envers son coéquipier. Cela en disait long, Bosch démarra aussitôt et serra la vis.

– Quoi ? demanda-t-il.

– Rien.

– Quoi ?

– Écoute, dit-elle, suis mon conseil et ne parle à personne de ta théorie. Tu as de la chance que ce soit à moi que tu en aies parlé en premier : autrement, on te prendrait pour une espèce de timbré qui veut se venger. Tu n'as ni preuves, ni mobile, ni déclarations compromettantes,

238

rien. Tu as juste ce truc que tu viens de sortir de… d'une affiche de yoga.

– Il n'y a aucune autre explication qui coïncide avec les faits. Et c'est de l'affaire que je te parle. Pas du fait que le Bureau, l'Homeland Security et le reste de l'administration fédérale adoreraient qu'il s'agisse d'un acte de terrorisme qui pourrait justifier leur existence et détourner la critique de leurs échecs. Contrairement à ce que tu aimerais penser, des preuves, il y en a, et des déclarations compromettantes aussi. Faisons passer Alicia Kent au détecteur de mensonges et on verra que tout ce qu'elle a dit, à toi, à moi et au maître interrogateur en centre-ville, est un mensonge. Non, le grand maître dans tout ça, c'est elle. Dans le genre manipulation, il n'y a pas mieux.

Walling se pencha en avant et regarda par terre.

– Merci, Harry, dit-elle. Il se trouve que le grand maître interrogateur, c'est moi.

Il en resta bouche bée un instant avant de reprendre la parole :

– Oh… bon, ben, désolé… mais ça n'a pas d'importance. Ce qui en a, c'est qu'elle ment à la perfection. Elle a menti sur toute la ligne, mais maintenant qu'on connaît toute l'histoire, il sera facile de la débusquer.

Walling se leva de son siège et gagna la baie vitrée de devant. Les jalousies étaient closes, mais elle passa un doigt entre les lames et regarda fixement la rue. Bosch comprit qu'elle se repassait l'affaire dans la tête et en décortiquait tous les éléments.

– Et le témoin là-dedans ? lança-t-elle sans se retourner. Il a bien entendu le tireur crier «*Allah* !», non ? Tu vas me dire que lui aussi, il fait partie de la conspiration ? Ou alors que, comme ça se trouve, ils savaient qu'il était là et qu'il a donc crié «*Allah* !» pour que ça colle avec la manipulation ?

Bosch essaya de s'éclaircir doucement la gorge. Elle le brûlait et l'empêchait de parler facilement.

– Non, là, je crois qu'il s'agit plutôt du cas typique de quelqu'un qui entend ce qu'il a envie d'entendre. Je ne suis pas un maître interrogateur, je l'avoue, et plaide coupable sur ce point. Le gamin m'a dit qu'il n'en était pas sûr, mais naturellement, pour moi, ça cadrait bien avec ce que j'avais dans le crâne à ce moment-là. Bref, j'ai entendu ce que j'avais envie d'entendre.

Elle s'écarta de la fenêtre, se rassit et croisa les bras. Bosch finit, lui aussi, par s'asseoir dans un fauteuil, juste en face d'elle. Et reprit en ces termes :

– Cela dit, comment le témoin aurait-il pu savoir que c'était le tireur et pas la victime qui criait ? Il était à plus de cinquante mètres de là et il faisait sombre. Comment pouvait-il être sûr que ce n'était pas Stanley Kent qui criait son dernier mot avant d'être exécuté ? Soit le prénom de la femme qu'il aimait. Parce qu'il était sur le point de mourir et ne savait pas qu'elle l'avait trahi ?

– Alicia.

– Exactement. « Alicia » avec un coup de feu au milieu, ça devient « *Allah* ».

Walling se détendit les bras et se pencha en avant. Côté langage corporel, c'était bon signe. Pour Bosch, cela voulait dire qu'il avançait.

– Tu as parlé du premier jeu de colliers-menottes avant, reprit-elle. De quoi parlais-tu ?

Bosch hocha la tête et lui tendit le dossier des photos de la scène de crime. Il avait gardé le meilleur pour la fin.

– Regarde ces photos, dit-il. Qu'est-ce que tu vois ?

Elle ouvrit le dossier et commença à regarder. On y voyait la grande chambre des Kent sous tous les angles.

– C'est la grande chambre, dit-elle. Qu'est-ce que je ne vois pas ?

– Exactement.

– Quoi ?

– C'est ce qu'on ne voit pas qui compte. Il n'y a pas de vêtements. Elle nous a raconté qu'ils lui avaient ordonné de s'asseoir sur le lit et d'enlever ses habits. Qu'est-ce qu'il faut croire ? Qu'ils l'ont laissée ranger ses habits avant de lui attacher les chevilles et les poignets ? Qu'ils l'ont laissée les mettre dans le panier à linge sale ? Regarde la dernière photo. C'est celle que Stanley Kent a reçue par mail.

Walling feuilleta le dossier jusqu'au moment où elle en trouva le tirage papier. Elle l'examina avec grand soin. Il vit la lumière se faire dans ses yeux.

– Et maintenant qu'est-ce que tu vois ? lui demanda-t-il.

– Le peignoir, répondit-elle, tout excitée. Quand nous l'avons laissée s'habiller, ce peignoir, elle est allée le chercher dans la penderie. Il n'y avait pas de peignoir sur la chaise longue !

Bosch hocha la tête, ils commencèrent à se raconter toute l'histoire à tour de rôle.

– Ce qui nous dit quoi ? enchaîna-t-il. Ça nous dit que ces terroristes plus que soigneux lui ont accroché son peignoir dans la penderie après avoir pris la photo ?

– Ou peut-être que Mme Kent a été attachée deux fois et que le peignoir a été déplacé entre ces deux moments.

– Et regarde encore une fois la photo. La pendule de la table de nuit est débranchée.

– Pourquoi ?

– Je ne sais pas, mais il se peut qu'ils n'aient pas voulu avoir une heure visible sur la photo. Il est même possible que ce cliché n'ait pas été pris hier. Peut-être sort-il d'une séance de photos faite deux jours, voire deux semaines avant.

Rachel fit oui de la tête, Bosch comprit qu'elle marchait. Elle le croyait.

– Elle a été attachée une première fois pour la photo et une deuxième pour le sauvetage, dit-elle.

– Exactement. Ce qui la laissait libre de mener à bien le plan au belvédère. Elle n'a pas tué son mari, mais c'était elle qui était dans l'autre voiture. Dès que Stanley est mort, ils se débarrassent du césium, larguent la voiture devant chez Samir et reviennent à la maison, où il l'attache à nouveau.

– Elle n'était pas évanouie quand nous sommes arrivés. C'était de la comédie et cela faisait partie du plan. Et faire pipi sur le lit était la touche finale qui a beaucoup aidé à nous faire tout avaler.

– Sans compter que l'odeur d'urine couvrait celle du jus de raisin.

– Que veux-tu dire ?

– Les taches violettes sur ses poignets et ses chevilles… Maintenant on sait qu'elle n'est pas restée attachée pendant des heures. Ce qui ne l'a pas empêchée d'avoir ces taches. Il y a une bouteille de jus de raisin ouverte dans le frigo et des serviettes en papier qui en sont trempées dans la poubelle. Elle s'est servie de jus de raisin pour se faire ces taches.

– Ah mon Dieu ! Je n'arrive pas à y croire !

– Quoi ?

– Quand j'étais avec elle dans la salle d'interrogatoire de la Tactical ? Il n'y a pas beaucoup de place et j'ai cru sentir du raisin dans la pièce. Je me suis dit que quelqu'un s'y était installé avant et avait bu du jus de raisin. Je l'ai senti !

– Et voilà.

Il n'y avait à présent plus aucun doute. Il la tenait. Mais c'est alors que, inquiétude et doute, une ombre passa sur le visage de Walling, tel un nuage d'été.

– Et le mobile ? dit-elle. C'est d'un agent fédéral qu'il est question. Pour aller jusqu'au bout, nous allons avoir besoin de tout, jusques et y compris d'un mobile. On ne peut rien laisser au hasard.

Il était prêt pour cette question.

– Ce mobile, tu l'as vu, Rachel. Alicia Kent est une très belle femme. Jack Brenner la voulait, mais il y avait Stanley au milieu.

Choquée, Walling ouvrit de grands yeux. Bosch poussa son avantage.

– C'est ça, le mobile, Rachel. Tu...

– Mais il...

– Laisse-moi finir. Ça marche comme ça : ton coéquipier et toi vous pointez ici l'année dernière pour avertir les Kent des dangers qu'ils courent à cause du métier de Stanley. C'est alors que quelque chose se passe entre Alicia et Jack. Elle l'intéresse, il l'intéresse. Ils se retrouvent en cachette pour boire un café ou pour autre chose et de fil en aiguille... Ils ont une liaison et ça dure et dure, jusqu'au moment où il faut commencer à envisager autre chose. Abandonner le mari. Ou s'en débarrasser parce qu'il y a une assurance et la moitié d'une société à la clé. Côté mobile, ça suffit amplement, Rachel, et c'est bien de ça qu'il est question dans cette affaire. Il ne s'agit ni de césium, ni de terrorisme, ni de quoi que ce soit d'autre. On en revient à l'équation de base : sexe plus fric égale meurtre. Un point, c'est tout.

Elle fronça les sourcils et hocha la tête.

– Tu ne sais pas de quoi tu parles. Jack Brenner est

marié et a trois enfants. C'est un type stable, ennuyeux et qui ne s'intéresse à rien. Il n'était pas…

– Ça intéresse tous les hommes. Qu'ils soient mariés ou aient x ou y enfants n'a aucune importance.

– Tu veux bien écouter et me laisser finir ? dit-elle doucement. Tu te trompes pour Brenner. Il n'a jamais rencontré Alicia Kent avant aujourd'hui. Ce n'était pas mon coéquipier quand je suis venue ici l'année dernière et je ne t'ai jamais dit que c'était lui.

La nouvelle le retourna. Il avait pris pour argent comptant que son coéquipier actuel était celui de l'année précédente. Il avait emmagasiné et bouclé l'image de Brenner dans son cerveau au fur et à mesure qu'il déroulait l'histoire.

– Au début de l'année tous les coéquipiers de la Tactical ont été redistribués. C'est la routine. Le concept d'équipe s'en trouve amélioré. Je ne suis avec Jack que depuis janvier.

– Qui était ton coéquipier l'année dernière, Rachel ?

Elle soutint longtemps son regard.

– C'était Cliff Maxwell, répondit-elle.

19

Il en éclata presque de rire, mais le choc était trop grand pour qu'il puisse faire autre chose que hocher la tête. Rachel Walling était en train de lui raconter que Cliff Maxwell était le complice d'Alicia Kent dans ce meurtre.

– Je n'arrive pas à y croire, dit-il enfin. Il y a environ cinq heures de ça, j'avais l'assassin menotté, ici même, sur le plancher !

Rachel avait l'air mortifiée de se rendre compte que le meurtre de Stanley Kent était un coup monté au sein même de la Maison et le vol du césium rien de plus qu'une diversion bien orchestrée.

– Tu vois la suite maintenant, non ? lui demanda Bosch. Tu vois comment il aurait joué l'affaire ? Son mari est mort, il commence à se pointer chez elle par pure sympathie et parce qu'il est en charge du dossier. Ils se mettent à sortir ensemble, ils tombent amoureux et personne ne se pose de questions. Tout le monde en est encore à chercher Moby et El-Fayed.

– Et si jamais nous les attrapons, hein ? dit Walling en continuant sur cette lancée. Ils pourraient très bien nier avoir pris part à ce truc jusqu'à ce qu'Oussama Ben Laden meure de vieillesse dans une grotte, et qui les croirait ou s'en soucierait ? Rien n'est plus ingénieux que d'imputer un crime à un terroriste qui ne l'a pas commis. Il n'a aucun moyen de se défendre.

Bosch acquiesça d'un signe de tête.

– Le crime parfait, dit-il. La seule chose qui l'a fait capoter, c'est que Digoberto Gonzalves a fouillé dans cette benne à ordures. Sans lui, on en serait toujours à traquer Moby et El-Fayed, et sans doute aussi à se dire qu'ils se sont servis du domicile de Samir comme d'une maison sûre.

– Bon, on fait quoi maintenant, Bosch ?

Il haussa les épaules, mais répondit quand même :

– Je propose qu'on monte une souricière classique. On les met tous les deux dans des salles d'interrogatoire, on tape sur le gong et on leur dit que le premier qui cause peut traiter avec le procureur. Je suis prêt à parier sur Alicia. Elle va lâcher et le donnera. Peut-être même ira-t-elle jusqu'à l'accuser de tout en prétendant qu'elle a agi sous son influence et son contrôle.

– Quelque chose me dit que tu as raison. Je dois aussi à la vérité de dire qu'à mon avis Maxwell n'est pas assez futé pour avoir conçu un plan pareil. J'ai travaillé avec…

Son portable se mit à vibrer. Elle le sortit de sa poche et regarda l'écran.

– C'est Jack, dit-elle.

– Essaie de savoir où est Maxwell.

Elle décrocha et commença par répondre à quelques questions sur l'état de santé de Bosch – il n'y avait pas de problème, mais son mal à la gorge était tel qu'il perdait la voix. Bosch sortit une deuxième bouteille d'eau minérale du frigo et écouta. Walling venait de très négligemment orienter la conversation sur Maxwell.

– À propos, où est passé Cliff ? lança-t-elle. Je voulais

lui parler de l'incident avec Bosch dans le couloir. Je n'aime pas beaucoup ce qu'il a...

Elle s'arrêta pour écouter la réponse, dans l'instant Bosch vit son regard se faire vigilant. Quelque chose n'allait pas.

– Quand ça? demanda-t-elle.

Elle écouta encore et se leva.

– Bon, Jack, dit-elle, faut que j'y aille. Je rentre dès que j'ai fini ici.

Elle referma son portable et regarda Bosch.

– Je ne supporte pas de lui mentir. Il ne l'oubliera pas.

– Qu'est-ce qu'il t'a dit?

– Il m'a dit qu'il y avait trop d'agents à l'endroit où le césium a été retrouvé. Tout le monde, ou pas loin, est monté du centre-ville et attend l'équipe anti-radiations. Bref, Maxwell s'est porté volontaire pour passer prendre le témoin au Mark Twain. Personne ne s'en était occupé depuis que j'avais annulé la première équipe qui devait s'en charger.

– Il y est allé seul?

– C'est ce que dit Jack.

– Il est parti depuis longtemps?

– Une demi-heure.

– Il va le tuer, dit Bosch en se dirigeant aussitôt vers la porte.

20

Cette fois, ce fut Bosch qui prit le volant. En roulant vers Hollywood, il informa Walling que Jesse Mitford n'avait pas le téléphone dans sa chambre : le Mark Twain n'était pas terrible côté service. Il appela le chef de sûreté de la division d'Hollywood et lui demanda d'envoyer une voiture de patrouille à l'hôtel pour s'enquérir du témoin. Après quoi il appela les Renseignements et fut mis en relation avec la réception du Mark Twain.

– Alvin, dit-il, ici l'inspecteur Bosch. Je suis passé ce matin, vous vous rappelez ?

– Oui, oui. Qu'est-ce qu'il y a, inspecteur ?

– Quelqu'un a-t-il demandé Stephen King ?

– Euh… non.

– Dans les dernières vingt minutes avez-vous laissé entrer quelqu'un qui ressemblait à un flic ou qui n'avait pas de chambre chez vous ?

– Non, inspecteur. Qu'est-ce qu'il se passe ?

– Écoutez. J'ai besoin que vous montiez à la chambre de Stephen King et que vous lui disiez de partir tout de suite et de m'appeler.

– Je n'ai personne pour me remplacer à la réception, inspecteur.

– C'est une urgence, Alvin. Il faut absolument qu'il parte. Ça vous prendra moins de cinq minutes. Vous avez un stylo ? Voici mon numéro : 323 244 5631. C'est noté ?

– C'est noté.

– Bon, allez-y. Et si quelqu'un se pointe et demande après lui, dites-lui qu'il est parti, qu'il s'est fait rembourser et qu'il n'est plus là. Allez, Alvin, et merci.

Il referma son portable et regarda Rachel. Le réceptionniste ne lui inspirait pas très confiance, cela se voyait sur son visage.

– Je crois que c'est un drogué, dit-il.

Il accéléra et tenta de se concentrer sur sa conduite. Ils venaient de quitter Barham pour prendre Cahuenga Boulevard vers le sud. Il se dit qu'à condition que la circulation le permette à Hollywood, ils pourraient arriver au Mark Twain dans les cinq minutes. Et cela l'inquiétait : avec son avance d'une demi-heure, Maxwell devait déjà y être. Il se demanda s'il s'était glissé dans l'hôtel par-derrière et s'il avait déjà atteint Mitford.

– Il se peut que Maxwell soit déjà entré par-derrière, dit-il à Walling. Je vais arriver par l'allée.

– Tu sais, lui renvoya-t-elle, il ne lui fera peut-être pas de mal. Il pourrait le faire monter dans sa voiture, lui parler et essayer de déterminer si ce qu'il a vu au belvédère peut constituer une menace pour lui.

Bosch secoua la tête.

– Absolument pas. Il sait forcément que, dès que le césium sera découvert, tout son plan s'effondrera. Et qu'il faudra agir contre toutes les menaces possibles. D'abord contre le témoin et après contre Alicia Kent.

– Alicia Kent ? Tu crois qu'il pourrait s'en prendre à elle ? Tout ça, c'est à cause d'elle.

– Aucune importance. C'est l'instinct de survie qui a pris le relais et Alicia constitue une menace. C'est naturel : tu as franchi la ligne jaune pour être avec elle, tu la franchis une nouvelle fois pour sauver ta…

Il cessa brusquement de parler, il venait de comprendre quelque chose et son cœur s'emballait. Il jura tout haut et écrasa l'accélérateur à la sortie du col de Cahuenga. Arrivé dans Highland Avenue, il coupa à travers trois voies à la hauteur de l'Hollywood Bowl et, tous pneus hurlants, fit un demi-tour complet pour se retrouver face à la circulation. Puis il écrasa à nouveau l'accélérateur, la voiture tanguant follement tandis qu'il fonçait vers la bretelle sud de l'Hollywood Freeway. Rachel s'agrippa au tableau de bord et à une poignée pour ne pas tomber.

– Harry, mais qu'est-ce que tu fais ? ! On va en sens interdit !

Il alluma la sirène et les lumières bleues qui clignotent devant le radiateur et sur la lunette arrière de la voiture. Et hurla sa réponse :

– Mitford est une diversion ! On va dans la bonne direction. Qui représente le plus grand danger pour Maxwell ?

– Alicia ?

– Je veux, et il n'y a pas meilleur moment pour la faire sortir de la Tactical : tout le monde est monté voir le césium.

Ça roulait assez bien sur l'autoroute et la sirène aidait à dégager les voies. Bosch se dit que Maxwell était peut-être déjà arrivé en centre-ville.

Rachel ouvrit son portable et se mit à y entrer des numéros. Elle avait beau essayer, personne ne répondait.

– Pas moyen d'avoir quelqu'un ! hurla-t-elle.

– Où est la Tactical ?

Elle n'hésita pas une seconde :

– Dans Broadway. Tu sais où est le Million Dollar Theater ? C'est dans le même immeuble. On entre par la 3e Rue.

Il arrêta la sirène et ouvrit son portable. Et appela son coéquipier, qui répondit immédiatement.

– Ignacio, où es-tu ?

– Je viens d'arriver au bureau. La Scientifique a bossé sur la voiture pour…

– Écoute-moi. Tu laisses tomber ce que tu fais et tu me retrouves à l'entrée de la 3e Rue du Million Dollar Theater. Tu sais où c'est ?

– Qu'est-ce qui se passe ?

– Sais-tu où est le Million Dollar Theater ?

– Oui, je sais où c'est.

– Tu m'y retrouves à l'entrée de la 3e Rue. Je t'expliquerai dès que j'arrive.

Il referma son portable et remit la sirène.

21

Les dix minutes suivantes durèrent trois heures. En se faufilant entre les voitures, Bosch finit par arriver à la bretelle de sortie de Broadway. Il arrêta la sirène en prenant le virage et descendit la pente pour rejoindre leur destination. Ils n'en étaient plus qu'à trois rues.

Le Million Dollar Theater avait été construit à une époque où l'on projetait des films dans les palaces magnifiques qui longent Broadway en centre-ville. Mais cela faisait des décennies qu'il n'y avait plus eu de première dans une salle du Million Dollar Theater. Sa façade très ornée disparaissait sous une marquise éclairée où, à un moment donné, on avait annoncé des réveils religieux plutôt que des films. Depuis, le cinéma était inutilisé et attendait sa rénovation pendant qu'au-dessus un immeuble de douze étages jadis prestigieux n'était plus occupé que par des lofts résidentiels et des bureaux milieu de gamme.

– Bon endroit pour les bureaux secrets d'une unité qui l'est tout autant, fit remarquer Bosch en arrivant en vue de l'immeuble. Personne ne pourrait se douter que c'est là.

Walling ne réagit pas. Elle essayait de passer un autre appel. Frustrée, elle referma bruyamment son portable.

– Je n'arrive même pas à avoir la secrétaire, dit-elle.

Elle déjeune toujours après une heure de façon à ce qu'il y ait constamment quelqu'un au bureau quand les agents vont manger plus tôt.

– Où est exactement la brigade et où pourrait se trouver Alicia Kent ?

– On occupe tout le septième étage. Il y a une salle de repos avec un canapé et une télé. C'est là qu'ils l'ont mise pour qu'elle puisse la regarder.

– Combien de bonshommes dans la brigade ?

– Huit agents, la secrétaire et une chef de bureau. Laquelle chef de bureau vient de se mettre en congé de maternité. Et la secrétaire doit être partie déjeuner. J'espère. Sauf qu'ils n'ont sûrement pas laissé Alicia Kent toute seule. C'est contre le règlement. Il y a forcément quelqu'un avec elle.

Bosch prit à droite dans la 3e et se gara aussitôt le long du trottoir. Négligemment appuyé sur sa Volvo familiale, Ignacio Ferras était déjà arrivé. Devant lui se trouvait une voiture de patrouille fédérale. Bosch et Walling descendirent de leur véhicule, Bosch pour rejoindre Ferras tandis que Walling allait jeter un coup d'œil à la voiture de patrouille.

– As-tu vu Maxwell ? demanda Bosch à Ferras.

– Qui ?

– L'agent Maxwell. Celui qu'on a foutu par terre chez les Kent ce matin.

– Non, je n'ai vu personne. Qu'est-ce que…

– C'est sa voiture, dit Walling en les rejoignant.

– Ignacio, je te présente l'agent Walling.

– Appelez-moi Iggy.

– Rachel.

Ils se serrèrent la main.

– Bon, il est donc ici, quelque part dans les étages, dit Bosch. Il y a combien de cages d'escalier ?

– Trois, répondit Walling. Mais il a dû se servir de celle qui débouche près de sa voiture.

Elle leur montra une double porte en acier au coin du bâtiment. Ferras et Walling sur ses talons, Bosch s'y rendit pour voir si elle était fermée à clé.

– Qu'est-ce qui se passe ? répéta Ferras.

– C'est Maxwell le tireur, lui répondit Bosch. Il est dans les éta...

– Quoi ? !

Bosch vérifia la porte. Elle n'avait ni poignée ni bouton extérieur. Il se tourna vers Ferras.

– Écoute, on n'a pas beaucoup de temps. Crois-moi, c'est notre type et il est venu ici pour zigouiller Alicia Kent. Nous...

– Qu'est-ce qu'elle fait ici ?

– Le FBI a des bureaux ici. Et elle y est. Et maintenant, fini les questions, d'accord ? Tu te contentes d'écouter. L'agent Walling et moi allons prendre l'ascenseur et je veux que toi, tu restes à côté de la porte. Si Maxwell en sort, tu l'arrêtes. Tu as compris ? Tu l'arrêtes.

– Compris.

– Bon. Demande des renforts. Nous, on monte.

Il tendit la main et lui tapota la joue.

– Et on ne s'endort pas sur le rôti.

Ils laissèrent Ferras et franchirent la grande entrée de l'immeuble. Il n'y avait pas de vestibule digne de ce nom, juste l'ascenseur. Il leur suffit d'appuyer sur le bouton de ce dernier pour que la porte s'ouvre, Walling devant faire usage d'une carte-clé pour débrayer le bouton du septième. Ils commencèrent à monter.

– Quelque chose me dit que tu ne l'appelleras jamais Iggy, hein ? lança-t-elle.

Bosch ignora sa remarque, mais pensa à une question à lui poser.

– Cet ascenseur émet-il comme un tintement de cloche ou une tonalité quand il arrive à l'étage ?

– Je ne me souviens… je crois que oui… oui, absolument.

– Génial. On va se faire descendre comme à la foire.

Il sortit son Kimber de son holster et l'arma. Walling en fit autant avec son pistolet. Bosch la poussa d'un côté de l'ascenseur et prit place de l'autre. Et leva son arme. L'ascenseur arriva enfin au septième, un léger tintement de cloche se faisant entendre à l'extérieur. La porte commença à s'ouvrir, Bosch étant le premier exposé.

Il n'y avait personne.

Du doigt, Rachel lui montra que les bureaux se trouvaient sur la gauche en sortant de l'ascenseur. Bosch se mit en position de tir et sortit de la cabine, son Kimber levé et prêt à faire feu.

Encore une fois, personne.

Il prit vers la gauche. Rachel sortit derrière lui et se porta à sa hauteur, à droite. Ils arrivèrent devant un bureau de style loft avec deux rangées de box – la salle de garde – et trois pièces séparées au milieu de l'étage. Il y avait de gros empilements d'équipement électronique entre les box et deux écrans d'ordinateur trônaient sur chaque bureau. On avait l'impression que tout pouvait être remballé et déménagé en un instant.

Bosch s'avança et par la vitre d'un des bureaux privés vit un homme assis sur une chaise, la tête renversée en arrière et les yeux ouverts. Il avait l'air de porter un bavoir rouge. Mais Bosch sut tout de suite que c'était du sang. L'homme avait été abattu d'une balle en pleine poitrine.

Bosch fit un geste à Walling, qui vit la scène. Vite, elle aspira une bouffée d'air et poussa un soupir presque inaudible.

La porte du bureau était entrouverte. Tous deux la rejoignirent et Bosch l'ouvrit d'une poussée, Walling couvrant Bosch de son arme. Celui-ci entra et découvrit Alicia Kent assise par terre, le dos au mur.

Il s'agenouilla à côté d'elle. Elle avait les yeux ouverts, mais le regard mort. Une arme gisait par terre entre ses pieds et le mur derrière elle était couvert de sang et de morceaux de cervelle.

Bosch se retourna et examina la pièce. Et comprit à quoi on jouait. Tout était disposé de façon à faire croire qu'Alicia Kent s'était emparée de l'arme de l'agent, avait abattu celui-ci, puis s'était assise par terre pour se suicider. Pas de billet d'adieu ou d'explication, mais c'était le mieux qu'avait pu trouver Maxwell dans le bref laps de temps dont il avait disposé pour agir.

Bosch se tourna vers Walling. Elle avait baissé la garde et, figée sur place, contemplait l'agent mort.

– Rachel, dit-il. Il est sûrement encore là.

Il se redressa et gagna la porte pour inspecter la salle de garde. À peine y avait-il jeté un coup d'œil par la vitre qu'il aperçut du mouvement derrière l'empilement d'équipement électronique. Il s'immobilisa, leva son arme et suivit des yeux un individu qui se déplaçait derrière une pile pour gagner une porte marquée « Sortie ».

Une seconde plus tard il voyait Maxwell se mettre à découvert et se ruer vers la porte.

– Maxwell ! hurla-t-il. Arrête-toi !

Maxwell se retourna et leva son arme. Et au moment même où il touchait la porte du dos, se mit à tirer. La vitre vola en éclats, du verre pulvérisé passant devant les yeux de Bosch. Qui riposta et tira à six reprises dans l'ouverture de la porte. Mais Maxwell avait déjà filé.

– Rachel ? lança Bosch sans lâcher la porte des yeux.
Ça va ?

– Ça va, dit-elle d'une voix qui venait d'en dessous.

Il comprit qu'elle s'était jetée par terre dès que la
fusillade avait éclaté.

– À quelle sortie conduit cette porte ? demanda-t-il.

Elle se releva. Bosch s'approcha de la porte, regarda
Rachel et s'aperçut qu'elle était couverte d'éclats de
verre et avait une entaille à la joue.

– L'escalier conduit à sa voiture.

Bosch courut vers la sortie. Ouvrit son portable et
appuya sur le bouton rouge de numérotation abrégée
pour appeler son coéquipier. La première sonnerie n'était
même pas terminée que celui-ci décrochait. Bosch était
déjà dans l'escalier.

– Il arrive !

Bosch lâcha son portable et commença à descendre.
Il entendit Maxwell dévaler les marches et comprit aussitôt qu'il était trop loin.

22

En prenant les marches quatre à quatre, il dévala encore l'escalier sur trois étages. Il entendait Walling qui le suivait. Puis ce fut le bruit sourd de la porte de sortie que Maxwell venait d'atteindre. Aussitôt il y eut des cris et des coups de feu. Et si proches les uns des autres qu'il aurait été impossible de déterminer lesquels s'étaient fait entendre les premiers et combien de coups avaient été tirés.

Dix secondes plus tard, Bosch arrivait à la porte de sortie à son tour. Il passa sur le trottoir et vit Ferras appuyé au pare-chocs arrière de la voiture de patrouille fédérale de Maxwell. Il tenait son arme dans une main et serrait son coude de l'autre. Une rose de sang était en train de s'épanouir sur son épaule. Dans la 3e Rue la circulation s'était arrêtée dans les deux sens, les piétons courant sur les trottoirs pour se mettre à l'abri.

– Je l'ai touché deux fois. Il est parti par là ! hurla Ferras en lui montrant la direction du tunnel sous Bunker Hill.

Bosch s'approcha de son coéquipier et découvrit la blessure qu'il avait à l'arrondi de l'épaule. Ça n'avait pas l'air trop méchant.

– Tu as appelé des renforts ? lui demanda-t-il.

– Ils arrivent.

Ferras grimaça en ajustant sa prise sur son bras blessé.

– T'as vraiment fait du bon boulot, Iggy. Tiens bon le temps que je coince ce type.

Ferras fit oui de la tête. Bosch se retourna et vit Rachel franchir la porte, une grande traînée de sang sur le visage.

– Par ici, lui dit-il. Il est touché.

Ils commencèrent à descendre la 3e Rue en se déployant. Au bout de quelques pas, Bosch trouva la piste. Gravement blessé, c'était clair, Maxwell perdait beaucoup de sang. Il n'en serait que plus facile à suivre.

Mais lorsqu'ils arrivèrent au croisement de la 3e Rue et d'Hill Street, ils perdirent sa trace. Il n'y avait plus de sang sur le trottoir. Bosch jeta un coup d'œil dans le long tunnel de la 3e Rue et ne vit personne traverser la chaussée. Il examina Hill Street d'un bout à l'autre et n'y vit rien non plus, jusqu'à ce que son attention soit attirée par le vacarme de gens qui s'enfuyaient du Grand Central Market en courant.

– Par là, dit-il.

Ils gagnèrent rapidement l'énorme marché, Bosch retrouvant la piste sanglante juste à l'entrée. Le marché était un ensemble d'étals de nourriture, de fruits et légumes vendus au détail, et ce sur deux étages. La forte odeur de graisse et de café qui imprégnait l'air devait affecter tous les étages au-dessus des deux du marché. L'endroit était bruyant et plein de monde, et cela n'aidait pas beaucoup Bosch à remonter la piste jusqu'à Maxwell.

Jusqu'au moment où brusquement il y eut des cris juste devant lui, puis deux coups de feu rapides qu'on tirait en l'air. Aussitôt, ce fut la débandade. Des dizaines de clients et de vendeurs se ruèrent dans l'allée où se tenaient Bosch et Walling et se mirent à courir vers eux. Bosch comprit tout de suite qu'ils allaient être piétinés. Très vite, il sauta sur la droite, attrapa Walling par la taille et la tira derrière un large pilier en ciment.

La foule étant passée, Bosch risqua un œil. Le marché s'était vidé. Aucun signe de Maxwell jusqu'à ce que Bosch repère un mouvement dans une des grandes armoires réfrigérées posées devant l'étal d'un boucher au bout de l'allée. Il regarda plus attentivement et s'aperçut que le mouvement venait de derrière l'armoire. À travers les panneaux de verre qui devant, derrière et au-dessus protégeaient les étalages de morceaux de bœuf et de porc, il vit le visage de Maxwell. Il était par terre, adossé à un frigo au fond de la boutique.

– Il est devant, à la boucherie, chuchota-t-il à Walling. Prends l'allée par là. Tu devrais te retrouver à sa droite.

– Et toi ?

– Je vais continuer droit devant, histoire d'attirer son attention.

– On pourrait attendre les renforts.

– Non, pas question d'attendre.

– Je ne le pensais pas non plus.

– Prête ?

– Non, on intervertit les rôles. C'est moi qui vais droit devant et attire son attention pendant que tu le prends à revers.

Il comprit que le plan était meilleur dans la mesure où Walling et Maxwell se connaissaient. Mais cela signifiait aussi que ce serait Walling qui courrait le plus grand danger.

– Tu es sûre ? demanda-t-il.

– Oui. C'est ce qu'il faut faire.

Bosch risqua un œil une seconde fois et vit que

Maxwell n'avait pas bougé. Il avait le visage rouge et couvert de sueur. Bosch se retourna vers Walling.

– Il est toujours là-bas, dit-il.

– Bon. Allons-y.

Ils se séparèrent et se remirent en marche. Bosch descendit vite une allée parallèle à celle au bout de laquelle se trouvait la boucherie. Arrivé à son extrémité, il tomba sur un coffee shop mexicain entouré de hauts murs qui lui permirent de se protéger et de jeter un œil à la boucherie pour en découvrir le comptoir par le côté. Maxwell n'était plus qu'à cinq mètres de lui. Affaissé contre la porte du frigo, il tenait toujours son arme à deux mains. Sa chemise était trempée de sang.

Bosch se remit à couvert, recouvra ses esprits et se prépara à se porter à la rencontre de Maxwell. C'est alors qu'il entendit la voix de Walling.

– Cliff ? C'est moi, Rachel. Laisse-moi te trouver de l'aide.

Bosch passa la tête au coin du mur. Debout, complètement à découvert, Rachel se tenait à deux mètres du comptoir, son arme baissée le long de la jambe.

– Il n'y a plus d'aide possible, lui répondit Maxwell. C'est trop tard.

Bosch se rendit compte que si Maxwell voulait toucher Walling, il faudrait que la balle traverse les panneaux de verre avant et arrière de l'armoire. Le panneau avant formant un angle, il faudrait un miracle pour que le projectile atteigne son but. Mais les miracles, ça existe. Il leva son arme, la cala contre le mur, fut prêt à tirer s'il le fallait.

– Allez, Cliff, reprit Walling. Abandonne. Ne finis pas ça comme ça.

– Il n'y a pas d'autres façons.

Il fut soudain pris d'une violente quinte de toux mouillée qui lui secoua tout le corps. Du sang perla à ses lèvres.

– Putain, ce mec m'a vraiment eu, dit-il avant de tousser à nouveau.

– Cliff, le supplia Walling. Laisse-moi entrer. Je veux t'aider.

– Non, tu entres et je te…

Ses paroles se perdirent lorsqu'il ouvrit le feu sur l'armoire en verre et, son arme décrivant un arc, en descendit les deux portes. Rachel se baissa tandis que Bosch s'avançait et tendait les bras pour tenir son arme à deux mains. Il s'interdit de tirer, mais garda les yeux rivés sur le canon de l'arme de Maxwell. Que ce dernier l'abaisse sur Walling et il lui mettrait une balle dans la tête.

Maxwell baissa son arme sur ses genoux et se mit à rire, du sang lui coulant des deux côtés de la bouche et lui donnant l'air d'un clown monstrueux.

– Je crois… que je viens d'abattre un chateaubriand ! dit-il.

Il rit encore, mais cela le fit tousser à nouveau et ce fut pénible. Lorsque enfin l'accès de toux s'arrêta, il parla :

– Je voulais juste dire… que c'est elle. Elle voulait qu'il meure. Et moi, je… je la voulais, elle. C'est tout. Elle ne voulait pas qu'on fasse autrement… et j'ai fait ce qu'elle voulait… je suis damné…

Bosch fit un pas en avant. Il ne pensait pas que Maxwell ait remarqué sa présence. Il fit un deuxième pas en avant et Maxwell parla à nouveau.

– Je suis désolé, reprit-il. Rachel ? Dis-leur que je suis désolé.

– Cliff, lui renvoya-t-elle, tu peux le leur dire toi-même.

Mais là, sous les yeux de Bosch, Maxwell remonta son

arme, en plaça la bouche sous son menton, puis, sans hésiter, appuya sur la détente. L'impact lui rejeta la tête en arrière et expédia une giclée de sang sur la porte du réfrigérateur. Son arme tomba entre ses jambes étendues sur le sol en ciment. Dans le suicide, il avait adopté la même position que son amante qu'il venait juste de tuer.

Walling fit le tour de l'armoire en verre, s'arrêta près de Bosch et tous les deux regardèrent l'agent mort. Elle ne dit rien. Bosch consulta sa montre. Il était presque une heure. Il avait résolu l'affaire en un peu plus de douze. Elle se soldait par cinq morts, un blessé et un type qui était en train de mourir par irradiation.

Et il y avait lui. Il se demanda s'il allait lui aussi faire partie du décompte final lorsque tout serait dit. Il avait la gorge en feu et une impression de lourdeur dans la poitrine.

Il regarda Rachel et vit du sang lui courir à nouveau le long de la joue. Elle allait avoir besoin de points de suture pour refermer la plaie.

– Tu sais quoi ? dit-il. Je t'emmène à l'hôpital si tu m'y accompagnes.

Elle le regarda et sourit tristement.

– Ajoutes-y Iggy et c'est bon.

Il la laissa avec Maxwell et regagna le Million Dollar Theater pour voir comment se portait son coéquipier. Chemin faisant, il vit les renforts arriver de tous côtés et des groupes se former. Il décida de laisser les officiers de la patrouille s'occuper des scènes de crime.

Ferras s'était assis dans sa voiture et, la portière ouverte, attendait une ambulance. Il se tenait le bras selon un drôle d'angle et l'on voyait qu'il souffrait. Le sang s'était répandu sur sa chemise.

– Tu veux de l'eau ? lui demanda Bosch. J'en ai une bouteille dans le coffre.

– Non, je vais juste attendre. J'aimerais bien qu'ils arrivent.

La sirène caractéristique d'une ambulance se fit entendre dans le lointain. Ils arrivaient.

– Qu'est-ce qui s'est passé, Harry ?

Bosch s'adossa à la portière et l'informa que Maxwell venait de se suicider alors que l'étau se resserrait sur lui.

– Sacrée façon de mourir, dit Ferras. Se faire acculer comme ça…

Bosch hocha la tête, mais garda le silence. Ils attendaient encore lorsque ses pensées le ramenèrent dans les rues et les collines qui montaient au belvédère, là où toute la ville qui scintillait à ses pieds avait été la dernière chose qu'avait vue Stanley Kent. Peut-être s'était-il dit que cela ressemblait au paradis qui l'attendait à la fin.

Puis il songea qu'il n'importait guère qu'on meure sur un belvédère d'où l'on découvre les scintillements du paradis plutôt que dans une boucherie. On n'est plus là et le dernier instant n'est pas ce qui compte. On est tous en train de partir par la bonde, se dit-il. Certains sont plus près du trou noir que d'autres. Certains le verront se profiler, d'autres n'auront aucune idée du moment où l'eau qui se retire va les saisir et les entraîner dans les ténèbres éternelles.

L'important est de se battre, se lança-t-il. De ne jamais cesser de ruer des quatre fers. De toujours résister au courant qui aspire.

L'équipe de secours prit le tournant de Broadway, se faufila entre plusieurs voitures immobilisées avant de freiner à l'entrée de l'allée et de couper la sirène. Bosch aida son coéquipier à se lever et sortir de la voiture, puis tous les deux rejoignirent les infirmiers.

**Petite surprise
pour les lecteurs de Points…**

**L'autre fin proposée
par Michael Connelly...**

23

La poche avait été réfrigérée avant d'être raccordée à la perfusion qu'il avait dans le bras droit. La solution saline lui paraissait aussi froide que la mort tandis qu'elle courait dans ses veines, remontait le long de son bras et lui traversait la poitrine pour rejoindre son cœur. Bosch essaya de se détendre, mais sentit des frissons commencer à lui rouler dans la colonne vertébrale et prendre possession de ses épaules et de ses bras. La sensation était étrange et faisait penser à une espèce d'invasion étrangère qui aurait déferlé dans tout son corps pour y engager le combat.

Il ferma les yeux. Il était allongé, sans couverture, sur un lit surélevé au service des urgences du Los Angeles County-USC Medical Center. On lui avait pris ses habits et fait revêtir une tenue d'hôpital verte taillée dans un coton élimé. Elle ne lui procurait que peu de chaleur.

Il entendit les roulettes du rideau qu'on tirait en arrière et rouvrit les yeux en s'attendant à voir le médecin qui lui avait fait sa radio et promis de revenir dès qu'il aurait les résultats. Mais ce fut Rachel Walling qui apparut. Elle avait un petit pansement sur la joue. Elle referma le rideau en plastique derrière elle.

– Je ne suis pas censée être ici, dit-elle dans un murmure. Comment vas-tu ?

– Bien.

– Ils ont trouvé quelque chose ?

Il fit non de la tête.

– Je ne crois pas qu'il y ait quoi que ce soit à trouver. Ils pensent…

– Qui ça, « ils » ?

– Le médecin des urgences et le radiologue du service d'oncologie. Ils m'ont dit qu'à leur avis il n'y avait pas de dommages immédiats. Ils parlaient rads et décomptes de grays et m'ont affirmé que j'étais très loin de tout danger. Je ne sais pas ce qu'est un rad, mais il en faut trois cents pour tuer un bonhomme au bout d'une heure d'exposition. Toujours est-il qu'après m'avoir posé des tas de questions sur le césium… tu sais bien, combien il y en avait, à quelle distance j'en étais, etc., etc., ils m'ont dit que j'en avais pris moins de deux.

– Ce qui veut dire ?

– Ce qui veut dire qu'il n'y a pas à s'inquiéter… pour l'instant. Ils m'ont même dit que la dose à laquelle j'avais eu droit pourrait me faire du bien.

Rachel fronça les sourcils.

– Je ne vois pas comment une dose de césium pourrait faire du bien.

– Hé, mais… on s'en sert tout de même pour tuer le cancer, non ? D'après eux, il court une théorie selon laquelle toute exposition à des rayons n'est pas forcément mauvaise. Comme quoi, en prendre un peu serait même bénéfique. Ça tuerait les cochonneries que t'as en toi et ça t'aiderait à vivre plus longtemps. D'un autre côté, ils disent aussi qu'il n'y a aucun moyen de savoir si tout cela n'a pas endommagé une cellule qui pourrait déclencher un cancer qu'on ne décèlera pas avant des années.

« En somme, personne ne sait quoi que ce soit sur ce

truc. Faut voir que j'ai fumé pendant trente ans. Peut-être que la dose que j'ai prise aujourd'hui va enrayer ce que ça m'aurait coûté.

Elle acquiesça d'un signe de tête, mais il vit qu'elle ne marchait pas. Elle changea de sujet :

– Qu'est-ce que c'est ? lança-t-elle en montrant la poche en plastique transparent accrochée à la potence en métal.

– Une solution saline, rien de plus. Ils veulent être sûrs que je sois bien réhydraté quand ils me lâcheront. Bon, bref, et toi, Rachel ? T'as eu droit à des points ? demanda-t-il en lui montrant le pansement qu'elle avait au visage.

– Quatre, oui.

– Tu vas avoir une cicatrice ?

Elle haussa les épaules comme si ça lui était égal. Bosch, lui, ne s'en moquait pas. Depuis toujours il aimait les femmes avec des cicatrices. Il n'aurait su dire pourquoi.

– Des nouvelles d'Ignacio ? reprit-il.

– Je viens juste de parler avec un des urgentistes. D'après lui, on le préparait encore pour son passage en salle d'op, mais ça avait l'air de bien se présenter. Ils en sauront plus quand ils l'emmèneront et pourront voir les dégâts. Ils espèrent que le projectile ne s'est pas brisé à l'intérieur.

– Quelqu'un de l'Évaluation des tirs est-il déjà arrivé ?

– Je ne sais pas. Y a des gens qui commencent à se pointer, mais j'ignore si ce sont des types de l'Évaluation ou pas.

Bosch n'avait aucune envie d'attendre pour le savoir.

– Je veux sortir d'ici, dit-il. Ignacio est sur le billard

et il n'y a plus que moi. C'est donc moi qu'ils vont venir voir et je vais en avoir pour huit heures d'interrogatoire. Je connais.

– Tu as raison, tu sais. Je viens juste de saisir que tes deux derniers coéquipiers se sont fait tirer dessus. Tu portes la poisse, Harry.

– Oui, bon, au moins ils sont vivants. Et moi aussi, je viens juste de comprendre un truc. T'étais sur ces deux affaires avec moi, Rachel. Alors peut-être que c'est toi qui portes la poisse.

Il passa les jambes par-dessus le bord du lit et se mit sur son séant, ses pieds nus à quelques centimètres du sol.

– Ce truc me donne froid, dit-il en portant la main au régulateur de débit du goutte-à-goutte.

– Harry, mais qu'est-ce que tu fais ?! s'écria Rachel.

– J'ai pas besoin de ça. Je n'aurai qu'à boire beaucoup de flotte.

– Tu peux pas l'arrêter et l'enlever, quoi !

– Pourquoi ? Je veux sortir d'ici. Mais j'ai pas d'habits. Ils me les ont pris parce que ça grésillait fort au compteur Geiger.

– Moi, j'aime assez ta tenue, dit-elle. Tu ressembles à House.

– House ? Qui c'est, ça ?

– T'occupe. C'est juste quelqu'un à la télé.

Bosch regardait rarement la télévision. Il jeta un regard sur sa tenue et devina qu'il devait s'agir d'un médecin dans un feuilleton. Et s'aperçut qu'il n'avait pas de chaussures non plus. Les médecins les lui avaient aussi prises.

– Faut que je passe chez moi chercher des habits, dit-il.

Il ouvrit un tiroir près du lit et en sortit un sac Ziploc contenant son portefeuille, ses clés, son portable et son écusson. Son arme, toujours dans son étui, se trouvait dans un autre sac posé dans le même tiroir.

– Ils m'ont laissé mes trucs, c'est déjà ça.

– Harry, ne bouge pas. Tu ne bouges pas avant qu'ils te disent que tout va bien. Je t'en prie.

Il leva les bras d'un air résigné et rouvrit le régulateur de débit du goutte-à-goutte. Puis il ramena ses jambes sur le lit et se laissa retomber sur l'oreiller.

– Je te propose un marché. Je reste jusqu'à ce que la poche soit vide, et après c'est toi qui me sors d'ici par-derrière.

– Marché conclu, dit-elle.

Son portable se mettant à sonner, elle regarda l'écran avant de répondre.

– C'est Washington. Faut que je le prenne.

Elle se glissa derrière le rideau, ouvrit son portable et déclina son identité. Puis elle s'arrêta net et se contenta d'écouter en lâchant des petits « hum-hum » et des « oui, sir », mais rien de plus. Et posa enfin une question :

– De quand date cette information ? demanda-t-elle.

Rien qu'à l'émotion dans sa voix, Bosch comprit qu'il se passait quelque chose.

– Je suis tout près, dit Rachel à l'adresse de son correspondant.

Puis elle écouta sa réponse et ajouta :

– J'y passe en voiture et je vous rappelle. L'endroit est en AI jusqu'à nouvel ordre, c'est entendu.

L'appel ayant pris fin, elle repassa par l'ouverture du rideau en refermant son portable. Bosch connaissait bien l'air qu'elle avait pris. Quelque chose l'excitait. Et en bien.

– Alors ? demanda-t-il.

– Faut que j'y aille.

– Minute, minute. On avait un deal : tu me sors d'ici.

– Y a plus de deal. J'ai reçu des ordres. D'un directeur adjoint.

Bosch se rassit au bord du lit.

– Alors, tu m'emmènes avec toi.

– Je ne peux pas.

– « AI », ça veut bien dire « approche interdite », non ?

– T'écoutais mon appel ?

– Il n'y avait qu'un rideau de douche entre nous deux. Je ne pouvais pas ne pas entendre. Qu'est-ce qui se passe ?

– Harry, je te l'ai déjà dit : je ne peux pas te…

– Tu n'as pas de voiture. Tu vas appeler un taxi et attendre qu'il arrive ? Et tu vas passer devant un lieu en approche interdite dans un taxi ?

L'air exaspéré, Rachel leva les mains en signe de reddition.

– Bon, bon, ça va. Où sont tes habits ?

– Je te l'ai dit : ils étaient contaminés et on me les a pris. Qu'est-ce qui se passe, Rachel ?

– Je t'expliquerai en route. Pour l'instant, faut te trouver des vêtements.

– J'ai juste besoin de chaussures. Va leur demander où ils les ont mises.

Elle écarta le rideau et disparut rapidement. Bosch se leva, ferma le régulateur du goutte-à-goutte et détacha le perfuseur du cathéter. Il laissa le cathéter en place parce qu'il ne savait pas comment l'enlever proprement. Il ouvrit un des sacs Ziploc et s'apprêtait à en sortir ses affaires lorsqu'il s'aperçut qu'il n'avait pas de poches et devrait tout porter dans ses mains jusqu'à ce qu'ils arrivent à la voiture.

Rachel écarta le rideau. Elle tenait une paire de chaussures et une paire de chaussettes et les lui tendit.

– Essaie ça, dit-elle. Faut qu'on y aille.

Ce n'étaient pas ses chaussures, mais il les prit.

– C'est les godasses d'Ignacio ? demanda-t-il.

– Il va pas s'en servir pendant un bon moment, répondit-elle. Les tiennes, ils les ont détruites. Iggy est un peu plus grand que toi, mais elles devraient t'aller. Enfile-les si tu viens avec moi. Sinon, passe-moi tes clés.

Bosch se rassit sur le lit et mit les chaussettes et les chaussures de son coéquipier.

– Bon, Rachel, dit-il, maintenant ça suffit. Où allons-nous ?

– Tu te souviens des deux vrais terroristes sur le dos de qui Maxwell a essayé de tout mettre ?

– Oui, Moby et…

Pas moyen de se rappeler leurs noms.

– Nassar et El-Fayed, dit-elle. Eh bien, ce matin, il a été décidé au QG de Washington que ça ne serait pas du meilleur effet si une bombe explosait à Los Angeles et qu'on finissait par la relier à deux terroristes dont le Bureau savait qu'ils se trouvaient dans le pays. Tu vois ça ? Deux terroristes dans ce pays et le Bureau n'en aurait averti personne ?

Bosch comprit tout de suite les ramifications politiques de l'affaire.

– Ils ont pigé que, dès qu'on le saurait, les têtes commenceraient à tomber. Auditions devant le Congrès, enquêtes internes, tout le bazar, dit-il.

– Exactement. Bref, ce matin ils ont limité un peu les dégâts. Ils ont mis ces deux types sur la liste des individus les plus recherchés et ont tenu une conférence de presse pour les médias de Washington.

– Et… ? demanda-t-il en nouant ses lacets.

Il était prêt à partir.

– Et ils ont eu un coup de fil parfaitement crédible. Une femme d'Echo Park qui avait vu leur photo sur CNN et qui les a appelés. Elle leur a dit que Nassar et El-Fayed louaient l'appartement au-dessus de son garage.

– Et qu'est-ce qui rend cet appel si crédible ?

– Elle a dit que l'un des deux se faisait appeler Moby. Et ça, le QG ne l'avait pas diffusé.

Bosch se redressa.

– On retourne à Echo Park, dit-il.

– Surtout n'oublie pas, Bosch : approche interdite. Nous n'avons qu'une chose à faire : rester sur place et essayer de confirmer qu'ils sont bien là. Et si confirmation il y a, on appelle les troupes.

Elle se tourna vers le rideau et il la suivit.

– J'espère que ça tournera mieux que la dernière fois qu'on était à Echo Park, dit-il.

Remerciements

Ce livre est une œuvre de fiction. Pour l'écrire, l'auteur a bénéficié de l'aide de plusieurs experts dans les domaines qui servent d'arrière-plan à l'histoire. Il tient à remercier tout particulièrement les docteurs Larry Gandle et Ignacio Ferras qui ont très patiemment répondu à toutes les questions qu'il leur a posées sur la pratique de l'oncologie, de la physique médicale et les utilisations et manipulations du césium. En ce qui concerne l'application de la loi, l'auteur aurait été complètement perdu sans l'aide de Rick Jackson, David Lambin, Tim Marcia, Greg Stout et de quelques autres qui préfèrent rester anonymes. Toute erreur ou exagération dans ces domaines sont de la faute pleine et entière de l'auteur.

Il entend aussi remercier Asya Muchnick, Michael Pietsch, Bill Massey, Jane Wood, Terrill Lee Lankford, Pamela Marshall, Carolyn Chriss, Shannon Byrne, Jane Davis et Linda Connelly pour leur générosité et l'aide qu'ils lui ont apportée dans la révision de son manuscrit.

Les Égouts de Los Angeles
prix Calibre 38
Seuil, 1993
et « Points Policier », n° P19

La Glace noire
Seuil, 1995
et « Points Policier », n° P269

La Blonde en béton
prix Calibre 38
Seuil, 1996
et « Points Policier », n° P390

Le Poète
prix Mystère
Seuil, 1997
« Points Policier », n° P534
et Point Deux, 2011

Le Cadavre dans la Rolls
Seuil, 1998
et « Points Policier », n° P646

Le Dernier Coyote
Seuil, 1999
et « Points Policier », n° P781

Créance de sang
Grand Prix de littérature policière
Seuil, 1999
et « Points Policier », n° P835

La Lune était noire
Seuil, 2000
et « Points Policier », n° P876

L'Envol des anges
Seuil, 2001
et « Points Policier », n° P989

L'Oiseau des ténèbres
Seuil, 2001
et « Points Policier », n° P1042

Wonderland Avenue
Seuil, 2002
et « Points Policier », n° P1088

Darling Lilly
Seuil, 2003
et «Points Policier», n° P1230

Lumière morte
Seuil, 2003
et «Points Policier», n° P1271

Los Angeles River
Seuil, 2004
et «Points Policier», n° P1359

Deuil interdit
Seuil, 2005
et «Points Policier», n° P1476

La Défense Lincoln
Seuil, 2006
et «Points Policier», n° P1690

Chroniques du crime
Articles de presse (1984-1992)
Seuil, 2006
et «Points Policier», n° P1761

Moisson noire
Les meilleures nouvelles policières américaines
(anthologie établie et préfacée par Michael Connelly)
Rivages, 2006

Echo Park
Seuil, 2007
et «Points Policier», n °P1935

Le Verdict du plomb
Seuil, 2009
et «Points Policier», n° P2397

L'Épouvantail
Seuil, 2010
et «Points Policier», n° P2623

Les Neuf Dragons
Seuil, 2011

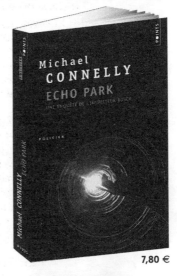

RÉALISATION : PAO ÉDITIONS DU SEUIL
IMPRESSION : CPI BRODARD ET TAUPIN À LA FLÈCHE
DÉPÔT LÉGAL : MAI 2009. N° 99790-11. (64171)
IMPRIMÉ EN FRANCE